JOHN

La cité des plaintes

Traduit de l'anglais (écossais)
par Lori Saint-Martin et Paul Gagné

la courte échelle

La cité des plaintes
Entre l'amour et le désespoir

Tome 3

Les éditions de la courte échelle inc.
5243, boul. Saint-Laurent
Montréal (Québec) H2T 1S4

Directrice de collection :
Annie Langlois

Rédacteur de la trilogie *Le destin de la pierre* :
Robert Davies

Traduction :
Lori Saint-Martin et Paul Gagné

Révision :
Sophie Sainte-Marie

Conception graphique de la couverture :
Elastik

Mise en pages :
Pige communication

Dépôt légal, 2ᵉ trimestre 2006
Bibliothèque nationale du Québec

La courte échelle reconnaît l'aide financière du gouvernement du Canada par l'entremise du Programme d'aide au développement de l'industrie de l'édition pour ses activités d'édition. La courte échelle est aussi inscrite au programme de subvention globale du Conseil des Arts du Canada et reçoit l'appui du gouvernement du Québec par l'intermédiaire de la SODEC.

La courte échelle bénéficie également du Programme de crédit d'impôt pour l'édition de livres — Gestion SODEC — du gouvernement du Québec.

La courte échelle remercie le Scottish Arts Council pour son aide financière.

Catalogage avant publication de Bibliothèque et Archives Canada

Ward, John

La cité des plaintes

(Le destin de la pierre ; t. 3)
Traduction de : City of desolation.
Suite de : La pierre du chagrin.
Pour les jeunes de 12 ans et plus.

ISBN 2-89021-755-8

I. Saint-Martin, Lori. II. Gagné, Paul. III. Titre.
IV. Collection : Ward, John. Destin de la pierre ; t. 3.

PZ23.W37Ci 2006   j823'.92   C2005-942138-X

Imprimé au Canada

John Ward

John Ward est écossais et il habite à Inverness avec sa famille. Il a étudié l'anglais et la philosophie à l'université d'Édimbourg, et il a enseigné l'anglais au niveau collégial pendant vingt ans. En 1999, John Ward a décidé de laisser tomber l'enseignement pour se lancer dans l'écriture de sa trilogie *Le destin de la pierre*.

Du même auteur, à la courte échelle

Trilogie *Le destin de la pierre*
Le secret de l'alchimiste
La pierre du chagrin

À Pad, l'aîné, et à Meg, la cadette.

Faust: Reste, mais dis-moi l'usage que ton maître
Veut faire de mon âme.

Méphistophélès: Agrandir son empire.
Christopher Marlowe, *La Tragique Histoire du docteur Faust*

When thou from hence away art past,
Every nighte and alle,
To Whinny-muir thou com'st at last;
And Christe receive thy saule.

Quand du monde pour toi ce sera la fin
Et que dans la nuit qui se pâme
Au marais des ajoncs tu arrives enfin;
Et le Christ accueille ton âme.

Lyke Wake Dirge (chant funèbre traditionnel)

Per me si va nella città dolente

Par moi l'on va dans la cité des plaintes
(Inscription figurant au-dessus de la porte de l'enfer
dans *L'Enfer* de Dante)

Prologue

Silencieux et immobiles, ils gisent dans leur lit, statues de pierre suspendues au-dessus d'un tombeau : un homme, une fille et un garçon réunis dans la même pièce blanche. À côté des lits, un écran circulaire fait bip chaque fois qu'un trait de lumière le traverse.

Il y a du va-et-vient : des médecins consultent des fiches, des infirmières remplacent des goutte-à-goutte, lisent des instruments ; des visiteurs entrent et s'assoient au chevet des patients, s'évitent du regard. Assise au chevet du garçon, une vieille femme aux cheveux blancs, vêtue de noir, récite son rosaire. Un médecin cherche à joindre quelqu'un au téléphone, en vain.

Les jours de printemps s'écoulent un à un. Le soleil prend des forces, illumine la grande pièce bien aérée. Les fenêtres ouvertes laissent pénétrer le parfum du jardin et l'air doux, aux senteurs estivales toutes fraîches. Une grosse mouche entre dans la chambre en bourdonnant, volette gauchement à la hauteur du plafond et ressort aussitôt.

Ils gisent là, tous trois réunis dans la pièce blanche, statues de pierre suspendues au-dessus d'un tombeau, silencieux et immobiles. Une femme surgit d'un air triomphant : elle brandit un bout de papier sur lequel figure un numéro, qu'elle remet à un homme en blouse blanche. Il s'empare du combiné, s'interrompt un moment, le temps de se donner une contenance. Il a l'habitude d'annoncer les mauvaises nouvelles. Il compose le numéro.

À l'autre bout du monde, une sonnerie retentit dans une maison déserte. C'est une maison en planches proprette qui, au milieu de sa pelouse bien tondue, fait penser à un tableau. Une femme s'éloigne sur un sentier. Le soleil matinal embrase ses cheveux blonds. Ses traits fins sont d'une beauté remarquable, fragile et usée. On dirait une madone triste. Ses yeux ont la couleur du denim délavé. Elle porte un sac de sport en bandoulière et une petite valise. La sonnerie insistante résonne dans l'air immobile. La femme ralentit le pas, s'arrête un moment.

La sonnerie continue.

Elle écoute, indécise.

Puis, baissant la tête d'un air résolu, elle reprend sa marche sans se retourner.

Dans la maison déserte, le téléphone sonne toujours.

CHAPITRE 1

L'auberge du Pont de la pesée

D'abord, il y eut une lumière éblouissante, puis il y eut un vélo.

Du moins, il lui sembla avoir vu, l'instant d'avant, une lumière éblouissante qui, aussitôt disparue, paraissait irréelle. La réalité du vélo, en revanche, ne faisait aucun doute.

Jake l'observa, admiratif. Il était d'une teinte de noir si riche et si profonde que le métal, sous les rayons du soleil, miroitait joliment. À la vue du nom du vélo, reproduit en feuille d'or sur le tube de direction, il éclata de rire. C'était si approprié : *Le Rayon d'or (John Marston ltée, Wolverhampton).*

Dans d'autres circonstances, il aurait peut-être jugé le vélo démodé : guidon monté à l'envers, manette de dérailleur dans un quadrant fixé au tube horizontal et grosse selle en cuir en équilibre, à l'avant, sur un ressort qui ressemblait au bout d'une épingle de nourrice ou à l'image qu'il avait un jour vue de la langue d'un papillon. Ici, cependant, il paraissait parfaitement à sa place, comme s'il venait tout juste d'être fabriqué.

Le vélo donnait aussi l'impression d'attendre. On aurait

pu croire qu'il avait été conçu pour lui. Sans réfléchir, Jake enfourcha le cadre exceptionnellement grand et s'éloigna.

Après quelques virages, il n'eut guère besoin de pédaler : la route descendait en pente douce au milieu de hauts talus parsemés de fleurs. Il faisait un temps extraordinaire, comme au premier matin de l'Univers. On aurait juré que tout était neuf et qu'il voyait le monde pour la première fois. Deux petits oiseaux passèrent devant lui et se rapprochèrent de la route. Leurs trajectoires se croisèrent devant sa roue, à la manière de dauphins guidant un navire.

« Que manque-t-il à ce tableau idyllique ? » se demanda Jake. « Une boisson froide », se répondit-il en pensée. À ce moment précis, au sortir d'un virage, une auberge se profila devant lui. C'était un immeuble en pierres bas, solide, qui paraissait être là depuis la nuit des temps et avoir la ferme intention de ne jamais bouger. « Pont de la pesée », proclamait un écriteau peint à la main. Jake, balayant les environs du regard, ne vit nulle trace d'un pont. « Derrière l'auberge, peut-être », se dit-il.

En s'arrêtant, il leva les yeux sur la route et, au loin, aperçut un nuage de poussière fonçant vers lui. Il éprouva un mauvais pressentiment : la matinée avait beau demeurer resplendissante, une ombre s'était abattue sur la terre. Il frissonna, en proie à une sensation de vide. C'est là qu'une étrange voiture se rangea près de lui. Rouge foncé, elle ressemblait à une coccinelle géante : le pare-brise était divisé en trois panneaux. Derrière, on voyait, de part et d'autre, de larges prises d'air.

Tandis que Jake étudiait le véhicule, deux hommes en descendirent. L'un d'eux, grand et maigre, lui fit penser à un soldat :

il avait un côté tranchant, impitoyable et résolu que l'élégance extrême de son complet bien coupé ne parvenait pas à dissimuler. Il avait les yeux pâles et le visage sarcastique. Le bref regard dont il gratifia Jake était empreint d'un souverain mépris. L'autre homme était plus petit, trapu : il se tenait la tête de guingois, d'un air arrogant. « Si le type de grande taille est un soldat, songea Jake, celui-là est un général, voire un roi, un empereur, né pour donner des ordres. » Il avait un beau visage ténébreux qui aurait été empreint d'une certaine noblesse sans la métamorphose imputable à ses yeux : ses paupières lourdes, à moitié fermées, lui conféraient un air endormi, alors que les yeux eux-mêmes étaient noirs, avides. On l'aurait dit désireux d'avaler tout ce qu'il voyait. À cause de ses paupières ensommeillées et de ses yeux voraces, l'homme avait un air dissolu, lascif. Jake s'efforça d'éviter son regard et fut soulagé de le voir passer devant lui sans se retourner. Puis, détail absurde, il se sentit vexé. Pourquoi l'homme l'avait-il ignoré ? Était-il donc négligeable, insignifiant ?

Mû par cet élan de colère subite, il entra dans l'auberge dans le sillage des deux hommes. Confusément, il avait l'intention d'enguirlander le plus gros des deux, de l'obliger à le regarder en face. « Je ne me laisserai pas mépriser de la sorte », se dit-il, furieux, en franchissant le seuil, mais il dut remettre à plus tard l'exécution de son projet pour la simple et bonne raison qu'il faisait noir à l'intérieur et qu'il n'y voyait rien : il s'arrêta, le temps que ses yeux s'habituent à l'obscurité. Il constata ensuite que les deux complices s'étaient rendus au bar, où un homme bâti comme un taureau s'occupait d'eux. Sa proie dans le collimateur, Jake sentit sa fureur s'embraser de nouveau. Il allait faire un pas et défier l'individu quand il s'aperçut qu'un autre homme, tapi dans un coin, l'observait.

Jake eut du mal à distinguer ses traits : une sorte de foulard ou de cagoule lui voilait la tête, et son visage se perdait dans la pénombre. À peine si un nez aquilin et des yeux scintillants ressortaient ; ce qui était immanquable, en revanche, c'était le doigt osseux que l'homme avait posé sur ses lèvres afin de lui intimer l'ordre de garder le silence. À cause du geste ou du halo de lumière tamisée dans lequel baignaient les hommes réunis autour du bar, tels des acteurs sur une scène, Jake eut tout de suite l'impression d'être arrivé en retard à une pièce de théâtre : au lieu de s'avancer, il se glissa sur la chaise la plus proche, à deux tables de l'homme assis dans le coin.

Au bar, la scène se déroulait un peu comme au théâtre. Les trois hommes discutaient à voix basse, mais leurs attitudes et leurs gesticulations étaient éloquentes : les deux types arrivés en voiture voulaient quelque chose que le barman hésitait à leur donner, même s'il n'avait pas vraiment le choix. De cela, ils étaient tous trois conscients. Les deux complices se montraient confiants, autoritaires ; le barman leur opposait une résistance obstinée. Il avait la tête tonsurée, à la façon d'un moine, et son large visage, aux yeux écartés et pénétrants, au front imposant, semblait familier ; Jake, à cette distance, ne pouvait jurer de rien. En fin de compte, le barman dut céder. D'un geste renfrogné, il indiqua aux deux hommes une porte basse dissimulée au fond de la pièce. Ils se dirigèrent vers elle en se pavanant, imbus de leur importance : le plus grand laissa passer l'autre d'un air faussement cérémonieux. À cause de sa haute taille et de l'orientation de la porte, Jake ne vit pas ce qui se cachait derrière.

Une fois qu'ils eurent disparu, la tension monta dans la pièce : Jake perçut une sorte d'échange entre le barman et l'homme assis dans le coin. Il eut la désagréable impression d'être la cause du malaise. Son trouble s'accentua. Que manigançaient donc ces deux types ? Qu'y avait-il derrière la porte ? Il était la proie de deux désirs contradictoires : il souhaitait que les deux hommes reviennent, en particulier le petit, à qui il avait l'intention de chercher querelle, et, en même temps, il brûlait d'envie de franchir la porte, d'aller se rendre compte de ce qui se cachait derrière.

Au bout de ce qui lui sembla une éternité, les deux types ressortirent, presque dégoulinants de suffisance et d'autosatisfaction : de toute évidence, ce qu'ils avaient trouvé derrière la porte leur avait procuré un énorme plaisir. Ils avaient beau feindre d'être en pleine conversation, le grand penché pour ne pas perdre un mot de ce que racontait le petit, Jake voyait bien que leurs sourires arrogants et leurs hochements de tête avaient pour but de piquer la curiosité, de montrer qu'ils maîtrisaient la situation et de faire étalage de leur contentement. Jake sentait l'hostilité de l'homme tassé dans le coin et de son compagnon campé derrière le bar, mais les autres firent comme si de rien n'était. On aurait dit que leur plaisir en était décuplé. Dès qu'ils en eurent assez de ce jeu, le plus petit tira de sa poche deux cartons de grande taille qu'il déposa sans ménagement sur le bar.

— Vos invitations, messieurs. Il faut absolument que vous vous joigniez à nous. Après tout, nous allons fêter notre victoire, même si, pour vous, il risque plutôt de s'agir d'une veillée funèbre.

Riant de bon cœur de leur plaisanterie, ils s'apprêtèrent à partir. Au moment où ils passaient devant sa table, Jake fut de nouveau pris du désir d'ouvrir la bouche pour obliger l'homme à lui faire face. Il était presque sur pied quand quelque chose le retint.

Du coin de l'œil, il aperçut l'homme assis en train de gesticuler. Le doigt qu'il avait posé sur ses lèvres indiquait maintenant la porte basse tapie dans l'ombre. Il semblait proposer à Jake une alternative : céder à la tentation d'interpeller les deux hommes ou d'essayer la porte, mais seulement une fois qu'ils seraient partis. Jake, à moitié debout, à moitié assis, les genoux fléchis, le postérieur immobilisé au-dessus de la chaise, était le portrait tout craché de l'indécision comique. Il eut une conscience aiguë du ridicule de sa situation. Entre-temps, les deux hommes avaient quitté l'auberge.

Jake sentit la tension disparaître avec eux : il se détendit et se concentra sur la porte. Il avait du mal à croire qu'on allait lui permettre de la franchir. Dans l'espoir d'une confirmation, il regarda le barman. Ce dernier astiquait des verres d'un air de distraction étudiée, comme pour montrer qu'il avait la ferme intention d'ignorer Jake pendant quelques minutes. Ce dernier comprit aussi que l'homme assis dans le coin le pressait, au moyen de gestes impatients de la main, d'agir vite. Il eut la nette impression que les deux hommes se liguaient pour lui permettre de faire une chose au mépris des directives qu'ils avaient reçues.

En proie à une excitation grandissante, Jake s'avança vers

la porte. En chemin, il s'arrêta un moment pour jeter un coup d'œil aux billets que l'homme avait laissés sur le bar :

Grand bal masqué du Pandémonium
Le prince de l'air
vous invite
à venir célébrer sa victoire
au Palais de la liberté

Puis il sentit le regard du barman peser sur lui. On aurait dit qu'il lui reprochait le temps perdu. Jake se hâta vers la porte basse et tourna la poignée.

* * *

— Alors, qu'as-tu vu ?
— Je n'en suis pas certain.
Jake était étourdi, comme au sortir d'un rêve dont il conservait un souvenir vivace.
L'homme avait quitté son coin pour s'asseoir à une table voisine du bar, où le barman l'avait rejoint. Sur la table, il y avait un carafon de vin rouge et une miche de pain. À l'approche de Jake, le barman prit la miche entre ses grosses mains et la sépara en trois parts. Les deux hommes l'observèrent. Leur visage sévère rappelait les toiles médiévales : le barman, tête large, mâchoires carrées, avait quelque chose de la truculence d'un bouledogue ; l'autre, visage émacié, fin nez crochu et menton en casse-noisettes, faisait penser à un patricien. Leur regard avait

un éclat inhabituel qui leur donnait un air féroce. Jake songea qu'il n'oserait jamais leur dire autre chose que la plus stricte vérité. Puis ils sourirent, et ce fut un vrai lever de soleil.

— Assieds-toi, Jake, et raconte-nous ce que tu as vu, lança l'homme au visage émacié.

Jake s'assit.

— Qui... qui êtes-vous ? Je suis sûr de vous avoir déjà vus quelque part...

— Nous nous sommes effectivement rencontrés, dans un autre lieu.

Jake sonda sa mémoire, mais, au-delà du vélo, il ne gardait que le souvenir de la lumière éblouissante, qui s'interposait entre lui et son passé.

— Raconte-nous ce que tu as vu, tonna le barman d'une voix qui semblait émaner des entrailles de la Terre.

— On aurait dit un rêve... C'était bizarre. En même temps, j'avais l'impression de déjà tout savoir, comme si je connaissais la signification des choses avant de les voir...

— Parle-nous de ce que tu as vu.

— Des étoiles. Il faisait noir et il y avait des étoiles partout, en haut et en bas. J'étais debout sur une plate-forme en métal, une sorte de grillage : je voyais à travers. J'avais l'impression d'être dans les profondeurs de l'espace.

— Continue.

— Au bout de la plate-forme, il y avait un disque. D'abord, je ne me suis pas rendu compte de la proximité de l'objet et j'ai pensé qu'il s'agissait peut-être d'une planète ou de la lune, même si sa surface était parfaitement lisse, comme du métal poli. En réalité, c'était bel et bien du métal poli.

— Qu'est-ce que c'était, au juste ?

— L'extrémité d'un essieu. Vous avez déjà vu une machine à vapeur qu'actionne un cylindre tournant sur un essieu ? C'était ça, en cent fois, non, en mille fois plus gros, un cylindre gigantesque, si gros que, au début, je n'ai pas compris de quoi il s'agissait. Il s'étirait dans l'espace aux deux extrémités, à perte de vue.

— Qu'est-ce que c'était, au juste ?

— C'est ça, le plus drôle. Je me suis rendu compte que c'était une balance, une de ces balances à l'ancienne, aux proportions monstrueuses. D'un côté, il y avait un cabinet équipé de toutes sortes d'instruments de mesure, de cadrans, de niveaux, etc. Dans le cabinet, j'ai aperçu un pupitre et, sur le pupitre, un grand livre ouvert. Sur le côté, il y avait une haute pile de grands livres identiques, et j'ai compris qu'ils renfermaient des mesures prises à l'aide de ces instruments depuis la nuit des temps…

— Et le livre sur la table ?

— J'avais peur de regarder. J'étais sûr d'y trouver quelque chose d'horrible.

— Et alors ?

— C'étaient des tas de colonnes de chiffres, précédés du signe plus, mais les chiffres diminuaient sans cesse, jusqu'au milieu de la page, où figurait la dernière entrée. L'encre était encore fraîche…

— Elle disait quoi, cette entrée ?

Jake, par crainte d'annoncer une nouvelle catastrophique, hésitait à répondre.

— C'était une série de zéros.

Les deux hommes échangèrent un regard entendu, comme si Jake avait confirmé ce qu'ils savaient déjà.

— Qu'est-ce que ça signifie, à ton avis ?

— Que, après tout ce temps, des siècles, non, des millénaires, des éternités, la balance était en parfait équilibre, qu'il aurait suffi d'un cheveu pour la déstabiliser.

— Qu'as-tu ressenti ?

Fermant les yeux, Jake chercha les mots pour décrire le sentiment d'horreur qu'il avait éprouvé, l'impression que ce qui était précieux disparaissait, que ce qui était pur se gâtait, que ce qui était bon s'avilissait.

— J'ai été rempli de terreur… J'avais le sentiment que quelque chose d'affreux était sur le point d'arriver : la balance pencherait d'un côté, et les conséquences seraient effroyables, irréversibles…

Il s'interrompit : à la seule évocation de cette éventualité, il sentit de nouveau la vague de terreur déferler sur lui.

— Il va se rompre, à ton avis ? L'équilibre, je veux dire.

La question irrita Jake. S'ils s'étaient donné la peine de l'accompagner, ils ne seraient pas là à lui poser des questions, ces types. Ils auraient eu la même horrible certitude que lui, à l'instar de celui qui, au bord d'un précipice, sent la terre s'effriter sous ses pieds.

— Bien sûr qu'il va se rompre ! Vous n'avez pas vu la mine suffisante des deux autres ? Ils étaient au courant !

— Ça, ça ne fait aucun doute, répondit doucement l'homme mince.

— Nous, en revanche, nous ne savons pas, précisa le gros barman.

La remarque sembla leur procurer un moment de réjouissance. Jake était furieux.

— Comment ça, « nous ne savons pas » ? Vous ne savez pas quoi, au juste ?

— Ce qui va se produire.

— En tout cas, les deux autres, eux, avaient compris !

— Oui, c'est l'impression qu'ils donnaient, admit l'homme maigre. Qu'en penses-tu, Tom ?

— Pas de doute, monsieur D. Ils semblaient au courant.

— Ils l'étaient, confirma Jake, les dents serrées.

Les deux hommes hochèrent la tête d'un air solennel, l'air d'avoir enfin saisi la gravité de la situation.

— Et pourtant… commença le plus maigre des deux, le dénommé M. D.

— … on oublie le sens de l'expression « je croyais savoir », poursuivit l'autre.

C'était comme s'il citait quelqu'un. M. D. lança à Jake un regard empreint d'une vive intelligence, et Jake comprit que l'homme ne plaisantait plus.

— Tu vois, Jake, il arrive qu'on soit certain et malgré tout dans l'erreur.

— C'est là que repose notre espoir, déclara Tom, le barman.

— Oui, c'est là que repose notre espoir : c'est quand on est convaincu de l'issue qu'on omet certains détails…

— … et ce sont les détails qui changent tout, ajouta Tom.

Ils se regardèrent, comme s'ils venaient de tomber d'accord, puis M. D. tira des plis de son vêtement un petit paquet qu'il déposa sur la table.

— Accepterais-tu, Jake, de nous rendre un service ?

Jake hocha la tête en signe d'assentiment.

— Ce paquet, j'aimerais que tu le remettes à Hélène.

Hélène ! Le nom fit naître dans l'esprit de Jake un visage, accompagné d'un étrange sentiment comprenant quatre-vingt-dix pour cent d'affection sincère et dix pour cent d'exaspération profonde. Il avait beau avoir la certitude de connaître Hélène, il n'aurait su dire comment il la connaissait ni ce qui les unissait l'un à l'autre. Encore un détail emprisonné de l'autre côté du mur de lumière éblouissante.

— Tu dois le lui remettre en main propre, tonna Tom. Ne fais pas confiance aux autres, même si leur baratin te semble convaincant.

— Où est-ce que je vais la trouver ?

— Tu as de fortes chances de la rencontrer chez Fabio, sur la place…

— Ou alors chez Davidoff, poursuivit M. D. Son père et elle s'y donnent parfois rendez-vous.

Jake était sur le point de demander comment aller à ces endroits quand il s'aperçut qu'il le savait déjà. Il ramassa le paquet sur la table. Se levant, Tom et M. D. lui serrèrent la main.

— Il faut le remettre à elle et à elle seule, renchérit Tom.

— Tu nous promets de nous rendre ce petit service ? s'assura M. D.

— Je vous le promets, répondit Jake, surpris par le ton grave qu'il avait adopté.

Après tout, remettre un paquet à la cliente d'un café n'avait rien de sorcier. Jake allait s'élancer vers la porte de devant, mais M. D. lui posa la main sur le bras.

— Prends le raccourci, suggéra-t-il en désignant une porte de côté.

Les deux hommes se dirigèrent vers la porte basse, au fond. Au moment où Tom l'ouvrit pour laisser passer son compagnon, Jake ressentit une vive émotion. À sa stupéfaction, cependant, un carré de lumière se découpa au milieu de la pièce, et il eut sous les yeux un agréable jardin.

— Que... Où sommes-nous ? bredouilla-t-il.

— Que sais-tu de l'éternité ? lui demanda M. D. en franchissant la porte.

— Pas grand-chose, concéda Jake. Seulement qu'elle dure longtemps.

— Erreur répandue, trancha Tom en emboîtant le pas à son compagnon.

Pendant un moment, sa forte silhouette bloqua la lumière. Il entra dans le jardin et seule sa tête, qu'on aurait dite auréolée de fleurs, resta encadrée dans la porte.

— L'éternité, en fait, c'est l'absence de temps, affirma la tête. D'ailleurs, le mot « éternité » signifie « en dehors du temps ».

Tandis que Jake s'efforçait de trouver un sens à ces paroles, la tête disparut et la porte se referma. Toujours perdu dans ses pensées, Jake avança vers la porte de côté.

Il l'ouvrit et ne fut pas le moins du monde surpris de se retrouver au centre d'une grande cité.

CHAPITRE 2

Le marais des ajoncs

D'abord, il y eut la lumière éblouissante, qui sembla ensuite se transformer en banc de brouillard épais, peuplé d'un murmure de voix déboussolées, un peu comme celles de gens qui, au sortir du sommeil, se demandent où ils sont; puis on entendit des groupes se disperser, à la façon de voyageurs qui, après avoir cheminé ensemble pendant longtemps, se séparent pour poursuivre chacun sa route. En même temps que les voix, le brouillard se dissipa en longues banderoles, révélant un marécage parsemé d'ajoncs.

Des lambeaux de brume émergèrent deux ombres, apparitions diaphanes qui, à mesure qu'elles s'avançaient dans la lumière blafarde, devenaient plus consistantes, plus réelles. L'une était de la taille d'un géant et coiffée d'une crinière blonde; à ses côtés trottait un petit homme sombre et nerveux, d'une maigreur qui faisait peine à voir. Celui-ci avait les yeux étonnamment clairs, pareils à des diamants. Les deux promeneurs balayèrent les environs des yeux, puis se regardèrent d'un curieux air de reconnaissance et de surprise, à la manière d'amis qui, sans jamais avoir perdu le contact, ne se sont pas vus depuis longtemps.

— Maître ! s'écria le plus grand des deux.

L'autre secoua la tête.

— Chut ! C'est de l'histoire ancienne, un lien qui appartient à un autre lieu.

— Où sommes-nous ?

L'homme maigre scruta le sinistre marécage.

— « Au marais des ajoncs tu arrives enfin », murmura-t-il en esquissant l'ombre d'un sourire.

— Maître ?

— Non, non, Albanus, appelle-moi Michael. Quant à ce que j'ai dit, il s'agit d'un vers ancien qui m'est revenu en mémoire, voilà tout. Allez, viens. Nous en saurons sans doute davantage un peu plus loin.

Le géant blond hésita, le visage troublé.

— Nos destinées sont-elles encore unies ? demanda-t-il.

— Qui sait ? répondit l'autre.

Voyant la consternation de son compagnon, il ajouta :

— Je suis sûr que oui. Pour le moment, du moins. Suis-moi.

Au bout d'une vingtaine de pas, ils entendirent une commotion derrière eux. Des pieds se hâtaient à leur suite, une voix les interpellait :

— Maître, cher maître, attendez ! Attendez-moi !

Ni l'un ni l'autre ne se retournèrent. Ils échangèrent plutôt un regard. Albanus, franchement perplexe, semblait attendre une explication. L'homme prénommé Michael affichait quant à lui une exaspération contenue, comme si la voix lui était familière mais désagréable. Un vieil homme les rattrapa, essoufflé après sa course folle.

— C'est bien vous ! Je vous ai reconnu, même de dos ! « Je connais cette démarche », me suis-je dit. Je connais ces mollets maigrichons. C'est Michael Scot, mon ancien élève !

Il y eut un silence, que Michael Scot négligea de remplir au moyen de la réponse attendue.

— Vous vous souvenez de moi, Michael ? Janotus de Bragmardo, votre maître à Paris, celui qui vous a tout appris.

— Oui, oui, je me souviens. Je ne me souviens que trop bien.

— Qui est votre compagnon ? Et où sommes-nous ? Pas à Paris, c'est sûr ! Comment sommes-nous arrivés ici ? Je me rappelle une lumière, la lumière la plus claire et la plus aveuglante qui…

— Oui, puis un banc de brouillard et des voix. Et nous voici.

— Vous ne m'avez toujours pas répondu, Michael. À qui ai-je l'honneur ?

Il étudiait le géant blond avec un vif intérêt.

— Albanus, un de mes anciens élèves, comme je suis un des vôtres. Mais c'était loin d'ici. Avançons.

Sur ces mots, Michael se mit en route d'un pas rapide, obligeant les deux autres à se lancer à ses trousses. Ils aboutirent au bord d'une route. Michael s'arrêta.

— Vers où aller ? demanda Albanus, une fois le silence devenu trop lourd.

— Aucune importance, dit Scot. Notre voie est tracée d'avance.

Il s'assit sur un rocher pour attendre. Les autres, restés debout, échangèrent des regards dubitatifs, sans oser interroger leur acariâtre compagnon. Puis un ronron lointain attira leur attention : au bout de la route apparut un singulier véhicule, sorte de coccinelle rouge foncé.

— Un carrosse sans cheval ! s'écria Bragmardo, stupéfait et inquiet. Est-ce l'œuvre du démon ?

— C'est probable, répondit Scot en esquissant un sourire en coin.

Le véhicule s'arrêta à leur hauteur et la porte arrière s'ouvrit : Scot y monta, suivi de ses deux compagnons.

L'homme à l'allure martiale tenait le volant ; le petit arrogant, qui occupait le siège du passager, s'était retourné pour mieux voir les trois hommes à l'arrière. Ses yeux sombres et avides étaient rivés sur Scot.

— Permettez-moi, maître Scot, de vous souhaiter la bienvenue au nom du prince. Vous l'avez longuement servi à l'étranger, dans le royaume contesté. Comte Grafficane, pour vous servir. C'est le colonel Scarmiglione qui conduit.

Il tendit la main, mais Scot ne la saisit pas. Il décocha plutôt à l'homme un regard furieux.

— Je n'ai jamais servi personne. Je l'ai suivi de mon plein gré.

— Ce faisant, vous l'avez servi, glissa l'autre, apaisant. La liberté individuelle est ce que nous prisons le plus ici.

— Où ça, ici ? demanda le vieil homme, Bragmardo, d'un air imbécile oscillant entre la ruse et la minauderie. Aura-t-on enfin l'obligeance de nous dire où nous sommes ?

La question demeura en suspens. Grafficane n'avait d'yeux que pour Scot qui, lui, ne lui manifestait pas le moindre intérêt.

— Vous tombez à point nommé, maître Scot. Un événement attendu depuis longtemps est imminent.

— Quand, au juste ?

— Là, maintenant. Vous en serez témoin avec moi. C'est comme une partie d'échecs, vous voyez : les pièces capitales sont en place. À gauche ici, Scarmiglione. Nous devrions apercevoir la première.

La voiture s'engagea dans un petit chemin qui, bientôt, déboucha sur une grand-route.

— Moins vite !

Devant eux, une jeune fille marchait sur l'accotement : un peu plus loin, il y avait, dans le mur sur sa gauche, une ouverture qui semblait marquer l'entrée d'un parc. À cette hauteur, la jeune fille eut un moment d'hésitation. Le comte Grafficane contenait difficilement son emballement. D'un geste, il intima à Scarmiglione l'ordre de ralentir, de ralentir encore tout en marmonnant :

— Je me demande ce qu'elle va faire. Poursuivre droit devant elle ou tourner ? La grand-route ou l'allée de primevères ?

La fille de grande taille, aux cheveux sombres, ne bougeait pas, en proie à un doute ; puis, sa décision prise, elle quitta la route. Le comte gloussa d'un air triomphant en battant des mains.

— Je le savais ! J'en étais sûr ! La partie continue !

— Et pourtant, la partie commence à peine, ajouta Scot tout bas, assez fort cependant pour que le comte l'entende.

31

— Ce n'est qu'une question de temps, je vous l'assure, dit-il. Plus rien ne peut nous arrêter, et le dénouement est inéluctable. En route, Scarmiglione !

Le chauffeur mit les gaz et la voiture bondit. Scot vit que l'entrée par où la jeune fille s'était engagée conduisait non pas à un parc, mais bien à un petit boisé. Il arrivait tout juste à distinguer la silhouette fugitive de la fille, presque invisible déjà au milieu des arbres.

* * *

Au bout d'un certain temps, ils débouchèrent dans les faubourgs d'une grande ville. À un carrefour se tenait un garçon en proie à un état d'indécision presque comique ; il faisait un pas ou deux dans une direction, puis il rebroussait chemin, partait dans l'autre sens pour s'arrêter aussitôt.

— Une nouvelle pièce de l'échiquier ? demanda Scot.

— Parfaitement insignifiante, répondit Grafficane.

C'est à peine s'il daigna gratifier le garçon d'un coup d'œil au passage. Scot, d'un air pensif, le regarda disparaître au loin.

— Voici notre homme. Garez-vous, Scarmiglione. Nous pourrons l'observer à notre aise.

Sous le soleil oblique de la fin d'après-midi, l'ombre des toits se projetait sur le côté opposé de la rue, découpage irrégulier de rectangles et de déclivités, semblable à la crénelure d'un château, une moitié sur le trottoir, l'autre sur le bas des murs. À la terrasse d'un petit café, dans un mélange d'ombre et de lumière, un homme vêtu d'un costume clair et coiffé d'un panama se concentrait sur ses mots croisés, une tasse de café et un minuscule verre de liqueur posés devant lui sur une table verte bosselée.

— Un simple pion, mais il occupe une position stratégique, dit le comte. Je vous explique.

Pendant que le comte s'exécutait, ils restèrent au bord du trottoir à observer l'homme qui, toujours plongé dans son journal, prenait tantôt une gorgée de café, tantôt une gorgée de liqueur.

CHAPITRE 3

Dans les bois

Le soleil brillait de mille feux et un vide délicieux avait envahi l'esprit d'Hélène. Elle ne se souvenait ni d'où elle était venue ni des motifs de sa présence à cet endroit : elle se rappelait une lumière éblouissante dont l'éclat avait tout effacé, sans qu'elle en conçoive de l'inquiétude. Elle éprouvait un irrésistible sentiment de liberté, un peu comme si le rendez-vous pour lequel elle avait effectué un long trajet avait été annulé et que, contre toute attente, elle se trouvait désœuvrée, par une belle journée, en un lieu étranger. Elle avait le choix entre tout faire et ne rien faire du tout. Qu'est-ce qui l'empêchait, par exemple, de quitter la route et de s'engager dans ce petit boisé où le soleil, filtré par les arbres, mouchetait le sol de taches d'ombre et de lumière ?

Elle resta un moment sur le trottoir, indécise : quelque chose lui disait de poursuivre sa route, sans qu'elle sache pourquoi. Par ailleurs, les bois et leurs ombres fraîches lui ouvraient grands les bras. Pendant qu'elle hésitait, une voiture rouge foncé en forme de coccinelle longea le trottoir, mais Hélène, absorbée par son dilemme, ne la remarqua pas.

À l'instant où elle s'engageait sous les arbres, elle eut la curieuse sensation de se détacher d'elle-même, comme si la fille qu'elle était auparavant avait continué de marcher droit devant, emportant avec elle la somme de ce qu'elle avait été et de ce qu'elle avait fait, jusqu'à son nom. Elle s'imagina celle qu'elle était naguère en train de marcher dans les rues, de rencontrer des gens, de bavarder avec eux. « Et pourtant, songea-t-elle, pas un seul d'entre eux ne saura que ce n'est plus moi. Pas un seul ne saura que je suis partie. »

C'était une longue et étroite bande boisée, bordée de maisons de part et d'autre. Une fois à l'intérieur, on y était coupé du monde : il était facile d'imaginer que la végétation s'étirait sur des kilomètres, qu'il n'y avait pas de ville. Que des arbres à perte de vue. À force de virages et de boucles dans le sentier, Hélène finit par ne plus voir d'où elle venait : que des arbres devant, que des arbres derrière. Idée amusante, dans un boisé si petit, où les maisons n'étaient jamais loin. « Dans le cas contraire, pensa-t-elle, ce serait différent. » De quoi avoir froid dans le dos.

Les bois, supposa-t-elle, suivaient le sentier : celui-ci avait beau se tortiller dans tous les sens, les arbres ne le quittaient jamais. Quelle idée absurde : en réalité, c'était le sentier qui suivait les arbres. Là où les bois s'incurvaient, le sentier s'incurvait à son tour, comme pour ne pas sortir du cadre ; le sentier…

Quel sentier ?

Il n'y avait pas de sentier.

Stupidement, elle contempla ses pieds. Ils reposaient sur une herbe rase, spongieuse. Levant les yeux, elle vit que le gazon couvrait le sol entre les arbres hauts et fluets, des bouleaux pour la plupart, largement espacés. Rien, cependant, ne laissait croire que tel passage était préférable à tel autre. Elle jeta un coup d'œil par-dessus son épaule. Même constat. L'herbe élastique n'avait pas conservé l'empreinte de ses pas. Il n'y avait que les arbres, de maigres bouleaux, et les rayons du soleil sous lesquels les feuilles rondes brillaient tels des sous neufs.

« Me voici, songea-t-elle, dans une forêt qui, sans être "obscure", est dépourvue de sentier, exactement comme dans *L'Enfer* de Dante :

Au milieu du chemin de notre vie,
Je me retrouvai dans une forêt obscure,
Car la voie droite était perdue.

Non pas que j'en sois au mitan de ma vie », réfléchit-elle en fermant les yeux pour mieux voir. Le parfum du jour et le chant d'un oiseau la tirèrent de sa méditation. En les rouvrant, elle vit des ombres vaciller dans la verdure : sans doute de gros nuages défilaient-ils devant le soleil, poussés, loin au-dessus des arbres, par un vent violent.

Ténèbres, lumière, ténèbres, lumière : l'alternance avait un rythme bien à elle, une qualité hypnotique.

Ténèbres.

Obscure, la forêt l'était maintenant, sans contredit. Dans le ciel, le soleil avait été oblitéré. L'instant d'après, elle était dégoulinante : d'énormes gouttes de pluie se faufilaient entre les arbres et s'écrasaient au sol avec une telle force qu'elles donnaient l'impression de rebondir. Bientôt, la légère veste d'été d'Hélène fut détrempée. Sous l'effet de l'eau, son t-shirt devint transparent. Son jean se couvrit de taches sombres. Le sol n'avait pas le temps d'absorber toute cette eau, qui clapotait à chacun de ses pas. Elle eut envie de courir. Pour aller où ? Les arbres chétifs ne lui étaient d'aucun secours et le sentier avait disparu. Elle était trempée jusqu'aux os : pas moyen de l'être davantage. Elle continua donc d'avancer péniblement entre les arbres, tandis que l'eau s'infiltrait dans ses chaussures. Seul le sifflement constant de la pluie, semblable au grésillement d'une radio, troublait le silence.

Derrière elle vint un autre bruit, sorte de grondement lointain et menaçant.

Le tonnerre.

Encore une fois. Plus près maintenant.

Par-dessus son épaule, elle vit le ciel s'éclairer d'un coup à la manière d'une ampoule géante et elle eut tout juste le temps de reprendre son souffle avant que le tonnerre retentisse. À cet instant précis, elle crut apercevoir quelque chose au milieu des arbres, rien de plus, probablement, qu'un assemblage inusité d'ombres et de troncs tordus. Pourtant, la silhouette sombre et annelée d'un serpent monstrueux avait laissé dans son esprit une image indélébile. Elle se mit à courir, terrorisée par les éclairs et par cette vision fugitive, aveuglée par la pluie. Le tonnerre à ses trousses, elle donnait contre les arbres, glissait sur l'herbe. Puis il y eut une détonation fracassante : derrière elle, un éclair avait réduit un arbre à néant. La peur au ventre, elle courut, courut, vacilla, trébucha. Soudain, le sol s'inclina, et elle dévala la pente à corps perdu, cherchant moins à courir qu'à garder son équilibre, incapable de s'arrêter, plus bas, toujours plus bas.

Une racine lui agrippa la cheville. En plein élan, elle effectua un saut périlleux, se cogna la tête contre un arbre et perdit connaissance.

CHAPITRE 4

Le café de Schrödinger

À sa sortie de l'auberge, Jake était gonflé à bloc, mais, au fur et à mesure qu'il s'enfonçait dans la ville, sa belle assurance fondait comme neige au soleil. Dans sa tête, le «petit service» qu'on lui avait demandé eut tôt fait de se transformer en une véritable corvée. Il commença à douter de sa capacité de mener sa mission à bien; il sentait que la tâche, malgré les apparences, revêtait une importance capitale. Prenant le paquet dans sa poche, il le soupesa. Ce n'était effectivement pas grand-chose. Qu'avait dit Tom, le barman, déjà? «Ce sont les détails qui changent tout.»

Son trouble s'expliquait par l'incertitude, sensation qu'il détestait au plus haut point: Hélène serait là, à moins qu'elle n'y soit pas. Jusqu'au carrefour, pas de problème. Là, cependant, il dut choisir. À droite ou à gauche? Fabio ou Davidoff? Plus d'une fois, il esquissa quelques pas dans un sens avant de se raviser et de repartir dans l'autre. Il avait conscience de se couvrir de ridicule: dans leur voiture, les gens l'observaient. En fin de compte, ce fut l'embarras et non la raison qui le fit opter pour Fabio.

Là, à force d'attendre, il se convainquit qu'il s'était trompé d'adresse. Il alla jusqu'à douter de sa capacité d'effectuer le bon choix.

Conjuguée à l'ennui, cette disposition d'esprit le fit songer au chat de Schrödinger. De quoi s'agissait-il, déjà ? Le chat se trouvait dans une boîte, mort ou vivant. Ce n'était qu'en ouvrant la boîte que… Avant, avant que vous sachiez, le chat se trouvait dans un état intermédiaire ou, plus exactement, indéterminé, et c'est vous qui, en ouvrant la boîte, décidiez de son sort, provoquiez un événement. Il se demanda si, dans le cas présent, le même phénomène ne s'était pas produit : en choisissant ce café-ci, il avait en quelque sorte obligé Hélène à se rendre à l'autre.

Avait-il donc toujours été pessimiste ? Pourquoi ne se disait-il pas que, en choisissant ce café-ci, il contraignait Hélène à y venir aussi ? Pourquoi, armé d'un énième café, ne se calait-il pas sur sa chaise, sûr de son arrivée imminente ? Il n'avait qu'à se tourner de côté et, bien en vue, feindre d'être plongé dans la lecture d'un livre. Plan infaillible, sauf qu'il n'avait pas apporté de livre. Zut ! N'y avait-il pas des journaux à la traîne sur le comptoir ? Ainsi, Hélène, en entrant, l'apercevrait de loin, et il n'aurait qu'à prétendre qu'il était là par hasard et que, loin de l'attendre, il lisait simplement son journal…

À condition, bien entendu, qu'il ne se soit pas trompé d'endroit.

Plus il y réfléchit, plus il en vint à se persuader que c'était un de ces jours où Hélène avait rendez-vous avec son père. Il finit par se lever et se mettre en marche, non sans avoir au préalable vérifié s'il avait toujours en poche le paquet qu'il jugeait préférable de dissimuler. Il s'arrêta toutefois après quelques pas. Il allait dans la mauvaise direction. Mais pas, naturellement, s'il souhaitait se rendre à l'autre café par le chemin le plus court. Que se produirait-il si Hélène décidait, après tout, de venir au café qu'il venait juste de quitter ? Dans ce cas, il s'éloignait d'elle. La solution la plus sensée consistait donc à parer aux deux éventualités en empruntant l'itinéraire le plus long. Il allait rebrousser chemin lorsqu'une pensée l'arrêta. « Si elle est à l'autre café et que je fais un détour, ne vais-je pas la rater ? »

Quelle conduite tenir ? En désespoir de cause, il résolut d'aller jusqu'au bout de la rue en regardant sans cesse derrière lui. Puis il lui suffirait d'utiliser le raccourci et de courir le plus vite possible. Si Hélène se matérialisait au moment où lui-même disparaissait au coin de la rue, elle prendrait sans doute le temps de boire un café. Et si, après avoir couru de toutes ses forces, il ne la trouvait pas à l'autre endroit, il aurait le temps de rebrousser chemin et de la rejoindre ou, au moins, de demander si on l'avait vue. Le cas échéant, il n'aurait qu'à se lancer à ses trousses et...

Il s'arrêta, pantelant, la poitrine douloureuse. Une voiture rouge foncé ayant la forme d'une coccinelle passa près de lui. Un instant, il eut l'impression d'apercevoir, coincé entre deux autres, un visage décomposé qui lui était familier. Étant donné la brièveté de la vision, il n'aurait pu jurer de rien. Il lui avait pourtant semblé que l'homme cherchait à le mettre en garde ou encore le suppliait de lui venir en aide. La voiture accéléra et Jake, au trot, cette fois, passa devant un hôtel à l'auvent rayé bleu et blanc, puis arriva chez Davidoff. Il y avait une terrasse sur le trottoir. L'endroit était désert. Derrière le comptoir, un homme à l'air mélancolique et à la moustache grise tombante, affublé d'un tablier vert, essuyait des verres. Dès qu'il eut repris son souffle, Jake demanda :

— Avez-vous vu une fille d'à peu près mon âge ? Plutôt grande, les cheveux foncés, très jolie ?

L'homme secoua la tête.

— Elle était peut-être avec son père. Grand lui aussi, assez mince, à l'allure distinguée ?

L'homme réfléchit.

— Il fume le cigare ?

— Parfois, oui. Enfin, je crois.

— Il fait des mots croisés ?

— Sûrement.

L'homme mit de l'ordre dans ses idées sans cesser d'essuyer un verre archi-sec.

— J'ai vu un homme répondant à ce signalement. Mais pas de fille.

— Quand est-il parti ?

— Vous l'avez manqué de peu.

Jake allait se remettre en route.

— De quel côté est-il allé ?

D'un geste de la tête, l'homme indiqua la direction d'où Jake était venu.

— Il est monté avec quelques types. Une voiture rouge foncé, luisante, en forme de coccinelle.

CHAPITRE 5

Conversation dans une Tatra T77

Gérald de Havilland avait tout de suite remarqué la voiture ; évidemment, il s'était bien gardé de le laisser voir. D'ailleurs, ce genre de voiture — une Tatra T77 — passait difficilement inaperçu. Il s'agissait à n'en pas douter d'un oiseau rare, datant d'avant la Deuxième Guerre mondiale, même si le spécimen qu'il avait sous les yeux avait l'air flambant neuf. Ses occupants l'observaient. Sinon pourquoi seraient-ils demeurés là, en bordure du trottoir ? Personne n'était monté à bord du véhicule, personne n'en était descendu. De Havilland ressentait une étrange impression, comme au sortir du sommeil. Interrogé sur les motifs de sa présence au café, il aurait répondu qu'il fumait un cigare et sirotait un café en faisant des mots croisés. Mais avant ? Une vive lumière l'aveuglait. Il aurait le temps de s'en inquiéter plus tard. Pour l'heure, il devait plutôt chercher le moyen de s'enfuir.

Il lui suffit de balayer la rue du regard pour comprendre que c'était sans espoir : la voie était longue et large, sans échappatoire possible. Le seul refuge, un hôtel à l'auvent rayé bleu et blanc, se trouvait trop loin. Les occupants de la voiture n'auraient aucun mal à le cueillir. Il ne restait donc que l'arrière. Selon son expérience, la plupart des établissements comme celui-ci s'adossaient à une ruelle, par où transitaient les fournitures et les ordures. Il y accéderait par la cuisine ou encore par les toilettes, à condition qu'il y ait une fenêtre non barricadée. Le moment était peut-être venu d'aller voir.

Il se leva le plus naturellement possible en ayant soin de poser son chapeau sur la table pour montrer qu'il avait l'intention de revenir. Il garda cependant son cigare. En entrant dans le café, il entendit un bruit de moteur et le son d'une voiture qui s'éloignait. L'heure n'était pas aux missions de reconnaissance. Mieux valait agir sans tarder. Il arrivait au bout du comptoir lorsque le propriétaire, un gros bonhomme aux moustaches tombantes, ressemblant à s'y méprendre à un morse mélancolique, apparut. La manœuvre, exécutée de main de maître, ne laissait rien transparaître. On aurait juré que le type avait décidé à cet instant précis de donner un coup de balai et que, par le plus grand des hasards, il tenait le lourd manche de manière à montrer qu'il pouvait tout aussi bien s'agir d'une arme. L'homme toussa pour s'excuser, l'air de dire qu'il n'y était pour rien, et, du regard, indiqua à Gérald ce qu'il savait déjà, soit qu'il y avait du monde derrière lui.

Il se retourna, la main tendue, le sourire aux lèvres, le portrait même de l'innocence. La carte de l'erreur sur la personne valait toujours d'être jouée. Les deux hommes se dressant entre lui et le trottoir se découpaient à contre-jour, et Gérald ne parvenait pas à distinguer leurs traits. Chose certaine, ils avaient l'air

sûrs d'eux. Le premier était grand et bien bâti ; le second, nettement plus petit, mais d'une carrure impressionnante.

— Veuillez nous suivre, je vous prie.

— J'ai le choix ? demanda Gérald, tout sourire.

Sans un mot, les deux hommes, campés à sa gauche et à
sa droite, l'escortèrent jusqu'à la voiture. Ils le firent asseoir
devant, coincés entre eux. De plus en plus apeuré, Gérald jeta
un coup d'œil nerveux dans le rétroviseur. Il fut soulagé de
constater que la banquette arrière affichait complet. Un assassin, passe encore ; trois, c'était tiré par les cheveux. Sa peur se
mua en excitation généralisée : il avait l'habitude de se fier à sa
ruse, et la situation précaire dans laquelle il se trouvait n'était
au fond qu'une version plus vivante des mots croisés qui lui
procuraient tant de plaisir. Pourquoi une voiture bondée ? se
demanda-t-il. Bizarre. Ils étaient trop nombreux pour un simple
meurtre, ou même pour un simple enlèvement. Seule conclusion
possible, il avait affaire non pas à des hommes de main, mais bien
aux cerveaux de l'opération, à l'exception du chauffeur qui avait
toutes les apparences d'un sbire habitué à recevoir des ordres
plutôt qu'à en donner. Pourquoi, dans ce cas, étaient-ils venus
le cueillir en personne au lieu de confier cette tâche à des subal-
ternes ? Pourquoi tous ensemble ? « Parce qu'ils ne se font pas
confiance », conclut-il. Pas question que l'un d'entre eux prenne
une longueur d'avance, bénéficie d'un entretien particulier avec
lui ou lui mette la main au collet en premier.

Un examen sommaire des membres du trio assis derrière
confirma ses soupçons. À partir d'indices subtils, l'observateur
avisé arrive en général à établir un ordre hiérarchique : le patron,

le bras droit et les éventuels sous-fifres. Rien de tel ici. Parmi les occupants, trois étaient visiblement sur un pied d'égalité : l'homme assis sur le siège du passager à côté de lui, le géant blond à l'arrière et le petit homme nerveux tassé dans l'autre coin. Seul le vieillard chauve donnait l'impression de ne pas être à la hauteur : son visage avait beau arborer une expression fine et rusée, il était dépourvu de l'autorité frappante de ses deux compagnons. « Des conspirateurs », songea Gérald. Une chose et une seule les réunissait, et ce n'était ni la confiance ni l'amitié. Par hasard, quelque intérêt commun les liait l'un à l'autre, mais c'était provisoire. Il souffla un peu. En fin de compte, l'ennemi ne l'emportait pas en nombre. « C'est chacun pour soi », se dit-il.

Au moment où la voiture tournait, un garçon marchant sur le trottoir retint un instant son attention. Il était si familier que de Havilland se surprit à lui adresser une question en silence : « Qui es-tu ? » Le garçon sembla le reconnaître, lui aussi. Hélas, ils s'éloignèrent avant que Gérald ait eu le temps de se rappeler son identité.

Sur le boulevard, la voiture accéléra, et de Havilland sentit les passagers se crisper. Le vrombissement du moteur l'oppressait. Il avait hâte que quelqu'un parle, joue la première carte. Lui-même n'en ferait rien. L'homme qui occupait le siège du passager se tortilla imperceptiblement. Il affectait un calme olympien, mais ses mains, agrippées à ses genoux, si fort que les tendons de ses doigts saillaient, le trahissaient. Sa voix, lorsqu'il prit enfin la parole, parut néanmoins réfléchie, presque rêveuse.

— Ô Jephté ! juge d'Israël, quel trésor tu avais !

« Shakespeare, songea de Havilland. *Hamlet*, je crois. »

Tournant la tête, le chauffeur interrogea son compagnon, comme s'il s'agissait d'une banale conversation.

— De quel trésor voulez-vous parler, Votre Seigneurie ?

La réplique vint à de Havilland un instant avant que l'autre ait eu le temps d'ouvrir la bouche. Il sentit une main glacée lui descendre le long de la poitrine, puis l'agripper à l'estomac.

— Eh bien ! Une fille unique charmante qu'il aimait passionnément.

De Havilland se regarda dans le rétroviseur, ordonnant à son visage de ne rien trahir. Ses entrailles étaient réduites en bouillie.

— Vous avez une fille, monsieur de Havilland, n'est-ce pas ?

Dans le rétroviseur, de Havilland se vit faire oui de la tête.

— Que vous aimez passionnément ?

L'homme avait adopté un ton léger, railleur. Pour un peu, de Havilland l'aurait étranglé.

— Nous ne nous voyons pas beaucoup, ces jours-ci, répondit-il.

À cause des efforts qu'il déployait pour se forcer au calme, sa voix était toute blanche.

— Ah bon ? lança l'homme. Qu'est-ce que cela signifie ? « Loin des yeux, loin du cœur » ou « l'éloignement renforce l'affection » ?

De Havilland garda le silence.

— Ai-je raison de supposer que vous exercez une influence considérable sur votre fille, monsieur de Havilland ?

— On voit bien que vous n'êtes pas père d'une adolescente.

— Allons donc, vous vous sous-estimez. Les filles ont de l'admiration pour leur père. Elles tiennent beaucoup à lui.

— C'est vous qui le dites. À quoi voulez-vous en venir, au juste ?

— Vous êtes nouveau, ici, monsieur de Havilland. Peut-être les subtilités de la situation politique vous échappent-elles encore.

— Je compte sur vous pour me mettre au courant.

D'Hélène à la politique : coq-à-l'âne pour le moins inattendu, en vérité.

— Nous sommes à l'aube d'une ère de changement radical, monsieur de Havilland. Nous prévoyons une transformation totale du monde tel que nous le connaissons. Une révolution, si vous préférez, ou un rééquilibrage des forces.

— Je vois, répondit de Havilland, complètement perdu.

— Votre fille, vous serez peut-être surpris de l'apprendre, a un rôle crucial à jouer dans ce rééquilibrage. Il ne serait pas exagéré d'affirmer qu'elle y est essentielle, même si elle n'est au courant de rien.

— Je vous trouve bien mystérieux.

— À l'approche de bouleversements comme celui-ci, on assiste inévitablement à quelques joutes de pouvoir : des factions se forment, chacune animée de ses propres desseins.

« C'est incontestable », songea de Havilland en examinant les occupants de la banquette arrière.

— Par ce que j'appellerais un simple hasard historique, votre fille pourrait être le facteur décisif.

— En quel sens ?

— Elle a une chose…

— Quel genre de chose ?

— En soi, ce n'est rien. Une bagatelle, je vous assure. C'est uniquement à cause du contexte que la chose en question possède, comment dire ? une grande valeur symbolique.

En plein le genre de mystification que seul un imbécile goberait. De Havilland hocha donc la tête d'un air solennel, heureux pour le moment de passer pour un idiot. En général, c'était sa première ligne de défense : s'arranger pour que l'ennemi le sous-estime. Certes, il se trouvait en fâcheuse position, mais il ne pouvait s'empêcher de ressentir une certaine gaieté de cœur, attisée par une pointe de peur on ne peut plus réelle. Elle lui était venue à l'évocation d'Hélène. Son amour pour elle était son talon d'Achille : si ses ravisseurs s'abaissaient à menacer de lui faire du mal, il se plierait à leur volonté. Il devait donc trouver le moyen d'éviter qu'ils n'envisagent de s'en prendre à Hélène, leur laisser croire qu'il y avait des moyens plus faciles d'obtenir sa collaboration. Se donner des airs de dupe n'était pas un mauvais point de départ ; plus tard, il n'aurait qu'à montrer son appétit de richesse ou sa vanité, tout en masquant l'inten- sité de son amour pour Hélène. Il ferait semblant qu'ils s'étaient perdus de vue, qu'ils étaient en froid, qu'il n'y avait plus rien entre eux. Entre-temps, il lui fallait repérer leurs points faibles, cerner leurs motivations.

Il avait déjà quelques intuitions : diviser pour mieux régner, d'abord, principe universel. À l'évidence, il ne faudrait pas grand-chose pour semer la zizanie au sein de cette mau- vaise troupe. Sa propre valeur, ensuite : s'ils avaient pu agir autrement, ses ravisseurs ne se seraient pas donné la peine de demander son aide. Personne ne s'adresse à un intermédiaire pour le simple plaisir. Le fait que le recours à la force soit exclu, enfin. Sinon ils n'auraient pas hésité à s'en servir pour obtenir d'Hélène ce qu'ils voulaient. Ainsi, la situation, pour délicate qu'elle fût, exigeait de la persuasion plutôt que de la force, et lui-même était en position de force. En réalité, le combat n'était pas aussi inégal qu'il ne l'avait cru à première vue. Il hocha de nouveau la tête d'un air solennel, comme s'il était parvenu à quelque conclusion lourde de conséquences.

— Et quel est donc mon rôle dans toute cette affaire?

— C'est l'enfance de l'art. Veiller à ce que l'objet qu'Hélène a en sa possession ne tombe pas entre de mauvaises mains.

«Qu'il tombe plutôt entre les vôtres, en l'occurrence», se dit de Havilland, qui se contenta d'un autre hochement de tête bien senti.

— Rien de sorcier, en effet. Que faut-il que je fasse, au juste?

Il avait failli s'écrier: «Conduisez-moi auprès d'Hélène, et que ça saute.» C'eût été une erreur. Il ne devait pas donner l'impression d'être pressé de la voir et encore moins celle de s'inquiéter. Avant que l'homme n'ait eu le temps de répondre, une voix pressante retentit derrière.

— Comte Grafficane! s'écria le petit homme nerveux.

— Maître Scot?

— Le seigneur de Bragmardo est indisposé. Le roulis de votre carrosse le rend malade.

En regardant dans le rétroviseur, de Havilland eut l'intuition que Bragmardo, le vieil homme chauve et rusé, était moins souffrant qu'étonné, comme si on venait de lui donner une bourrade dans les côtes. Ce n'est qu'à cet instant qu'un masque de douleur se peignit sur son visage.

— On s'arrête, Scarmiglione, ordonna Grafficane, exaspéré.

Toujours dans le rétroviseur, de Havilland surprit le regard de Scot, dont les yeux étaient d'un éclat extraordinaire, presque incolore, à la façon de diamants. Au moyen d'un infime mouvement, ils indiquèrent à de Havilland qu'il avait intérêt à descendre, lui aussi.

— Si vous n'y voyez pas d'inconvénient, lança-t-il, je ne dirais pas non à un bon bol d'air, moi non plus.

Le comte ouvrit la portière sans dissimuler son irritation. Penché, Bragmardo avait des haut-le-cœur convaincants, sous l'œil bienveillant de Scot. Debout devant Grafficane, dont il obstruait la vue, de Havilland tendit la main au vieillard.

— Puis-je vous être utile ? demanda-t-il.

— Merci, mais je crois que le pire est passé, répondit Scot.

Il contourna Bragmardo et fit adroitement glisser un objet dans la main tendue de de Havilland.

— Vous voulez bien le soutenir un moment ? demanda Scot.

Il appuya Bragmardo contre le bras de de Havilland, puis il ouvrit la portière. Le vieil homme se laissa guider vers la voiture.

— Merci.

De Havilland se tourna vers Grafficane, qui attendait qu'il remonte. Gérald l'étudia, curieux de savoir s'il avait remarqué l'échange entre Scot et lui, mais le faciès de l'homme avait l'impassibilité d'un masque.

CHAPITRE 6

Le gentil serveur

Imperceptiblement, l'après-midi avait cédé la place au soir, qu'on reconnaissait au mouvement de la lumière, à la longueur des ombres. Toujours aucune trace d'Hélène. À la vue des multitudes qui rentraient à la maison après une journée de labeur, Jake, comme cela lui arrivait souvent, se demanda pourquoi il y avait de nombreux visages mémorables qu'on avait la certitude de reconnaître à l'instant où on les reverrait, sans jamais y parvenir. Depuis environ une demi-heure, il était de retour chez Fabio.

— Vous ne l'avez pas vue ?

Lorsque Jake lui avait demandé si une fille correspondant au signalement d'Hélène était venue en son absence, le serveur l'avait regardé d'un air de commisération.

— Si vous avez un objet à lui remettre, vous n'avez qu'à me le laisser, et je le lui donnerai à la première occasion.

Jake se raidit. Pourquoi cette question ? Du bout des doigts, il se livra à un discret examen. Le paquet se trouvait encore dans sa poche. Il était certain de ne pas l'avoir sorti dans ce café, ni maintenant ni plus tôt. Le visage du serveur au sourire triste lui rappelait désormais un masque derrière lequel se cachaient Dieu seul sait quelles intentions. Le serveur rôda un moment autour de la table avant de s'éloigner sans réponse. Jake comprit qu'il était temps de lever le siège.

Les lampadaires s'allumaient un à un, chaudes lueurs jaunâtres dans le crépuscule bleuté. Jake se mit en route d'un bon pas, dans l'intention de laisser croire qu'il savait où il allait. L'idée que le serveur le suive ou lance un complice à ses trousses ne lui plaisait pas le moins du monde. En donnant l'impression de savoir ce qu'il faisait, il serait moins vulnérable. Le problème, c'est qu'il n'en avait pas la moindre idée. Marchait-il seulement dans la bonne direction ? Il l'ignorait. La meilleure solution consisterait peut-être à retourner à l'auberge du Pont de la pesée, à condition qu'il la retrouve, à avouer son lamentable échec et à demander qu'on confie la mission à quelqu'un d'autre.

Une sinécure, et il avait malgré tout réussi à bousiller le travail ! Au supplice, il s'arrêta devant la vitrine d'une boutique. Posant le front contre la vitre fraîche, il ferma les yeux en gémissant. « C'est inutile, totalement inutile ! songea-t-il. Je n'arriverai à rien. Mieux vaut que je fasse demi-tour, à supposer que je sois capable d'un tel… »

Il rouvrit les yeux, surpris. C'était exactement comme si quelqu'un lui avait donné un coup sur la tête, pas méchamment, mais fermement, afin de le sortir de sa stupeur, de son apitoiement sur lui-même.

Il mit un moment à comprendre ce qu'il avait sous les yeux : la boutique qu'il avait choisie pour ses épanchements vendait des livres d'occasion, et la vitrine en était remplie. On voyait la jaquette ou le dos de la plupart des livres, à l'exception des deux du centre, ouverts à la page de titre. Sur chacune, un frontispice où figurait le portrait de l'auteur : à gauche, une tête large et formidable, aux mâchoires de bouledogue, vous fixait de ses yeux sombres et intelligents ; à droite, le menton de l'auteur, montré de profil, montait à la rencontre de l'extrémité tombante de son long nez aristocratique, sa tête entortillée dans une sorte de couvre-chef ou de foulard aux plis compliqués, terminé par une longue queue à l'arrière. À gauche, on lisait *Œuvres de Thomas d'Aquin* ; à droite, en lettres rouges, *L'Enfer* et, dessous, en lettres noires, Dante Alighieri.

« Tom et M. D., songea Jake. Les deux hommes de l'auberge. Je savais bien que je les avais déjà vus quelque part. »

Puis il se souvint que Dante, au début de son poème, était perdu dans une forêt obscure. C'est alors que Virgile apparaissait pour le guider. Ensemble, au cours de leur voyage en enfer, ils affrontaient mille dangers. « Quand je pense que je m'apitoie sur mon sort parce que je n'ai pas réussi à trouver Hélène pour lui remettre un petit paquet. Qui sait ? Je vais peut-être tomber sur Virgile à mon tour », se dit-il en contemplant les deux têtes impressionnantes.

« À moins que je ne l'aie déjà rencontré. »

Il n'était pas seul, voilà tout ce qui comptait. Deux personnages considérables l'avaient choisi, lui, pour cette mission. S'ils avaient foi en lui, eux, pourquoi ne se ferait-il pas un peu plus confiance ? Ainsi armé d'une résolution nouvelle, il reprit sa marche. Presque aussitôt, il remarqua un panneau indiquant la gare routière.

« Évidemment, songea-t-il, c'est là qu'elle sera ! J'aurais dû y penser plus tôt ! »

Il pressa le pas.

* * *

La gare avait un aspect surréel, à la façon d'un décor de théâtre. Sous l'éclairage cru, les quais semblaient plus clairs qu'à la lumière du jour, les ombres plus profondes, plus noires. Les autocars étaient également trop lumineux pour être réels. On aurait plutôt dit des jouets géants. Un de ces véhicules s'enfonçait dans les ténèbres ; Jake vit ses feux et le rectangle scintillant de sa lunette arrière disparaître au bout de la route. Hélène y était peut-être montée. Une possibilité parmi d'autres. Le suivant paraissait plus probable. Il consulta l'indicateur. Quarante-cinq minutes d'attente. Il s'assit sur un banc. Là aussi, il y avait des visages, mémorables dans de nombreux cas, et malgré tout différents de ceux qu'il avait entrevus l'après-midi sur la place. « Quelqu'un me reconnaît-il ? » se demanda Jake. Ce garçon, là, où l'avait-il déjà rencontré ? Oui, bien sûr, au café de la place. Il attendait quelqu'un.

— Vous l'attendez toujours ?

Un parfait étranger... Non, pourtant : c'était le serveur du café. Il avait l'air différent dans son manteau. Que fabriquait-il ici ? « Me suivrait-il, par hasard ? » C'était improbable. Sans doute rentrait-il simplement chez lui.

— Excusez-moi. Je ne vous avais pas reconnu. Non, j'attends quelqu'un qui arrive par le prochain autocar.

«Pourquoi mentir?»

— Ah bon? En tout cas, si vous changez d'avis...

«À quel propos? Pourquoi me dévisage-t-il de la sorte?»

— Excusez-moi. Je crois que je vais aller acheter un magazine.

«Il s'est assis sur le banc. Attendrait-il le même autocar que moi?»

Jake s'efforça de se perdre au milieu des magazines. Il gardait l'œil ouvert, au cas où Hélène apparaîtrait. Pourquoi avoir dit au serveur qu'il attendait quelqu'un qui arrivait par autocar? Il aurait l'air bizarre en montant à bord du véhicule. Si Hélène ne venait pas ou qu'elle était déjà partie, il n'aurait peut-être pas le choix. Il était de plus en plus certain qu'il l'avait ratée, qu'elle était dans l'autocar précédent. Si seulement il n'était pas retourné sur ses pas dans l'espoir de rattraper le père d'Hélène, il l'aurait à coup sûr retrouvée, elle. Dans l'état actuel des choses, il partirait à sa recherche s'il le fallait. Le voyage durerait toute la nuit, mais, à supposer qu'Hélène lui ait glissé entre les doigts, il n'avait pas le choix. Le plus tôt serait le mieux. Il patienta encore dix minutes, puis il alla acheter un billet. Il n'alla sur le quai qu'une fois l'autocar arrivé. Le serveur avait disparu. À bord, Jake constata qu'il avait pris place de l'autre côté de l'allée. Jake évita son regard en enfouissant le nez dans son magazine.

L'autocar s'enfonça dans la nuit. En lisant, Jake jetait des regards furtifs au reflet du serveur dans la glace, pour voir s'il l'épiait. Il donnait l'impression de dormir. Jake l'aurait volontiers imité, mais il craignait que le serveur ne tente de lui faire les poches. Comment pouvait-il être au courant de l'existence du paquet ? « Je m'imagine des choses », songea Jake. Le serveur avait sûrement voulu parler d'un message. Les serveurs ont l'habitude de ce genre de situation : un client attend manifestement quelqu'un, puis, au bout d'un moment, se lève et s'en va ; cinq minutes plus tard, un autre client se présente, en retard à un rendez-vous. Il est tout naturel que le client en question demande au serveur si quelqu'un l'a attendu et s'il accepterait de lui remettre quelque chose. Le serveur aurait peut-être droit à un généreux pourboire. C'était l'explication la plus plausible. Cela faisait partie du service, tout simplement. Jake se demanda s'il aurait dû se montrer plus aimable envers le serveur. Peut-être connaissait-il bien Hélène, qui comptait parmi les bons clients du café. Une grosse femme vint s'installer sur le siège à côté de lui. Il se sentit enfin libre de s'assoupir.

CHAPITRE 7

Gérald de Havilland joue un rôle

Une fois les passagers remontés dans la voiture, Scarmiglione fit demi-tour et ils repartirent dans la direction d'où ils étaient venus. Personne ne desserrait les dents, et Gérald de Havilland commença à ressentir un grave malaise. Avait-il gaffé face à Scot ? S'il avait été dupe de la prétendue nausée de Bragmardo, Grafficane, à l'évidence, se doutait de quelque chose. L'angoisse grandissante de de Havilland se traduisait par un désir d'en savoir plus au sujet d'Hélène. Où était-elle ? Avec qui ? Comment allait-elle ? Les questions le démangeaient, mais il se dit que, dans les circonstances, interroger ses ravisseurs était contre-indiqué. Il s'efforça donc de rester immobile, les yeux rivés sur le pare-brise. À une ou deux reprises, il chercha le regard de Scot dans le rétroviseur ; ce dernier, cependant, semblait fasciné par le paysage. Quant à ses deux compagnons, ils donnaient l'impression de s'être endormis.

Soudain, Grafficane ordonna à Scarmiglione d'arrêter. La voiture ralentit et de Havilland sentit son pouls s'accélérer. Cette fois, c'est le chauffeur qui descendit et tint la portière pour le laisser sortir. D'un mouvement sec de la tête, Grafficane ordonna à de Havilland de descendre. La peur s'abattit sur Gérald, telle une pluie glacée. Il avait beau être gelé jusqu'aux os, ses mains étaient moites. Son heure avait-elle sonné? Il jeta un coup d'œil à la haute silhouette de Scarmiglione, une main sur la portière, l'autre plongée dans sa poche, menaçante. De Havilland glissa sur la banquette et, quand il passa sous le gros volant, ses jambes tremblaient. Pour se lever, il dut s'appuyer sur la voiture. Le regard glacé, Scarmiglione lui fit signe de se retourner. En s'exécutant, de Havilland ressentit un besoin pressant de se vider les tripes. Il s'attendait à tout moment à sentir le baiser froid du canon d'un revolver sur sa nuque ou à entendre une détonation aiguë, et ce serait la dernière chose qu'il entendrait de sa vie…

C'est plutôt la portière qui se referma avec fracas. Puis la Tatra au dos de coccinelle s'éloigna, et Gérald de Havilland resta planté sur le trottoir, où il poussa un profond soupir de soulagement. «Pendant un instant, j'ai…» Il soupira de nouveau. Il avait eu droit à une démonstration de force, rien de plus: pas besoin de rendez-vous, nous vous cueillerons quand bon nous semblera. Ils avaient simplement voulu lui flanquer la frousse, et de Havilland admit volontiers qu'ils avaient plutôt bien réussi. Il fouilla ses poches à la recherche de l'objet que Scot lui avait remis. C'était une pochette d'allumettes, d'un noir lustré, sur laquelle le mot «Domitian» était écrit en lettres d'argent. Un bar ou une boîte de nuit, sans doute. De Havilland commença à marcher dans la rue déserte, à la recherche d'un passant à qui demander son chemin.

* * *

Il mit un certain temps à repérer Domitian, bar établi au sous-sol d'un immeuble à bureaux grisâtre. Il décida de ne pas y entrer tout de suite. Fort de ses expériences récentes, il inspecta au préalable les environs dans l'espoir de découvrir une sortie de secours. La porte principale, en effet, donnait sur un petit espace encaissé, d'où des marches menaient à la rue. Aménagement qui, à la vérité, se prêtait fort mal à une fuite réussie. Il fut heureux de constater l'existence d'une ruelle étroite à l'arrière de l'immeuble, à un niveau plus bas que la rue. La porte y donnait directement accès. Il y avait aussi deux fenêtres, non barricadées par-dessus le marché. Un peu plus loin, la ruelle finissait malheureusement en cul-de-sac. Comme quoi rien n'est parfait. En cas de véritable urgence, il y avait un escalier de secours dont il réussirait peut-être à tirer parti. Après avoir reconnu les lieux, il repartit vers l'extrémité de la ruelle.

C'est à cet endroit que deux formes émergèrent de l'ombre, une de chaque côté. Parce qu'elles étaient à contre-jour, de Havilland ne distinguait pas leurs traits. Du reste, elles semblaient avoir le visage dissimulé par un foulard. De Havilland se plaça aussitôt en position de combat. En réagissant prestement, il parviendrait sûrement à rejoindre la rue. Deux autres silhouettes se matérialisèrent à leur tour. De Havilland baissa les bras et se redressa. Quatre larrons, c'était trop pour un simple vol ; si les créatures entendaient le passer à tabac, toute résistance ajouterait à la violence des coups.

L'une d'elles s'approcha, et il constata avec surprise qu'il s'agissait d'une femme. D'un signe, elle lui indiqua de se retourner. Au premier contact, il tressaillit, mais la femme, au lieu de l'assommer, lui banda les yeux. Il sentit des mains se poser sur ses épaules et le faire tourner sur lui-même afin de le désorienter. «Mes assaillants me ramènent sans doute dans la ruelle, se dit-il. Sinon ils n'auraient pas pris cette précaution.» Pendant qu'ils marchaient, il tendit l'oreille. L'écho de leurs pas laissait croire à la présence de murs à proximité. Ses soupçons se confirmèrent lorsqu'on le fit précautionneusement monter sur une marche en métal. «L'escalier de secours!» Ils arrivèrent à un palier, puis ils poursuivirent leur ascension jusqu'à un autre palier en métal. Là, une porte s'ouvrit en grinçant. «Premier étage», songea-t-il. Il se souvint alors que le rez-de-chaussée, à l'arrière, était le sous-sol à l'avant. Le rez-de-chaussée était donc du côté de la rue.

Sans ménagement, on le fit asseoir sur une chaise et on lui retira son bandeau. Il se trouvait à une longue table, au milieu d'une vaste pièce peuplée d'ombres projetées par une grosse chandelle posée sur la table. Dans la lumière, tels des masques désincarnés flottant dans l'air, se découpaient sept visages, quatre hommes et trois femmes, tous jeunes, affichant une expression de zèle grave. Ils avaient un air de conspirateurs de bande dessinée si caricatural que de Havilland faillit éclater de rire. Ce qui le retint, c'était la sensation qu'il y avait une personne de plus dans la pièce, qu'il sentait sans la voir, sur sa droite. Il plissa les yeux dans l'espoir de distinguer la forme assise sur une chaise. À cause de cette présence, l'assemblée à l'allure par ailleurs trop théâtrale lui sembla menaçante.

Un silence inconfortable s'installa dans la pièce, comme si aucun d'entre eux ne savait par où commencer.

— Vous avez une fille, monsieur de Havilland, finit par dire une jeune femme.

— Ah bon ?

— Ne jouez pas au plus fin avec nous, monsieur de Havilland, siffla un jeune homme, les dents serrées.

Cette fois, de Havilland ne put se retenir de rire.

— J'adore les répliques de ce genre, déclara-t-il. C'est si naturel.

— Nous aimerions voir votre fille, reprit la jeune femme.

« Moi aussi, songea-t-il. Je me demande où elle peut bien être, en ce moment. Mes ravisseurs également, à l'évidence. Quant à Grafficane, s'il l'avait su, ne m'aurait-il pas conduit jusqu'à elle ? » L'idée qu'Hélène fût en liberté le ragaillardit considérablement.

— Allez la voir, je vous en prie. Rien ne vous en empêche.

— Nous sommes d'avis que la rencontre se passerait mieux si quelqu'un en qui elle a confiance nous accompagnait.

— Qui vous dit qu'elle a confiance en moi ?

— Vous êtes son père.

Il avait beau parler d'un ton léger, il demeurait conscient de la silhouette tapie dans l'ombre. C'est de là que venait le véritable danger. Il devait à tout prix se garder d'envoyer les mauvais signaux en donnant l'impression de s'inquiéter pour Hélène.

— Nous n'avons jamais été très proches, lança-t-il froidement. Il y a longtemps que nos chemins se sont séparés.

La déclaration fut accueillie avec consternation. On échangea des regards. En fin de compte, une des jeunes femmes se leva pour aller consulter la silhouette dans l'ombre. Leur conversation se résuma à un murmure sifflant.

La jeune femme prit la parole sans même regagner sa place.

— La sécurité de votre fille nous inspire des craintes.

«Attention, pensa de Havilland. Pourquoi cette espèce d'ombre ne s'adresse-t-elle pas à moi? C'est intéressant.»

— Pourquoi vous feriez-vous du souci pour elle? Je ne m'en fais pas, moi.

— On a du mal à vous croire, monsieur de Havilland.

— Hélène n'est plus une enfant. Il y a belle lurette qu'elle n'a plus besoin de moi.

— Ce que nous craignons, c'est qu'elle se laisse abuser par le comte Grafficane.

— La vérité, c'est que vous préféreriez l'abuser vous-mêmes.

— Si vous nous aidez, nous sommes certains de la convaincre de la justesse de notre cause.

De Havilland eut un reniflement de dédain.

— Oublions les nobles idéaux, voulez-vous? Je suis un pragmatique. Je n'ai aucune idée de la cause que vous défendez et, franchement, je m'en moque. Vous avez besoin de la collaboration de ma fille. Vous me croyez capable de vous aider. La question que je me pose est donc la suivante: qu'est-ce que j'y gagne, moi?

Silence. «Mon Dieu! Je leur en ai bouché un coin.» Rien n'est plus naïf qu'un jeune idéaliste. Seulement, la forme tapie dans l'ombre ne l'était pas, elle. Avait-elle été dupe de sa démonstration de cynisme?

— Je m'en veux de détruire vos illusions, mais tout le monde ne partage pas vos admirables idéaux, quels qu'ils soient. Le comte Grafficane m'a déjà proposé un marché. Êtes-vous disposé à surenchérir ?

La forme dans l'ombre murmura à l'oreille de la jeune femme.

— Vous êtes donc prêt à vendre votre fille au plus offrant ? dit-elle, méprisante.

— C'est une façon de voir les choses, répondit de Havilland sans se départir de son sang-froid. Je me fiche de savoir avec qui je transige. Faites-moi une meilleure proposition et elle est à vous.

La jeune femme eut quelques mots très brefs avec la forme dans l'ombre, puis elle revint s'asseoir à sa place. D'un mouvement sec de la tête, elle désigna la femme assise à côté de de Havilland, qui se leva et se posta derrière lui. Nouveau geste de la tête. Celle-ci lui banda une fois de plus les yeux. On le ramena à l'endroit d'où il était venu. Pourtant, il eut l'impression qu'on le conduisait plus loin, non sans l'avoir obligé à effectuer deux ou trois virages à droite. Après l'avoir encore fait tourner sur lui-même, on lui retira le bandeau, et il se retrouva dans la rue principale, en face de Domitian. «Retour à la case départ», pensa-t-il. Il remarqua de lourdes draperies suspendues aux fenêtres du rez-de-chaussée. Était-ce bien là qu'on l'avait détenu ? Il traversa la rue et descendit au bar. La fin abrupte de l'interrogatoire le laissait perplexe. Sans doute ses ravisseurs avaient-ils senti le besoin de discuter entre eux. Pourquoi, dans ce cas, ne lui avaient-ils fait aucune offre, ne serait-ce que pour le dissuader de transiger avec Grafficane ? À moins, bien sûr, qu'ils sachent que Grafficane ne lui avait rien proposé, auquel cas...

Il ouvrit la porte et entra dans le bar. Il ne fut pas le moins du monde surpris d'y trouver Michael Scot qui l'attendait. Si de Havilland avait vu juste, il lui avait suffi de descendre de la pièce au-dessus.

— Un conseil, monsieur de Havilland, lança Scot pendant que Gérald s'assoyait. Nous sommes ici au royaume des illusions. Tout n'est qu'apparence.

— Ah bon ?

— Vous avez déjà commis un grave impair, là-haut. Je vous suggère de déguerpir alors qu'il est encore temps. Vous n'êtes pas à la hauteur.

— Et ma fille...

— ... est assez grande pour se débrouiller sans vous. C'est vous-même qui l'avez dit. Chose certaine, elle n'a pas besoin de votre intervention.

De Havilland hocha la tête. Où Scot voulait-il en venir, au juste ?

— Et si je décide d'ignorer votre conseil ?

— Vous aurez à en subir les conséquences. Et votre fille aussi, au cas où cela vous importerait.

« Me met-il de nouveau à l'épreuve ? » se demanda de Havilland.

— J'ai toujours été mon principal sujet de préoccupation. Quant à Hélène...

Il eut un geste résigné.

Scot sourit sombrement.

— Vous allez bénéficier d'une notoriété soudaine, monsieur de Havilland. D'autres s'adresseront à vous dans le même but. Vous auriez intérêt à les ignorer. Ne jouez pas au plus fin ; n'essayez pas de marchander. Contentez-vous de vous éloigner.

— Sur ces bonnes paroles, permettez-moi de prendre congé.

Il se leva et esquissa quelques pas vers la porte. Si Scot refusait de le courtiser, d'autres auraient moins de scrupules.

— N'allez surtout pas vous faire une idée exagérée de votre importance, lança Scot dans son dos. On vous manipulera, c'est tout.

De Havilland leva la main en signe d'adieu, sans un regard derrière lui.

— Merci de la mise en garde, vieil homme. Mais je crois que je vais tenter ma chance.

Dans la fraîcheur de la rue, il se demanda où était Hélène.

CHAPITRE 8

Une robe bleue

Elle reprit connaissance sans avoir la moindre idée de qui elle était, d'où elle se trouvait ni des motifs de sa présence à cet endroit. Sa seule certitude? Elle était trempée et elle avait horriblement mal à la tête. Elle se tâta le front et sa main se tacha de sang. À force de tâtonnements prudents, elle finit par découvrir une entaille au sommet de son crâne. Elle avait les cheveux emmêlés et poisseux. Baissant les yeux, elle constata qu'elle était tapissée de feuilles mortes. La pluie avait cessé. Petit à petit, elle reprit ses esprits et, tremblante, parvint à se mettre sur pied. Devant elle, il y avait une route. Arrivée à sa hauteur, Hélène se rendit compte que, d'un côté, elle gravissait peu à peu le flanc d'une colline lointaine; de l'autre, elle descendait en pente douce jusqu'à un pont en pierres grossièrement taillées. Elle choisit de descendre.

Le pont enjambait un ruisseau turbulent, gonflé par la pluie. Pendant un moment, elle observa le tumulte des eaux, brunes et mousseuses comme de la bière. Puis elle se dirigea vers l'autre parapet. Là, l'eau jaillissante plongeait dans une étroite gorge échancrée, si densément recouverte d'arbres qu'on n'en voyait pas le fond. Hélène n'avait toujours aucune idée de ce qu'elle fabriquait à cet endroit ; la marche lui rafraîchirait peut-être la mémoire. Elle poursuivit son chemin, l'eau gargouillant dans ses chaussures.

Tandis qu'elle marchait, elle eut la sensation d'avoir quelque chose à faire, même si elle aurait été en peine de dire quoi au juste. En proie à un sentiment d'urgence, elle pressa le pas. Sur la route, elle ne rencontra personne. Au sortir d'un coude, elle aperçut une vaste et solide demeure. « Je pourrais m'y arrê-ter, songea-t-elle. Peut-être me laisserait-on me débarbouiller un peu. » Accélérant de nouveau le pas, elle arriva bientôt au portail. Il faisait encore très gris : le ciel semblait matelassé de nuages bas. Pas le moindre signe du soleil ni de l'endroit où il pouvait se trouver. Difficile, dans ces conditions, de deviner l'heure. Le milieu de l'après-midi, peut-être ? Malgré l'obscurité, aucune lumière ne brillait aux fenêtres de la maison, et elle eut peur qu'il n'y ait personne. Comme la porte d'entrée était entrou-verte, elle sonna, cogna, attendit. Pas de réponse. Elle cogna de nouveau, si fort cette fois que la porte s'ouvrit. Elle hésita un moment, puis elle entra.

— Il y a quelqu'un ?

Dans le vestibule peuplé d'ombres, sa voix résonna étrange-ment. Rien ne troublait le silence, même pas un tic-tac, alors qu'il y avait une horloge un peu plus loin. Un commutateur lui permit d'allumer une faible ampoule suspendue au plafond haut. Il y avait une sorte de portemanteau muni d'un petit miroir.

La vue de son visage l'effraya : il était souillé et croûté de sang. Elle fut surprise de constater que son reflet n'éveillait en elle aucun souvenir de qui elle était. Dans la glace, une adolescente aux cheveux foncés et aux yeux bruns soutint son regard. Elle réagit si peu qu'il aurait tout aussi bien pu s'agir d'une étrangère la regardant par une fenêtre. Non pas que le vide de son esprit la préoccupât beaucoup. En réalité, il ne lui semblait pas particulièrement important de savoir qui elle était. Elle partit à la recherche d'une salle de bains. Passant devant l'horloge, elle constata avec étonnement qu'on en avait retiré les aiguilles.

Il n'y avait pas d'eau chaude. Elle remplit donc le lavabo d'eau froide. C'était une grande salle de bains à l'ancienne, aussi lugubre que le reste de la maison. Pas la moindre couleur vive en vue : les tons étaient décolorés. En sous-vêtements, elle se dit qu'il fallait qu'elle trouve le moyen de laver son linge. Il lui fallut pas mal de temps pour se rendre présentable. Elle nettoya précautionneusement sa blessure à la tête ; l'entaille était profonde, mais elle ne saignait plus. Débarrassé du sang et de la crasse, son visage était très pâle. Assise au bord de la baignoire, elle s'observa un moment. Puis elle se leva, mue par un impérieux besoin d'agir. Que faire pour ses vêtements ? Elle s'entortilla dans une serviette et partit en mission d'exploration. Il y avait une machine à laver à la cuisine ; à supposer qu'elle l'utilise, cependant, il lui faudrait attendre que ses vêtements sèchent. Elle tenta sa chance à l'étage. En parcourant la maison, elle eut le sentiment que ses propriétaires n'allaient pas revenir. Elle n'aurait pas su expliquer d'où lui venait cette quasi-certitude : la propreté des lieux avait quelque chose de définitif, comme si on avait fait le ménage pour de bon. La maison, en somme, paraissait avoir été abandonnée.

Elle ouvrit une porte donnant sur le palier : une chambre à coucher et, sur le lit, une robe. À sa vue, elle comprit d'où venait l'air d'abandon de la maison : tout était éteint. Les couleurs, aurait-on dit, avaient commencé à se délaver. La robe, en revanche, était d'un bleu vif, pareil à celui d'un soir d'été. Au contraire du reste de la maison, elle ne semblait exister que pour Hélène. Elle la passa par-dessus sa tête, sensible à la fraîcheur du tissu soyeux contre sa peau. Elle lui allait comme un gant.

Au rez-de-chaussée, elle décida de laisser ses vêtements là où ils étaient. Une sorte de troc, sans doute. En sortant, elle tira la porte, qui se rouvrit aussitôt. Elle n'y toucha plus.

Il y avait maintenant un peu plus de lumière, mais elle était basse dans le ciel : c'était une sorte de lueur crue, cuivrée, sans source apparente. Les nuages n'en paraissaient que plus menaçants. Non loin de la maison, elle arriva au sommet d'une colline, d'où elle aperçut une petite ville. Devant elle, une rue à pic, couverte de pavés, serpentait entre des rangées de maisons proprettes : à ses pieds, la ville s'étendait à la manière d'un étang incolore, les pignons des toits d'argile humides. On aurait dit une mer démontée et grise dessinée par un enfant. La lueur cuivrée n'était plus qu'une étroite bande plaquée sur l'horizon lointain. Les nuages lourds pesaient tel un plafond bas, leur grisaille parsemée d'un peu de mauve funèbre. Pas une seule lumière en vue. La rue était déserte. Il y avait autre chose d'insolite dans cette rue, même si Hélène ne parvenait pas à mettre le doigt dessus. Elle s'attarda un moment pour y réfléchir, en vain. Elle dévala la rue sans rencontrer âme qui vive. Les fenêtres des maisons étaient noires. Elle remarqua que de nombreuses portes bâillaient légèrement, comme si les occupants, en partant, avaient jugé inutile de les refermer complètement.

Au pied de la colline, la ville apparut, la rue bordée de part et d'autre de hautes maisons grises. Çà et là, elle voyait ce qui aurait pu passer pour des boutiques, fermées sans exception. Hélène eut la nette impression que tout commerce y avait pris fin : dans les vitrines, les étalages brillaient par leur absence. La rue était si déserte qu'elle marchait en plein milieu. C'est alors qu'elle comprit que ce qui l'avait troublée, quelques instants plus tôt, c'était l'absence de circulation, mais aussi de toutes formes de véhicules. En route, elle n'en avait pas croisé un seul. Il y avait aussi une remarquable absence de bruits. Elle se rendit compte qu'elle n'avait vu ni oiseaux, ni chats, ni chiens. C'était inhabituel, évidemment ; ce détail, cependant, ne la perturba pas davantage que de ne pas savoir qui elle était.

Elle avait croisé des rues transversales. La suivante était une artère principale. Elle s'y engagea. C'était une large avenue à terre-plein central, qui avait l'air un rien surannée. Elle mit un moment à comprendre pourquoi : ces câbles, au-dessus de la chaussée, ne servaient-ils pas à des tramways ? De fait, des rails sillonnaient les pavés. Or, elle ne voyait ni trams, ni autobus, ni camionnettes, ni voitures, ni camions, ni passants. À l'évidence, il s'agissait pourtant de la rue principale, bordée d'imposantes boutiques, dont les vitrines, toutefois, étaient vides. Détail plus étrange encore, les commerces n'avaient pas de nom. L'enseigne était là, fidèle au poste, mais rien n'y était écrit. À y regarder de plus près, elle s'aperçut qu'il n'y avait rien d'écrit nulle part : pas d'affiches, pas de plaques. Elle n'aurait pas su dire avec certitude dans quel pays elle se trouvait.

Un peu plus loin, du côté gauche, trônait un immeuble très orné. L'hôtel de ville, peut-être. Il était doté d'une horloge de forme octogonale, surmontée d'un dôme de cuivre plein de vert-de-gris. À son approche, elle fut saisie d'un vague sentiment de crainte, certaine qu'une surprise désagréable l'y attendait. À la hauteur de l'hôtel de ville, elle leva les yeux sur l'horloge. On en avait retiré les aiguilles. Elle était consternée, même si elle n'aurait pas su expliquer les raisons de son accablement. À la vue de l'horloge aveugle, elle eut confusément la certitude de connaître déjà l'explication. En réalité, elle savait que les aiguilles avaient été enlevées volontairement et que, à supposer qu'elle se rappelle pourquoi, elle comprendrait la cause de son malaise.

CHAPITRE 9

Conspirateurs sur la place

Le café, lové dans le coin d'une des entrées principales de la grand-place, était l'endroit idéal où être vu. Aux premiers signes du crépuscule, il était brillamment éclairé. De son poste d'observation, c'est-à-dire à la table la plus en évidence qu'il avait pu trouver, Gérald de Havilland bénéficiait d'un vaste choix de divertissements : autour des trois fontaines alignées dans l'axe central de la place ovale, des cracheurs de feu, des funambules, des jongleurs et des acrobates aux costumes voyants rivalisaient d'adresse sous le regard des passants qui défilaient en un flot incessant, tandis que les sujets les plus raffinés fumaient et sirotaient un verre à la terrasse des cafés, en grande conversation ou, comme lui, assis, fin seuls, l'air d'attendre quelqu'un. La scène avait beau sembler paisible, les protagonistes au repos, il y avait dans l'air une tension palpable, presque fiévreuse. « On se croirait à l'aube d'une guerre », se dit de Havilland.

Il scruta l'échiquier posé sur la table, les pièces en position de départ. Encore une métaphore guerrière, mais qu'elle était loin du compte ! Deux clans clairement définis, noirs et blancs, à forces égales, assujettis à des règles strictes. Telle était peut-être la vision des jeunes fanatiques qui l'avaient enlevé un peu plus tôt. Ils se mettaient le doigt dans l'œil jusqu'au coude, ceux-là. En réalité, il n'y avait pas de camps ou alors il y avait autant de camps que de joueurs. Chacun pour soi. Quant aux alliances, elles n'étaient jamais que des expédients provisoires. Les types qui l'avaient recueilli dans leur Tatra, par exemple. Si Grafficane se considérait sans nul doute comme leur leader, de Havilland avait bien senti que le rapport de force pouvait changer à tout moment. Scot avait déjà annoncé ses couleurs ; les autres, pensait Gérald, n'allaient pas tarder à le suivre. D'où sa présence en ce lieu, où il attendait au vu et au su de tous.

Ils ne mirent guère de temps à lui donner raison. C'est le grand blond qu'il aperçut en premier ; dominant la foule des épaules et de la tête, il balayait les environs des yeux. Il repéra de Havilland et fondit sur lui. Lorsqu'il émergea de la foule, Gérald eut la surprise de voir que le petit homme chauve, Bragmardo, l'accompagnait. Ils s'avancèrent vers sa table, sans même tenter de camoufler leurs intentions. « Voilà qui est intéressant, songea de Havilland. Savent-ils que personne ne nous surveille ou s'en moquent-ils ? »

— Vous permettez que nous nous joignions à vous ?

De Havilland désigna les chaises vides.

— Je vous offre à boire, messieurs ? demanda de Havilland. Un peu de vin, peut-être ?

Bragmardo sourit et hocha la tête. Il paraissait beaucoup plus à l'aise que son compagnon, occupé à se triturer un ongle.

De Havilland fit signe à un serveur.

— Veuillez m'excuser, monsieur, mais si je connais le nom du seigneur de Bragmardo, j'ignore le vôtre.

— Albanus, répondit sèchement le géant blond avant de retourner à son ongle.

Le serveur arriva avec une bouteille de vin rouge et trois verres. De Havilland les servit et souleva son verre.

— Et si nous trinquions, messieurs ? Aux conspirateurs !

Albanus lui décocha un regard aigri ; Bragmardo sourit et leva son verre.

— Ce n'est pas un sujet de plaisanterie, monsieur de Havilland, dit Albanus. La situation est extrêmement délicate.

— Pardonnez-moi. Je ne voulais surtout pas vous offenser. En quoi puis-je vous être utile ?

— Vous savez ce que nous voulons, répondit Albanus.

— Ah bon ? s'écria de Havilland, les yeux écarquillés, le portrait même de l'innocence.

— Nous voulons que vous vous serviez de l'influence que vous exercez sur votre fille.

— À supposer que j'en aie, bien entendu ! Puis-je vous demander au nom de qui vous formulez cette requête ?

— Ça vous intéresse ?

De Havilland goûta son vin d'un air pensif.

— Non, pas vraiment. J'aimerais juste savoir à qui j'ai affaire, histoire de me faire une idée claire des parties en cause.

Bragmardo sourit. Albanus, pour sa part, avait la mine plus sombre que jamais. C'est le petit homme qui rompit le silence.

— Mon compagnon et moi représentons ce que j'appellerai la solution de compromis. Nous sommes favorables à un changement, mais à un changement progressif. En somme, nous privilégions le consensus au lieu de la confrontation.

— Position admirable, j'en suis certain. Nul doute que vous comptez sur moi pour vous venir en aide par pure bonté d'âme, au nom de mes sympathies libérales?

Albanus eut un reniflement de dédain ; Bragmardo rit.

— Que non, monsieur de Havilland, que non. Tout travail mérite salaire, sans oublier que la loyauté vaut d'être récompensée. Dès que nous serons parvenus à nos fins, nous aiderons ceux qui nous ont aidés.

— Si vous y parvenez.

— Ça dépend de vous, mon vieux. Si vous acceptez de vous ranger à nos côtés, nous vous donnerons ce que vous voulez.

De Havilland avala une autre gorgée de vin. Albanus, remarqua-t-il, n'avait pas touché à son verre. Celui de Bragmardo, en revanche, était presque vide. Il le resservit avant de répondre.

— N'importe quoi?

Albanus détourna le regard, la mine dégoûtée ; Bragmardo s'offrit une longue lampée de vin.

— N'importe quoi, répéta-t-il d'un air entendu.

«C'est l'offre la plus alléchante qu'on m'ait faite aujourd'hui, songea de Havilland, et il est grand temps que je parle à Hélène.»

— Eh bien, messieurs, inutile de tourner autour du pot. Je suis votre homme.

Albanus et Bragmardo échangèrent un regard. L'expression

du petit homme indiquait clairement : « Je vous l'avais bien dit. »

— À une condition. Je dois parler à ma fille d'abord. Seul à seule.

Au tour d'Albanus d'arborer un air supérieur. Bragmardo sourit, mais pas avant que son masque soit tombé un instant. « Ainsi donc, songea de Havilland, vous ne l'avez pas non plus. »

— Qu'est-ce qui vous en empêche ? s'écria Bragmardo, faussement cordial. Faites, je vous en prie !

« Riposte brillante », pensa de Havilland.

— Je n'y manquerai pas, répondit-il.

Albanus était déjà sur pied, pressé de prendre congé. Bragmardo l'imita, l'air mal en point.

— Excusez-moi, dit-il à Albanus d'une voix chevrotante en s'épongeant le front. Partez sans moi, je vous rejoindrai. Un besoin naturel à satisfaire.

Albanus lui décocha un regard chargé de mépris et s'éloigna au milieu de la foule. Bragmardo s'attarda un moment en titubant un peu, sans perdre son compagnon de vue. Dès que la crinière blonde disparut au loin, le petit homme sourit gaiement, se rassit et vida le reste de la bouteille dans son verre.

— Notre ami est d'un naturel trop morose et beaucoup trop grave, fit-il d'un ton déterminé. Bien entendu, la coalition et le changement consensuel qu'il propose, c'est de la bouillie pour les chats. Une telle approche ne nous mènera nulle part. Pour vous, ce n'est pas une surprise.

« Non, mais vous en êtes une, vous », se dit de Havilland en scrutant l'homme d'un œil admiratif. Son effronterie était séduisante.

— Je connais les hommes, monsieur de Havilland, poursuivit Bragmardo. Du moins, je me plais à le croire. J'espère que vous ne m'en voudrez pas d'affirmer que nous nous ressemblons, vous et moi.

— Ah bon ?

— Nous voyons la situation pour ce qu'elle est : un jeu. Comme dans tout jeu, l'objectif est de gagner. Coûte que coûte.

— L'objectif ?

— L'objectif est toujours le même, monsieur de Havilland. Le pouvoir ! C'est d'ailleurs la seule chose qui compte.

De Havilland avala une gorgée de vin et sourit. « Où veut-il en venir ? » se demanda-t-il.

— Corrigez-moi si je me trompe, monsieur de Havilland, mais je pense que vous en savez pas mal au sujet du pouvoir. Comment l'obtenir, comment le garder. Et, si je ne m'abuse, vous y tenez au moins autant que moi.

— C'est possible.

— Vous aurez compris que vous vous trouvez actuellement en position de force : on vous courtise à gauche et à droite. On n'en ferait rien si ce n'était pas nécessaire. En même temps, vous vous dites que la situation actuelle ne va pas durer. La question qui se pose à vous, c'est comment tirer le meilleur parti possible de l'occasion.

« Quel talent, songea de Havilland. On jurerait qu'il lit dans mes pensées. »

— Vous êtes sur le point de me l'expliquer, je suppose ? demanda-t-il.

— Absolument.

— Ai-je raison de croire que vous faites vous-même partie de la solution ?

— Naturellement. Ma proposition est dans mon intérêt tout autant que dans le vôtre. On collabore mieux quand on a des intérêts communs.

De Havilland retourna ses mains, paumes en l'air, pour inviter son interlocuteur à poursuivre.

— J'ai beau dire du mal de l'approche consensuelle préconisée par mon considérable compagnon, je serai un candidat-paravent idéal. Les radicaux ont un pouvoir d'attraction trop limité. De toute façon, ils ont été infiltrés par des agents de Grafficane.

De Havilland haussa le sourcil.

— Je veux parler de Michael Scot, évidemment. N'aviez-vous pas deviné ?

— Je le prenais pour leur leader. Je croyais aussi qu'il agissait pour son propre compte, comme le reste d'entre nous.

— Vous avez vu juste. C'est d'ailleurs pour cette raison qu'il s'est acoquiné avec Grafficane, qu'il est heureux de faire son sale boulot, pour le moment. D'où sa rupture avec Albanus. L'ignoriez-vous aussi ?

— C'est ce que j'avais cru lire entre les lignes, lança de Havilland pour avoir l'air dans le coup.

Il sirota son vin, perdu dans ses pensées, l'esprit emballé. Il était impressionné par la maîtrise que Bragmardo avait de la situation. Lui-même était loin de se douter qu'elle fût si compliquée.

— Nous devrions profiter de la brouille entre son ancien partenaire et lui.

— Que voulez-vous dire ?

— Il faut les monter l'un contre l'autre, évidemment. Imaginez l'aubaine pour nous si Scot était éliminé et qu'Albanus était désigné comme coupable.

— Nous ferions d'une pierre deux coups ?

— Plus que ça ! Les radicaux n'auront plus de chef. Ils risquent d'ailleurs de soupçonner Grafficane et de se retourner contre lui. Nous n'aurons plus alors qu'à prendre la tête du gouvernement de compromis à la place d'Albanus, brave homme qu'une amitié trahie a conduit à la folie et à la vengeance meurtrière. Magnifique, n'est-ce pas ?

Il eut un large sourire, que de Havilland lui rendit. Le plan était d'une audace à couper le souffle, et le cynisme débridé de Bragmardo laissait supposer qu'il était l'homme idéal pour l'exécuter.

— Que devient Grafficane, dans tout ça ?

— Naturellement, il est l'héritier apparent. À l'instar de tant d'autres dans la même position que lui, il a de bonnes chances de sous-estimer les risques. Parce qu'il tient les rênes du pouvoir, il croit sa succession assurée : il est le chef de la police et, par-dessus tout, il a l'armée en main par l'intermédiaire de Scarmiglione. Il sait que quiconque a une mainmise sur l'armée domine le reste.

De Havilland siffla.

— Il me semble bien en selle.

— Il l'est ou plutôt il le serait si, dans son arrogance sans bornes, il ne tenait pas tout pour acquis, à commencer par Scarmiglione.

De Havilland paraissait dubitatif.

— Excusez-moi, mais je me flatte de connaître les hommes, moi aussi, et Scarmiglione ne me semble pas du type déloyal.

Bragmardo eut un rire étouffé.

— Je suis d'accord avec vous : Scarmiglione est l'archétype du soldat loyal. On peut compter sur lui pour suivre fidèlement son commandant. Ce que Grafficane ne comprend pas, c'est que, pour Scarmiglione, l'identité du commandant importe peu. Sa loyauté, il la réserve à l'institution, pas à l'homme. Comme tout le monde, il veut être du côté des vainqueurs.

De Havilland hocha la tête d'un air pensif.

— N'oubliez-vous pas un détail ?

Ce fut au tour de Bragmardo de hausser un sourcil.

— N'êtes-vous pas passé un peu vite sur la transition délicate entre le moment où Grafficane est aux commandes et où Scarmiglione lui est fidèle, et celui où nous prenons le pouvoir et où le soldat change d'allégeance ?

— Vous voulez parler du *modus operandi* ?

Il avait prononcé les mots d'un air si innocent, comme si l'idée lui traversait l'esprit pour la première fois, que de Havilland fut gagné par le doute : et si tout cela n'était que des chimères de vieillard ?

— Vous avez mis le doigt en plein sur le bobo.

— Vous avez parfaitement raison de penser que Scarmiglione se battra pour Grafficane tant et aussi longtemps que celui-ci sera aux commandes.

Bragmardo s'interrompit, un doigt en travers des lèvres,

le regard vague, incertain de la suite. De Havilland commença à se sentir sérieusement ébranlé.

— Et ? fit-il pour inciter Bragmardo à aller au bout de son idée.

Le vieil homme lui décocha un sourire soudain, l'air plus vif et plus alerte que jamais.

— Il faut agir avant que Scarmiglione se rende compte que nous sommes l'ennemi.

— Comment ?

— Nous effectuons une manœuvre de diversion en lui laissant croire à l'existence d'un autre ennemi. Les radicaux sont les candidats idéaux, vous ne trouvez pas ? S'ils estiment Grafficane responsable de la destitution de leur supposé leader, ils risquent d'ailleurs de faire une bêtise. C'est en plein leur genre. Et si le cher comte était assassiné à portée de son triomphe, les soupçons pèseraient naturellement sur eux.

— Vous pensez que Scarmiglione mordra à l'hameçon ?

— J'en doute, mais c'est sans importance. L'esprit militaire aspire à l'ordre, pas à la justice. Scarmiglione préférera écraser le mouvement radical, qui, du reste, est impopulaire, que de risquer le chaos qu'entraînerait une contestation de notre pouvoir puisque, entre-temps, nous aurons comblé le vide créé par la disparition de Grafficane.

— Coup d'État classique, en somme, lança de Havilland, sincèrement admiratif.

— Exactement. Et comme dans tout coup d'État, la planification et la rapidité d'exécution sont la clé. Acceptez-vous de vous décharger sur moi du volet pratique de l'opération ?

— En échange de quoi?

— Votre influence sur votre fille.

De Havilland fit mine d'hésiter pour la forme, mais sa décision était prise.

— Entendu, dit-il en serrant la main de Bragmardo.

CHAPITRE 10

C'est l'heure de partir

Sans doute avait-il dormi profondément, car, en ouvrant les yeux, il découvrit une aube blafarde. L'autocar s'était arrêté. La grosse femme avait disparu, le serveur aussi. Pris d'une angoisse soudaine, il palpa sa poche : le paquet était toujours là. Il regarda autour de lui. Pas un chat en vue. Même le chauffeur était sorti. Par la fenêtre, il constata qu'ils s'étaient immobilisés au milieu de la route, en plein bouchon. Seulement, les véhicules, portières béantes dans de nombreux cas, étaient vides. « Il est arrivé quelque chose pendant que je dormais, pensa-t-il. J'ai tout raté. » Avec la curieuse impression d'avoir été abandonné, il descendit de l'autocar.

Déjà, la journée s'annonçait exécrable : une calotte de nuages bas encombrait le ciel, et seule une bande étroite à l'horizon dispensait une faible lumière. Il s'aventura dans la ville, étonné par l'absence des citadins. Les maisons donnaient l'impression d'avoir été récemment désertées. Il régnait un calme remarquable. À l'approche d'un carrefour, il entendit des voix.

Là, un homme et une femme se disputaient au milieu de la rue. L'objet du litige, apparemment, était une valise : chacun une main sur la poignée, l'homme et la femme partaient dans des directions opposées.

Il se hâta vers eux, certain qu'ils l'aideraient à comprendre ce qui se passait. À leur hauteur, il vit qu'ils portaient des vêtements plutôt ternes : l'homme, un costume foncé, la femme, une robe grise à motif floral. Ils avaient un air étranger, suranné. Il se demanda dans quelle langue ils se chamaillaient. Ils parlaient anglais, en l'occurrence, bien que ce ne fût manifestement pas leur langue maternelle.

— Il faut y aller, dit l'homme. L'heure est venue de nous mettre en route.

— Allons-y, renchérit la femme. Qu'attendons-nous ? Allons-y !

— Pas avec la valise, répondit l'homme. Je me tue à te répéter que nous n'en avons pas besoin.

— Et je me tue à te répéter que je veux la prendre. Qui sait ce que nous trouverons à destination ?

— Comme tu veux, dit l'homme en lâchant la poignée sans avertissement, de sorte que la femme, après avoir fait quelques pas maladroits à reculons, faillit perdre pied. Prends-la donc, puisque tu y tiens tant. Mais ne compte pas sur moi pour la porter.

— Je t'ai demandé de la porter ? répliqua la femme.

L'homme se tourna vers Jake pour le prendre à témoin. Écartant les bras, il leva les yeux au ciel.

— Excusez-moi...

— Ce n'est pas le moment, trancha la femme. Il faut partir.

Elle s'engagea sur la route en trimballant à deux mains la lourde valise.

— Elle a raison, dit l'homme. C'est l'heure de partir.

Il se lança aux trousses de la femme. Jake le suivit.

— Où sont les autres ?

— Déjà partis, répondit l'homme par-dessus son épaule. Si nous voulons les rattraper, il faut se dépêcher.

— Où sont-ils ?

— À la gare, évidemment, trancha la femme.

— À la gare ?

— Pour prendre le train, ajouta-t-elle très lentement et en détachant bien les syllabes, comme si elle s'adressait à un enfant un peu engourdi.

— Je cherche quelqu'un, expliqua Jake. Une amie. Elle s'appelle Hélène.

— Dans ce cas, suivez-nous, fit l'homme.

— Pourquoi ?

— Parce que votre amie sera à la gare avec les autres, dit la femme sur le même ton empreint d'une grande patience.

— Je peux vous donner un coup de main avec la valise ? demanda Jake.

— Ah ! s'écria la femme. Voilà un gentilhomme ! Au contraire de quelqu'un que je ne nommerai pas, poursuivit-elle en décochant à l'homme un regard noir.

Tandis qu'ils progressaient au milieu de la rue déserte, Jake discerna un bruit devant eux : d'abord, un murmure bas, puis à peine plus qu'une vibration. Maintenant, en revanche, c'était un bourdonnement soutenu, une sorte de babillage vrom-bissant. Au coin d'une rue, le volume augmenta au centuple.

La voie était bondée de gens qui criaient et se bousculaient dans l'espoir d'avancer dans la rue, au bout de laquelle se dres-sait un énorme dôme de verre et d'acier : la gare, de toute évi-dence. La plupart étaient encombrés d'effets personnels, et deux ou trois avaient pris avec eux une petite voiture à bras sur laquelle des bagages s'empilaient. Il s'agissait surtout de valises démodées, de forme carrée, comme celle de la femme, même si on apercevait çà et là un sac à dos en toile. La scène avait quel-que chose de bizarrement désuet, comme une photo ancienne. Impression née, constata Jake avec surprise, du fait que la plu-part des hommes et des femmes portaient un chapeau.

En poussant et en jouant du coude, Jake et le couple se faufilèrent au milieu de la foule grouillante, mais, à cause de la valise, ils progressaient lentement, et il comprit mieux les réti-cences de l'homme. Plus loin, il vit qu'une grosse horloge carrée à quatre cadrans marquait l'entrée de la gare. On avait retiré les aiguilles de tous les cadrans.

— Pourquoi on a fait ça ? cria Jake à l'homme.

— Quoi donc ?

— L'horloge ! répondit Jake en la montrant du doigt. Elle n'a pas d'aiguilles !

— Parce que c'est l'heure de partir ! hurla l'homme au-dessus du tumulte.

Il éclata de rire comme s'il venait de blaguer. Jake remar-qua que quelques personnes riaient autour de lui.

— Il a raison, dit l'une. C'est l'heure de partir.

La valise s'était bloquée entre des jambes et une aspérité dans la rue. Après de vaines tentatives, la femme lâcha soudain la poignée.

— Bah, tant pis, concéda-t-elle. C'est Bruno qui a raison. Laissez-la ici !

Elle se glissa dans la foule à la suite de l'homme, qui avait pris une longueur d'avance. Jake, coincé par la valise, n'arriva pas à lui emboîter le pas. Inexplicablement, il ne se résignait pas à abandonner l'encombrant objet et, au milieu de la foule qui le serrait et le pressait, il s'accrocha à la poignée. Puis une grosse femme en manteau de fourrure, poussée vers l'arrière, tomba assise en plein sur la valise. Des amis l'aidèrent à se relever et, inconscients ou indifférents, ils recommencèrent à se frayer un chemin dans la foule. Baissant les yeux, Jake constata que la valise avait subi des dommages irréparables. Dès qu'il tira sur la poignée, elle s'ouvrit et son contenu se répandit sur la chaussée. Surpris et dérouté, il vit sortir une avalanche d'étranges formes fines en métal, de tailles différentes, mais en gros similaires. Ce n'est qu'après en avoir cueilli une qu'il comprit de quoi il s'agissait : des aiguilles d'horloges. Paniqué, il s'efforça de les remettre dans la valise, de crainte qu'on ne les aperçoive.

— Oubliez cela, dit un homme en passant à côté de lui. Ça ne sert plus à rien.

L'homme renversa la valise et, insouciant, pataugea au milieu des aiguilles, qui furent vite éparpillées et piétinées. Une nouvelle vague humaine emporta Jake jusqu'à la gare par une rampe de pierres. La valise et son bizarre contenu demeurèrent derrière.

À l'intérieur de la gare, le bruit, d'une texture différente, résonnait, répercuté par la vaste voûte de verre et d'acier. Les quais étaient bondés de gens qui parlaient, se poussaient, gesticulaient. La foule se comportait comme l'eau : de forts courants au centre et, de part et d'autre, de petits remous, des endroits où tout était calme. Jake, s'arrachant au flot principal, gagna un bras d'eau dormante, où la tension était moindre : là, des gens bavardaient tranquillement ou se contentaient de fixer leurs pieds. Il se dirigea vers le mur, où les massives colonnes de fonte soutenant le toit prenaient appui sur des pilastres. Il parvint à se hisser sur la base de pierres, d'où il eut une vue imprenable sur l'océan de têtes.

À cet instant précis, le bruit d'un sifflet trancha sur le vacarme ambiant. Au bout de la gare, des nuages de fumée précédèrent une monumentale locomotive à vapeur. D'abord, il n'en vit pas le museau, voilé par les volutes qui jaillissaient des deux côtés, accompagnées de hoquets profonds. De plus près, il distingua la machine sur toute sa longueur, le haut ravitailleur et l'imposant train de wagons à l'arrière. C'était une énorme locomotive, munie de sept impressionnantes roues motrices de chaque côté, d'un enchevêtrement complexe de tringles de manœuvre et de coulisses de distribution. Ces pièces étaient argentées, mais le reste, noir de suie. De la vapeur s'échappait d'un peu partout, et la locomotive avait l'air bien en vie, tel un monstre cracheur de feu qu'on aurait réussi à harnacher au train. Les wagons étaient eux aussi très foncés, bruns ou vert olive peut-être, même si une bande beige accentuait les fenêtres. L'équipage avait un air lugubre, presque funèbre.

À la vue de la gigantesque machine, les passagers avaient reculé, en proie, aurait-on dit, à une terreur sacrée. Subjugués, ils regardèrent le train glisser le long du quai. Dès qu'il s'immobilisa au milieu d'un soupir accompagné d'une exhalaison de vapeur qui le fit entièrement disparaître, cependant, ils le prirent d'assaut, ouvrirent les portes sans ménagement et se marchèrent sur le dos à seule fin de monter à bord. Certains wagons avaient de multiples portes ; d'autres n'en avaient que deux, une à l'avant, l'autre à l'arrière. « Il y a sans doute un couloir », songea Jake. Parce qu'ils avaient plus de portes, les wagons équipés de compartiments se remplirent en premier, des gens continuant d'y monter longtemps après qu'ils furent bondés. Sur le quai, la foule se répartit autrement : les wagons à compartiments étaient assiégés sur toute leur longueur, tandis que d'inextricables noyaux de passagers se formaient aux extrémités des wagons à couloir central, ce qui laissait le milieu inoccupé. De loin en loin, quelqu'un se glissait dans ces interstices, l'air perdu, indécis. Pendant que Jake observait le manège, une fille apparut et demeura un moment à regarder autour d'elle. Les cheveux foncés, plutôt grande, très déterminée, le port de tête altier, elle avait à peu près son âge. Il fut saisi par le bleu de sa robe, seule tache de couleur vive au milieu de la foule, puis par le maintien qu'il connaissait bien, fier, presque hautain.

C'était Hélène.

Il cria son nom au-dessus de la clameur ambiante en agitant fébrilement le bras, mais c'était inutile : le brouhaha enterrait tout. Quel dilemme : rester là où il était, bien en vue, quoique trop loin, ou plonger dans la foule dans l'espoir de se frayer un chemin jusqu'à elle. Sous les yeux de Jake, elle fut engloutie par un tourbillon de voyageurs. Il attendit qu'elle refasse surface.

Bientôt, une scène l'obligea à se décider.

À l'instant où Hélène disparaissait dans la foule, une nouvelle brèche s'était ouverte non loin de l'endroit où elle se trouvait. Là, un être solitaire avait une fois de plus pris position. Cette fois, c'était un garçon. À sa vue, Jake ressentit une impression étrange. «On dirait que c'est moi, pensa-t-il. Nous avons la même taille, la même carrure, la même couleur de cheveux.» Tandis qu'il l'observait, deux hommes émergèrent de la foule, à deux pas du garçon. Ils arboraient un costume et un chapeau foncés. Confusément, Jake eut l'impression qu'il s'agissait de policiers. Soupçon que la suite des événements confirma aussitôt : un de chaque côté, ils agrippèrent le garçon juste au-dessus du coude. Affolé, ce dernier promena son regard de l'un à l'autre, puis, malgré la poigne de ses assaillants, il se mit, fiévreux, à fouiller dans sa poche. Il finit par en sortir une liasse de papiers qu'il brandit sous le nez d'un des hommes. Même à cette distance, Jake constata que sa main tremblait violemment.

Le policier lui arracha les papiers et les examina de près. Pendant ce temps, son partenaire épiait les badauds rassemblés : la plupart fixaient le garçon. Ayant enfin trouvé ce qu'il cherchait, le policier fourra deux doigts dans sa bouche et siffla, appel qu'il souligna d'un mouvement de la tête. En réponse, une silhouette sortit paresseusement de l'attroupement. Un seul coup d'œil suffit à faire descendre Jake, qui se fondit dans l'anonymat de la foule. C'était le serveur du café, celui qui l'avait suivi dans l'autocar.

Progresser au milieu de cette masse grouillante, c'était comme nager à contre-courant. Jake avait beau marcher dans une direction, il était sans cesse déporté vers une autre, du moins jusqu'à ce qu'il parvienne à la lisière de ce flot humain, où il avança plus facilement. Il s'efforça d'éviter les policiers tout en se dirigeant vers l'endroit où il avait vu Hélène pour la dernière fois. Bientôt, cependant, il prit conscience de la futilité des zig-zags désespérés qu'il effectuait au milieu de cette marée tourbillonnante.

Arrivé près des wagons, il ne la vit nulle part, et il n'était plus certain de l'endroit où il l'avait aperçue. Il décida de se concentrer sur le moyen de monter en douce : une fois à bord, il aurait moins de mal à retrouver Hélène, sans compter qu'il était pressé de s'éloigner des policiers qui, de toute évidence, le recherchaient. Au contraire de son malheureux sosie, qui avait des papiers attestant son identité, lui-même n'avait à peu près rien, hormis un petit paquet qui lui faisait maintenant l'effet d'un charbon ardent dans sa poche.

À proximité du train, il comprit qu'il devait choisir entre un wagon à compartiments, chacun muni de sa propre porte, et un wagon à couloir central, doté d'une porte à chaque extrémité. Que se passerait-il s'il choisissait un côté et qu'Hélène se trouvait de l'autre ? Par ailleurs, il valait mieux pouvoir compter sur la marge de manœuvre offerte par un couloir. Il se dirigea donc vers la porte arrière du wagon à couloir central le plus proche. Il était presque rendu lorsqu'un homme en uniforme des chemins de fer ouvrit la porte toute grande et balaya le quai des yeux. Suivant son regard, Jake, horrifié, vit des policiers se frayer un chemin dans la foule. Contournant la porte où le chef de train montait la garde, il se glissa dans le premier compartiment. Un homme lui indiqua de déguerpir d'un air courroucé. Le deuxième était si bondé qu'il n'essaya même pas d'ouvrir la porte : un gros bonhomme y était appuyé de dos et Jake craignit qu'il ne lui tombe dessus. Il ouvrit brusquement la troisième porte et il était sur le point de s'engouffrer dans le wagon lorsque des bras vigoureux, venus de l'intérieur, tels des pistons, le repoussèrent. Il resta un moment accroché à la poignée. Puis, jetant un coup d'œil le long du train, il lâcha prise. Il avait aperçu l'autre policier qui, accompagné du serveur, fonçait vers lui.

Paniqué, il se laissa tomber à genoux en se disant qu'il réussirait peut-être à ramper entre les jambes des passants. Il eut alors une meilleure idée. Près de lui, il avait entrevu l'espace béant entre le quai et le wagon. Il ne mit qu'un instant à s'y glisser. Au niveau des rails, où il faisait sombre, il se sentit en sécurité, comme si, jouant à cache-cache, il avait trouvé l'endroit idéal où disparaître. En se levant, il voyait les pieds et les chevilles des passagers au bord du quai. Puis il surprit l'échange suivant :

— Où est-il passé ? Il était là il y a une seconde !

— Chose certaine, il n'est pas monté : je surveillais les portes.

— Il a essayé celle-ci. C'est là que je l'ai aperçu.

Jake ne s'attarda pas. Il plongea et se laissa rouler sous le train en s'efforçant de ne pas penser au départ imminent. Le ballast entre les voies lui égratignait le dos. Les traverses étaient enduites d'une substance visqueuse, et l'air empestait le mazout et la créosote. Dans le noir, des protubérances aux arêtes tranchantes le prenaient par surprise. Puis son pied se coinça et il n'arriva pas à se dégager. Désespéré, il se coucha sur le dos et multiplia les ruades, mais il eut l'impression d'aggraver la situation. Tandis qu'il se tortillait sur le sol, de petits cailloux pointus lui mordirent le dos. Enfin résonna le bruit qu'il redoutait : sur le quai, le chef de gare siffla.

Le temps s'étira : ce n'est qu'après plusieurs minutes, lui sembla-t-il, qu'il entendit, à l'extrémité du train, le souffle de la locomotive qui crachait sa première bouffée de vapeur. Et ce n'est qu'au bout de plusieurs minutes de plus, pensa-t-il, que la première secousse ébranla le wagon au-dessus de sa tête. Pendant ce temps, il s'était débattu, sans parvenir à se libérer. Il se surprit à bredouiller à voix haute des mots incompréhensibles. Une prière, peut-être. Un deuxième halètement retentissant imprima une autre secousse au train qui, au milieu d'une symphonie de craquements, de gémissements et de grincements où le fer battait contre le fer, commença à rouler. La panique décupla son ardeur. Tirant de toutes ses forces, il sentit quelque chose céder. Sans prendre le temps de réfléchir, il roula de côté juste avant le passage des roues et dégringola le long d'un talus recouvert de ballast.

De l'endroit où il gisait, le train lui sembla à la fois très haut et très loin. Un moment, il fut submergé par une vague de découragement. À quoi bon ? Pourquoi ne pas rester là jusqu'à ce que le train passe ? Ce n'est qu'au prix d'un grand effort de volonté qu'il réussit à se remettre sur pied. Les wagons défilaient maintenant à bon rythme et il décida d'attendre le prochain intervalle pour évaluer ses chances de monter à bord. C'est à ce moment que, percevant une tache bleue du coin de l'œil, il entrevit Hélène à la fenêtre d'un wagon. Elle regardait droit devant elle, les yeux rivés sur la bande cuivrée qui barrait l'horizon. Il courut en criant et en agitant la main :

— Ici, Hélène ! En bas ! Regarde !

Le regard toujours perdu au loin, elle ne l'entendit pas. Il s'éloigna un peu des rails, où le sol était plus ferme et d'où il réussirait peut-être mieux à attirer son attention, mais, faute de regarder devant lui, il entra en collision avec une sorte de poste de commande et s'écroula. À bout de souffle, le genou amoché, il eut du mal à se relever. Pendant ce temps, le train prenait de la vitesse. Il jeta un long regard désespéré : déjà, la locomotive avait disparu dans une courbe.

CHAPITRE 11

Le garçon à la porte

Dans le train, Hélène fut surprise de trouver le wagon vide et paisible, contraste frappant par rapport à la pagaille qui régnait sur le quai. Pendant qu'elle y était, la foule s'était subitement dispersée et l'avait un moment laissée seule. Elle avait entendu un nom, cri aigu suspendu au-dessus de leurs têtes. Elle avait mis un instant à se rendre compte que c'était le sien : Hélène. «Oui, c'est ainsi que je m'appelle ou que je m'appelais», songea-t-elle. C'était comme si elle avait confusément admis que tout cela était désormais derrière elle. Elle ouvrit la porte du premier compartiment.

— Il est bon de faire table rase du passé.

Hélène s'immobilisa, interdite. «Évidemment, se dit-elle. Cet homme vient seulement de formuler une remarque banale faisant référence à la cohue à laquelle je viens d'échapper.» Pourtant, il lui lança un regard lourd de sous-entendus, un regard amusé de conspirateur, comme ceux qu'échangent entre eux des enfants qui cachent quelque chose à leurs parents, et elle eut la certitude que les paroles de l'homme reflétaient ses propres pensées. Le visage d'une beauté ténébreuse, il était d'âge moyen, presque distingué, à l'exception des yeux, trop avides sous leurs paupières ensommeillées. Sous l'emprise de son regard, Hélène se sentit mal à l'aise, comme s'il la déshabillait des yeux. Il lui décocha un sourire moqueur, ironique.

— Vous avez donc décidé de nous suivre ?

Hélène remarqua qu'il avait accentué le mot « nous » de façon légère mais perceptible. Qu'est-ce que cela signifiait ? La confondait-il avec quelqu'un d'autre ? « À moins que je ne sois quelqu'un d'autre, moi », songea-t-elle soudain en se remémorant l'impression fugace qu'elle avait eue plus tôt de se détacher d'elle-même et de voir son ancien moi poursuivre sa route. Quand était-ce, déjà ? « Je suis peut-être une autre. Une chose est sûre : je ne sais pas qui je suis. Il est possible que cet homme en sache plus que moi à mon propre sujet. » Idée bizarre et troublante, qui ne lui était toutefois pas entièrement désagréable. Elle s'installa dans le coin du compartiment. « Avec un peu de patience, j'en apprendrai sûrement davantage. » Elle attendit que l'homme rompe de nouveau le silence ; sans un mot, cependant, il chaussa des lunettes et se plongea dans la lecture d'un livre tiré de sa poche. Il le tenait à bout de bras. À croire que, de plus près, il n'arrivait pas à voir.

Hélène demeura un moment assise, puis elle sortit dans le couloir, où elle s'appuya contre la vitre. Le jour s'était assombri ; la bande à l'horizon n'était plus qu'un reflet platine sous un triste voile de nuages. Sous son front, la vitre était froide. Elle entendit un coup de sifflet auquel répondit aussitôt la locomotive. Il y eut un frisson, une secousse, et le train s'ébranla. Puis, comme libéré d'un lourd fardeau, il roula de plus en plus vite. Elle sentait la vitre vibrer au passage des roues sur les joints de rails. Clac, clac. «Qu'il est agréable de rester là, songea-t-elle, à ne penser à rien, dans l'intervalle entre deux vies. Bientôt, je devrai rentrer dans le compartiment et voir quelle information je peux tirer de cet homme. Je suis certaine qu'il a quelque chose à me dire. Mais, pour l'instant, il me plaît de rester ici et de sentir la caresse fraîche de la vitre contre mon front. »

Elle demeura à cet endroit pendant ce qui lui parut une éternité, presque hypnotisée par le rythme du train et le défilé des poteaux de télégraphe aux câbles arqués, pareils à des portées de musique affaissées au milieu. À son retour dans le compartiment, l'homme, absorbé par sa lecture, ne leva même pas les yeux.

Son esprit égaré dans un rêve éveillé, elle vit devant elle la page d'un énorme livre ornée d'une merveilleuse illustration en noir et blanc. On y voyait une porte horrible, aux dimensions impressionnantes, pourtant toute petite à l'échelle de la citadelle colossale, grossier assemblage de bastions et de tourelles, qui se dressait vertigineusement derrière elle. Elle était surmontée d'une inscription gravée qu'elle reconnut aussitôt : *« Per me si va nella città dolente. »*

Par moi l'on va dans la cité des plaintes. «C'est tiré de *L'Enfer*, se dit-elle. J'ai sous les yeux une illustration de Gustave Doré.» Devant la porte se tenaient deux minuscules personnages. L'un d'eux, elle le savait, était Virgile ; l'autre, qui aurait dû être Dante, était un garçon qu'elle avait la certitude de connaître, même si son nom lui échappait. En l'examinant de plus près, elle constata qu'il tenait un petit paquet. Le dessin était remarquable. Elle se rendit compte que, en approchant son œil de la silhouette du garçon et en regardant vers le haut, elle voyait la porte telle qu'elle lui apparaissait. Elle montait interminablement, vaste et imprenable ; derrière, les murs sinistres de la citadelle, véritables falaises, s'élançaient à l'assaut du ciel. La simple vue de la porte la faisait trembler ; l'idée de la franchir était insoutenable. Malgré tout, elle aurait juré que c'était ce que le garçon avait l'intention de faire. « C'est à cause du paquet. Il est résolu à le remettre à son destinataire. Qui, en l'occurrence ? » se demanda-t-elle. Le courage du garçon face à la terrible porte l'émut vivement.

— Bien entendu, tout n'est qu'illusion et vanité.

Hélène ouvrit les yeux, surprise d'entendre une voix en contradiction apparente avec ses propres pensées. C'était l'homme qui, les yeux levés de son livre, tremblait d'indignation. Il tapota le texte du bout du doigt, comme s'il s'agissait d'un objet répréhensible.

— Pardon ?

— Le héros de ce récit, si j'ose le qualifier ainsi, est chargé de remettre quelque chose à une fille, un objet qui lui appartient à elle et qui ne le concerne en rien, lui. Il n'est que le messager. Dans son esprit, il s'agit d'une sorte d'épreuve glorieuse. Il a une mission à accomplir, un devoir sacré. Il se prend pour un chevalier des temps anciens, disposé à affronter mille dangers au nom de sa gente dame. Avez-vous déjà entendu pareille sottise ?

— Il l'aime peut-être.

— L'amour ? Qu'est-ce que c'est ? dit l'homme sur un ton empreint de mépris. Encore une illusion ! Ce qu'il aime, c'est l'idée de cette fille, qu'il ne connaît pas vraiment. D'ailleurs, il croit qu'il lui suffit de se livrer à quelque galanterie au nom de cette fille pour qu'elle soit son obligée. La motivation du garçon, la voilà, puisque vous y tenez !

Il décocha à Hélène un regard déconcertant par-dessus ses lunettes ; il avait les yeux sombres et fiévreux.

— C'est elle que je plains, poursuivit-il. Avoir à ses trousses cet irritant jeunot, la tête bourrée d'assommantes idées romantiques ! Leurs destins unis à jamais, tandis qu'elle…

— Qu'est-ce qu'elle veut ?

— Découvrir le monde, évidemment. Elle a soif de savoir, de vivre.

« Évidemment », songea Hélène. Qu'y a-t-il d'autre ? Elle fut étonnée de se voir épouser le point de vue de l'homme, considérer le garçon comme un poursuivant tenace et irritant qu'elle traînait derrière elle à la manière d'un boulet qui l'empêchait d'agir à sa guise, incapable de se rendre compte qu'elle n'avait que faire de ses attentions. L'image du garçon à la porte lui revint en mémoire. « Rentre chez toi, aurait-elle voulu lui chuchoter à l'oreille. Tu perds ton temps. Elle ne veut pas de toi. »

CHAPITRE 12

Le train

Il se trouvait dans un jardin illuminé de fleurs et de soleil : la pelouse elle-même donnait l'impression d'irradier de l'intérieur. Il s'assit en tailleur sur le sol. Debout devant lui, Hélène, avec force gesticulations des mains, s'efforçait de lui expliquer quelque chose ; on aurait cru, cependant, qu'elle était derrière une vitre épaisse : pas un son ne parvenait jusqu'à lui. Pourtant, il était sûr qu'elle avait des choses de la plus haute importance à lui dire et que, si seulement il pouvait l'entendre, une multitude de questions seraient résolues d'un seul coup. Hélas, il en était réduit à montrer ses oreilles dans l'espoir de lui faire comprendre qu'il ne saisissait pas un traître mot. Le visage d'Hélène trahit sa frustration et elle finit par se détourner. Fatigué par l'échange, il s'allongea : le sol était meuble et il eut la sensation de s'y enfoncer. Il scruta le firmament, conscient de la présence d'Hélène qui, en périphérie, lui tournait toujours le dos. Pendant ce temps, son champ de vision se rétrécit : bientôt, il ne discerna plus qu'une bande de ciel de forme rectangulaire. De sombres murs semblèrent s'ériger de part et d'autre ; il était étendu non plus sur le sol, mais dans le sol. La silhouette qu'il avait prise pour celle d'Hélène s'approcha et se pencha sur lui. Il constata qu'il s'agissait plutôt d'un vieil homme à la mine rusée, vêtu de haillons, une pelle à la main. Ce dernier lui décocha un sourire et un clin d'œil, puis il se mit à jeter de la terre sur lui. Il la sentait s'amonceler sur lui et craignait d'en recevoir dans la bouche. Il cria. Ses lèvres eurent beau bouger, rien n'en sortit. L'homme, à la vue des efforts qu'il déployait, lui indiqua d'un index sentencieux qu'il avait tort de s'obstiner à vivre, puisqu'il était dans sa tombe.

Il s'éveilla en sursaut, emmêlé à un garde-corps en fer ; il gisait sur la plate-forme à l'arrière du wagon de queue. Il se souvenait vaguement de s'y être hissé, à l'extrême limite de ses forces. Sans doute s'était-il endormi, épuisé. Il s'extirpa et se mit debout, raide et meurtri. Le train roulait sur un pont à chevalets incurvé enjambant un delta fluvial d'une infinie tristesse, vastes battures parsemées de ruisseaux paresseux. Loin devant, l'interminable train serpentait ; les vitres des wagons réfléchissaient la lumière, et la locomotive, telle une tête allongée et sombre, crachait un torrent de fumée qui montait en colonne jusqu'au plafond de nuages bas : le ciel tout entier paraissait être couvert d'exhalaisons fuligineuses. Au-delà de la locomotive, le pont s'étirait à perte de vue. La seule lumière, la même lueur blême, émanait de l'horizon, en amont du fleuve. Le côté opposé, vers l'embouchure, se perdait dans le brouillard. Au premier plan, des voies d'eau sinueuses jetaient quelques éclats cuivrés, mais au-delà, la terre et le ciel se fondaient dans des ténèbres indistinctes.

Jake pénétra dans le wagon de queue. Il y faisait sombre, sauf à l'endroit où un homme en uniforme était assis, dans le halo d'une lampe à huile à l'ancienne. L'homme, le chef de train, supposa-t-il, était en train d'écrire et ne sembla pas remarquer sa présence. Puis Jake s'approcha et l'homme le vit. Le visage rusé et oblique de l'homme, jaune dans la lueur de la lampe, était si semblable à celui du fossoyeur de son rêve que Jake tressaillit. L'homme, en revanche, ne trahit aucune surprise à la vue de ce passager inattendu. S'emparant d'un bout de papier de forme oblongue, il se pencha et écrivit pendant un certain temps. Se levant, il tendit à Jake le fruit de ses efforts d'un air cérémonieux empreint d'une forte dose de moquerie.

— Votre billet, dit-il.

Le bout de papier était couvert de pattes de mouche que Jake jugea illisibles. Il n'y avait pas que la langue qui lui était inconnue ; l'écriture, les lettres elles-mêmes, étaient étrangères. Voyant sa consternation, le chef de train sourit sombrement.

— Où allons-nous ? demanda Jake.

— Au port, évidemment. Où voulez-vous que nous allions ?

— Au port ?

— Bien sûr. C'est de là que partent les bateaux.

Jugeant l'explication suffisante, le chef de train se rassit à sa place et se remit à ses écritures. En regardant par-dessus son épaule, Jake se rendit compte qu'il s'agissait des mêmes caractères inintelligibles et que, après avoir écrit une ligne de gauche à droite, il écrivait la suivante dans le sens opposé, tel le paysan labourant son champ.

Le dernier wagon de passagers était éclairé par ce qu'il prit pour des manchons à incandescence ; ces derniers, n'illuminant que leurs environs immédiats, semblaient accentuer l'obscurité au lieu de la dissiper. D'un côté du wagon, il y avait un couloir et, de l'autre, des compartiments. Le premier était si bondé qu'il ne réussit pas à compter les passagers entassés les uns contre les autres. Dans un coin, on jouait aux cartes ; ailleurs, on discutait avec animation ; au milieu, un homme arborant un chapeau noir et une barbe grise inégale, le nez chaussé de lunettes dorées en forme de demi-lune, lisait avec une grande application et, à intervalles réguliers, se mouillait l'index pour tourner la page. Au bout d'un certain temps, il parut remarquer qu'on l'observait et, levant les yeux, il décocha à Jake un regard sombre, vide. Les compartiments se succédèrent, identiques, débordant de passagers qui l'ignoraient ou lui lançaient des regards hostiles. Bientôt, il se contenta volontiers d'avancer sans jeter un œil dans les compartiments. Mais alors il eut l'impression que c'étaient les passagers qui se pressaient à la fenêtre pour le voir passer. Du coin de l'œil, il apercevait des paumes, des bouches et des nez aplatis contre les vitres.

Il perdit le compte des wagons parcourus jusqu'à ce que l'un d'eux le prenne par surprise : il était plus lumineux que les autres, non seulement parce qu'il était mieux éclairé, mais aussi parce qu'il était lambrissé d'un bois blond d'aspect agréable, au contraire du vernis sombre des précédents. De plus, le couloir se trouvait du côté droit, tandis que, dans les autres, il était à gauche. De là, on voyait l'océan, sombre et agité, traversé d'éclats d'écume blanche à la crête des vagues ; le ciel se fit menaçant.

Bizarrement, l'intérieur du wagon, par comparaison, semblait sûr, voire joyeux. Il remarqua que les stores, tous baissés, étaient ici crème, bordés de dentelle. Il se dit qu'il s'agissait sans doute d'un wagon de première classe. À mi-chemin, le couloir était fermé par une porte coulissante, verrouillée. De l'autre côté, il distinguait un court couloir transversal sur lequel s'ouvraient deux portes de wagon ; du côté opposé, à la diagonale, il y avait une nouvelle porte coulissante, identique à celle devant laquelle il se tenait. La deuxième partie du wagon était probablement la réplique exacte de la première, les compartiments à droite et le couloir à gauche. En se tassant dans un coin, il parvenait à entrevoir l'autre couloir.

Sous ses yeux, le couloir en question s'obscurcit. Sans doute un passager était-il sorti du premier compartiment de la section suivante. Soudain, il aperçut une tache bleue reconnaissable entre toutes, au moment où une fille apparut à la fenêtre. Il cogna frénétiquement contre la vitre.

— Hélène ! Hélène !

Le son, cependant, n'arrivait pas à franchir le barrage de la deuxième porte. Lui tournant le dos, elle regardait par la fenêtre.

— Hélène ! Hélène !

Inutile. Il avait beau s'égosiller, frapper, elle ne l'entendait pas. Puis, comme dans un rêve, il sentit son impuissance se muer en terreur. «Quelque chose d'horrible va se produire, comprit-il, et je ne pourrai rien faire pour l'empêcher.» Le sentiment de terreur qui l'habitait avait une origine bien précise : de l'autre côté de la porte contre laquelle il s'appuyait, sur la droite. D'abord, il ne parvint pas à se résoudre à regarder de ce côté ; en proie à une horreur grandissante, il sut qu'il n'avait pas le choix.

Il y avait un visage à l'extérieur du train. Jake ne voyait pas à quoi le propriétaire du visage en question s'accrochait, à moins qu'il y ait eu là une sorte de rampe. Il avait beau être coiffé d'un chapeau à large bord, le visage n'avait rien d'humain : un museau saillant, couvert de poils, une rangée de dents au milieu de babines qui paraissaient sur le point de grogner. On aurait plutôt dit un chien ou un babouin. Dans l'ombre du chapeau, Jake discerna l'éclat des yeux jaunes de la bête. Un bras mince, nerveux, se mit à gratter le haut de la vitre qui s'entrouvrit. Une, puis deux et enfin trois griffes crochues s'y immiscèrent. Une fois bien assurée, la créature n'eut aucun mal à baisser la vitre. Elle entreprit ensuite de grimper à bord du train.

Paralysé par la peur, Jake avait malgré tout le sentiment d'être protégé par la porte. La créature se retourna pour fermer la fenêtre et Jake constata qu'elle portait un long manteau d'étoffe sombre qui descendait presque jusqu'à terre. Profitant du moment où elle lui tournait le dos, Jake regarda de l'autre côté du couloir et fut horrifié de voir qu'Hélène était toujours là, plongée dans la contemplation du paysage. Autant, un instant, il l'avait implorée en pensée de se retourner, autant il la supplia alors de s'enfuir. La créature jeta à Jake un long regard mauvais ; dans ses yeux jaunes se lisait une effroyable intelligence. Soudain, crocs dénudés, une grimace haineuse sur le visage, elle lança le museau vers Jake qui, instinctivement, fit un pas en arrière. La créature l'examina d'un air méprisant, comme pour le railler, puis, d'un mouvement des yeux, désigna sa proie véritable : Hélène.

Jake, affolé, martela la porte de coups, tandis que la créature, tournant les talons, passait de l'autre côté du wagon. En s'avançant, elle tendit la main vers une boîte située au-dessus de la porte et tira la sonnette d'alarme. Le train freina brutalement et Jake, soulevé de terre, fut projeté contre la porte. À l'instant même où il tombait, il se dit qu'il devait gagner l'autre extrémité du wagon. À quatre pattes, il remonta le couloir, ballotté par les secousses du train qui décélérait dans un grincement cacophonique de métal.

Agrippant le loquet, il ouvrit la porte avant que le train s'immobilise. L'appel d'air l'emporta et elle se rabattit contre le flanc du wagon. Il espérait trouver une rampe, du genre de celle que la créature avait utilisée, mais il n'y avait rien, sinon la longue suite des wagons qui s'incurvait en direction de la locomotive et de son panache sépulcral de fumée noire.

Pendant quelques interminables secondes, il resta là, secoué dans l'air froid, tandis que le train ralentissait. Il s'efforça de ne pas penser au sort qui attendait Hélène : si la créature avait tiré la sonnette d'alarme, raisonna-t-il, c'était forcément pour la faire descendre du train. Il devait donc patienter jusqu'à ce que le train soit presque arrêté, sinon il risquait de perdre du terrain. Baissant les yeux, il constata qu'ils roulaient toujours sur le pont : un talus à pic couvert de ballast descendait vers des poutres en saillie. Tout ce qu'il espérait, c'était que l'élan du train lui donnerait une longueur d'avance, mais il avait du mal à choisir le moment où sauter.

Au milieu de crissements et de grincements effroyables, le train continuait de perdre de la vitesse, et Jake se prépara à s'élancer. Comment savoir si le train avait suffisamment ralenti ? Il ne pouvait plus attendre. Il se laissa donc tomber.

Il se rendit compte que le train allait beaucoup plus vite qu'il ne l'avait escompté. Projeté vers l'arrière, il atterrit sans grâce sur des cailloux pointus qui, sous son poids, s'éboulèrent aussitôt. Dans une avalanche de gravier, il dégringola jusqu'au parapet du pont, où seule une clôture basse faite de barreaux largement espacés le séparait d'un vide insondable. Au-dessus de sa tête, les crissements du train étaient à leur apogée. Il se retourna pour agripper les barreaux de la clôture qu'il heurta avec tant de force qu'il en eut le souffle coupé, et c'est à peine s'il parvint à s'accrocher d'une main à un barreau transversal pour interrompre sa chute. Il s'arrêta, les jambes ballant dans le vide, un objet pointu lui comprimant douloureusement le dos. Pendant un instant, il n'eut conscience que du silence. Le train s'était enfin immobilisé. Puis, incrédule, il vit le barreau auquel il était suspendu ployer peu à peu sous son poids. Ses doigts lâchèrent prise, un à un, et il tomba.

CHAPITRE 13

Un protecteur

Hélène se tortilla sur son siège : le compartiment était-il sur-chauffé, tout à coup, ou était-ce une idée qu'elle se faisait ? Elle aurait donné cher pour avoir apporté un livre, comme l'homme en face d'elle, même si elle n'était pas certaine que sa lecture le passionnait autant qu'il voulait le laisser croire. Chaque fois qu'elle détournait le regard, elle l'imaginait en train de la sui-vre des yeux. Elle essaya de le surprendre en épiant son reflet dans la vitre, mais il semblait avoir deviné ses intentions, et elle n'arriva à rien. À la pensée qu'il la surveillait, elle éprouvait une drôle de sensation. Elle en avait la chair de poule ; en même temps, elle ressentait une vive excitation.

Une partie d'elle avait envie de quitter le compartiment étouffant, tandis que l'autre mettait silencieusement l'homme au défi de parler, comme auparavant, de la jeune héroïne du récit qu'il lisait, assoiffée d'expérience. D'emblée, Hélène s'était iden-tifiée à elle. « L'expérience est la clé », se dit-elle. Il ne suffisait ni de lire ni d'écouter les autres. Il fallait découvrir par soi-même.

«Quoi, au juste?» se demanda-t-elle. Eh bien, tout. La vie, en quelque sorte. Il fallait tout essayer. «D'accord, concédait son moi plus prudent, sauf que l'expérience est inévitable; inutile de brusquer les choses. Tôt ou tard, tout arrive, qu'on le veuille ou non.» Une voix insidieuse lui susurrait à l'oreille qu'elle devait choisir entre ce que le monde voulait et ce qu'elle voulait, elle; entre les attentes des autres et ses propres désirs. «Les faibles ont le sens du devoir, se préoccupent de l'opinion d'autrui et s'acquittent docilement de ce qu'on exige d'eux; les forts, en revanche, font ce qui leur chante, vont au bout de leurs envies, bonnes ou mauvaises, peu importe où elles les mènent. C'est ça, l'expérience; c'est ça, la vie.»

Elle était si déchirée entre ces deux points de vue qu'elle ne tenait pas en place; la chaleur devenait d'ailleurs insupportable. Seule, elle aurait probablement retiré sa robe pour se rafraîchir un peu. «Qu'est-ce qui t'en empêche? demanda la voix insidieuse. Pourquoi ne pas tenter le coup? C'est ça, l'expérience; c'est ça, la vie!»

Ce n'est qu'au prix d'un gros effort de volonté qu'elle réussit à se lever, toujours incertaine de la conduite à tenir. Ce n'est qu'après avoir risqué un coup d'œil du côté de l'homme qui, derrière son livre, la reluquait à la dérobée, qu'elle décida de sortir.

La fraîcheur du couloir la ragaillardit. Pendant un moment, elle fut heureuse de reposer sa tête fiévreuse contre la vitre, tandis que le morne paysage défilait sous ses yeux. Elle se surprit à songer à l'instant où, sur la route, elle avait eu le choix d'entrer dans les bois ou de poursuivre son chemin : elle se remémora l'impression qu'elle avait eue de voir son autre moi, l'ancienne Hélène, s'éloigner sur le trottoir. Où était-elle allée ? Elle pensa à chez Fabio, café où elle avait ses habitudes, et à chez Davidoff, où elle avait parfois rendez-vous avec son père. Lequel choisirait-elle ?

« Fabio », trancha-t-elle, préférant les rencontres qu'elle y ferait peut-être à la certitude de tomber sur son père. « Tu vois bien, se dit-elle, que l'ancienne Hélène est ouverte aux nouvelles expériences, elle aussi. Rien ne sert de précipiter les choses. » Elle imagina son arrivée chez Fabio. Effectivement, il y avait là quelqu'un, un garçon d'à peu près son âge qu'elle connaissait un peu (au diable les détails), assez pour engager la conversation avec lui sans avoir l'air trop hardie. Il s'avéra qu'il l'attendait, qu'il avait quelque chose à lui remettre. Quoi de plus naturel, dans ces circonstances, que de l'inviter à la suivre chez Davidoff, peut-être, où ils rencontreraient son père...

C'était si charmant, comme dans un conte, qu'elle se prit à regretter d'être entrée dans les bois au lieu d'être partie à la rencontre de ce garçon. Où seraient-ils, à cette heure ? Que feraient-ils ? Au moins, ils seraient ensemble ; ni lui ni elle ne seraient seuls pour affronter le monde. Elle se demanda où était le garçon ; il avait dû l'attendre un moment avant de se rendre à l'évidence. Non, pourtant. Il était plutôt du genre persévérant. Il l'avait suivie. Même qu'il la cherchait probablement à bord du train !

Elle était si profondément plongée dans son rêve qu'elle ferma les yeux et se dit : « Si je me retourne maintenant, je le trouverai là, à m'attendre... »

Une secousse soudaine lui fit perdre pied et elle s'affala dans le couloir. Levant les yeux, elle vit la porte coulissante s'ouvrir. Elle eut l'impression d'entendre à son oreille un dernier vestige de son rêve : « C'est lui, c'est lui... »

Ce n'était pas lui. Par la porte entra une créature qui marchait comme un homme arborant un long manteau et un chapeau à large bord, mais, elle le voyait bien, ce n'était pas un homme, à cause de son museau de chien ou de singe, de ses crocs dénudés, de ses bras minces et noueux qui dépassaient des manches du manteau, couverts de poils grossiers, de ses mains pareilles à des serres dont les doigts, à l'approche de la proie, s'ouvraient et se fermaient tour à tour.

Tremblante, Hélène se traîna par terre. Elle aurait voulu se mettre debout, mais le train frémissait tant qu'elle n'arrivait pas à prendre appui. Elle aurait aussi voulu crier, mais la terreur lui serrait la gorge, et elle n'émit qu'un faible gémissement. La créature se pencha sur elle. Elle sentit son haleine tiède et vit ses yeux jaunes pétiller de plaisir mauvais...

Surgi du compartiment voisin, un diable en furie se rua sur la créature, qu'il plaqua contre le mur. C'était l'homme au livre, armé d'une lourde canne à pommeau argenté qu'il enfonçait furieusement dans le ventre de la chose. Puis, lorsqu'elle se plia en deux, il lui en donna un coup retentissant sur la tête. Hélène entendit distinctement le craquement écœurant d'un os qui se fracasse. Levant les bras dans le vain espoir de se protéger, la créature s'effondra, tandis que l'homme, implacable, faisait pleuvoir sur elle des coups violents avec une régularité de métronome. Gauche, droite, gauche, droite. Son visage affichait un air sinistre de triomphe, presque de plaisir.

Il battit longuement la créature, ralentissant la cadence au fur et à mesure que le train décélérait. Il asséna le coup final à l'instant précis où il s'immobilisait. Ensuite, il se pencha pour admirer son travail, à la manière d'un bûcheron après une période de travail acharné à la hache. Au bout d'un moment, il tendit la main à Hélène qui, demeurée assise par terre, était pétrifiée d'horreur.

— Permettez-moi de vous aider, très chère. Pourquoi ne pas rentrer dans le compartiment pendant que je me débarrasse de cette... chose.

Du bout du pied, il frappa la créature d'un air dédaigneux, et Hélène enjamba avec précaution la forme prostrée. Dans le compartiment, elle se laissa choir sur le siège et ferma les yeux ; elle distinguait vaguement des voix. Des employés du train étaient venus voir la cause du grabuge. Elle entendit l'homme distribuer des ordres d'une voix sans appel. Terrassée par l'émotion, elle sentit ses sens partir à la dérive et elle s'assoupit.

* * *

Elle se réveilla en sursaut, un rêve s'effilochant au moment même où elle s'efforçait de le retenir. Tout ce qu'il lui restait, comprit-elle en jetant un coup d'œil à celui qu'elle devait désormais considérer comme son protecteur, c'était une phrase qu'il lui semblait vaguement avoir entendue, elle ne savait où : « Il croit qu'il lui suffit de se livrer à quelque galanterie au nom de cette fille pour qu'elle soit son obligée. La motivation du garçon, la voilà, puisque vous y tenez ! »

— Ah ! Vous voilà enfin réveillée ! Je me présente : Grafficane, comte Grafficane, pour vous servir. J'espère que vous accepterez ma protection. Les temps sont périlleux pour une jeune femme seule.

— Je suis votre obligée, monsieur, dit-elle en constatant qu'elle avait repris les mots de son rêve.

— Nous arrivons au port. Permettez-moi de vous escorter jusqu'à un hôtel convenable. Vous vous y reposerez pendant que je m'occupe des préparatifs de notre traversée. Nous devrions réussir à échapper aux formalités les plus rébarbatives.

À la gare, une énorme limousine les attendait, et le chauffeur tint la porte tandis que le comte et Hélène prenaient place dans le luxueux habitacle. Dans la rue, ils longèrent d'interminables files de gens faisant le pied de grue devant un quelconque poste de contrôle. Confortablement installée sur la vaste banquette de cuir, Hélène, qui se sentait fatiguée, était extrêmement heureuse de compter sur un protecteur puissant qui, à l'évidence, entretenait des relations en haut lieu.

CHAPITRE 14

Le marais aux hurlements

Sous le pont, il y avait, sur une courte distance, une pente raide couverte de boue visqueuse que Jake dévala à la vitesse de l'éclair avant de tomber dans le néant : dessus, le ciel vide ; dessous, des terres gorgées d'eau qui fonçaient vers lui.

Il s'enfonça dans l'eau, puis dans la vase glacée. La perspective terrifiante de la noyade décupla ses forces, et il s'efforça de nager à grand renfort de moulinets maladroits. Il émergea, aveuglé, ses mains se cramponnant à l'air. Il se débarbouilla le visage et respira à fond. Puis il mit un certain temps à se rincer les yeux dans l'eau immonde, poisseuse.

Il se découvrit au milieu d'un marais ponctué d'arbres dénudés, tordus. Loin devant lui, une muraille à pic donnait l'impression de s'élancer à l'assaut du ciel, et Jake n'était pas certain d'en discerner le sommet. On aurait dit un ouvrage artificiel, une sorte de remblai géant. Il nageait en pleine confusion : comme il se souvenait vaguement d'avoir été à bord d'un train, il se demanda si la voie passait là-haut. Il se dirigea de ce côté, pataugeant dans les mares et les flaques, ses vêtements couverts de boue. Il lui fallut un bon moment pour gagner le bas de la pente. Là, il se rendit compte qu'il avait perdu son temps : elle était enduite de boue épaisse, si raide qu'il était impossible de grimper sans retomber presque aussitôt. Après un certain nombre de tentatives futiles, il renonça et entreprit de suivre le remblai.

La lumière était d'un gris uniforme, sans la moindre variation, où qu'il pose les yeux. L'air était immobile. Il chemina péniblement, conscient de s'éloigner du remblai et de s'enfoncer peu à peu dans le marais à cause d'un amoncellement inextricable de broussailles et de bruyères. Il comprit que le marais n'était pas entièrement à l'état sauvage : au passage, il remarqua des tentatives d'aménagement qui avaient avorté, des voies à moitié submergées faites de vieilles traverses de chemin de fer. Elles serpentaient au milieu de parcelles de terrain surélevées marquées par des bosquets de saules ; dans les coins plus marécageux, seuls des arbustes bas arrivaient à survivre. De loin en loin, il apercevait un pont en bois entre deux îlots. Partout, on sentait la ruine.

Attiré par les sentiers, Jake s'aventura loin dans le marais dans l'espoir de repérer quelque habitation humaine. L'immobilité était totale : après avoir constaté l'absence des oiseaux, il nota celle des insectes. Les arbres avaient des allures de fin d'automne ou même d'hiver : les rares feuilles qui s'accrochaient encore à leurs branches était brunes, ratatinées. Le temps n'était ni froid ni particulièrement chaud. Quelle saison était-ce ? Il essayait de s'en souvenir quand un gémissement bas, sur sa gauche, lui fit dresser les poils de la nuque et le cloua sur place. Le gémissement gagna en force et en intensité, se métamorphosa en une horrible plainte digne de la Mort en personne. Il resta là, pétrifié, pendant quelques minutes, jusqu'à ce que la plainte redevienne un gémissement, puis se transforme en un doux baragouin avant de s'éteindre.

Le bruit était déstabilisant, certes, mais l'horreur ne venait pas de la présence qu'il laissait deviner. C'était au contraire la voix de l'absence, du vide et de l'abandon. Jake eut la curieuse impression d'avoir écouté aux portes, d'avoir surpris un cri que nul ne devait entendre. Il s'avança, en proie à la désolation, comme si le monde avait été vidé de sa substance et qu'il en était le dernier habitant.

Sur une passerelle en planches suspendue au-dessus d'une mare aux eaux gris-vert, il eut la nette sensation d'être épié. Devant, sous le couvert d'un bosquet de saules, la courte silhouette d'un homme l'épiait sans broncher. Son immobilité et son apparence banale le camouflaient à merveille : même après l'avoir repéré, Jake eut du mal à le distinguer. Arrivé tout près du bout de la passerelle, il se demanda comment saluer celui qui l'observait quand ce dernier disparut au milieu de la végétation sans le moindre bruit. Fallait-il le suivre ? L'homme, qui n'avait pas l'air dangereux, saurait peut-être le renseigner sur l'endroit où il se trouvait. Quittant le sentier, il s'aventura parmi les saules. Il eut de la chance : un peu plus loin, il découvrit un carré de terre humide, où s'inscrivaient clairement les empreintes de pieds nus de petite taille. Il n'eut qu'à les suivre jusqu'à un étroit sentier sinueux.

Après avoir longuement serpenté au milieu des saules, le sentier aboutit enfin à une clairière occupée presque en totalité par une construction des plus extraordinaires. Malgré sa taille remarquable, la structure, basse et branlante, paraissait n'être que temporaire. On l'avait recouverte d'un méli-mélo de bâches et de feuilles de plastique, que semblait soutenir un assemblage de branches recourbées. Le toit était sans doute percé de trous d'aération, puisque deux fines colonnes de fumée bleu-gris montaient tout droit dans le ciel. À l'avant, on avait aménagé une sorte de véranda qui donnait à l'ensemble un air de splendeur décatie. Surgies des moindres recoins de la bâtisse, des cordes s'accrochaient aux arbres environnants. Sur la plupart d'entre elles, on avait mis du linge à sécher. Le rabat qui marquait l'entrée de la véranda était relevé, et Jake fixait l'obscurité depuis un certain temps déjà lorsqu'il comprit que quelqu'un l'observait de l'intérieur. Un bras musculeux sortit à la lueur du jour et lui fit signe de s'approcher.

L'homme était assis sur une chaise droite en bois, qui avait quelque chose d'un trône. Autrefois, elle avait été rouge ; un de ses bras était cassé. L'homme n'en affichait pas moins une sorte d'absurde majesté. Gros, il arborait une barbe hirsute et des yeux sombres, brillants. À sa vue, Jake songea à un pirate sans foi ni loi, d'une témérité à la fois inquiétante et curieusement séduisante. L'homme sourit d'un air féroce.

— Tiens, tiens, tiens. Un garçon errant, un garçon qui erre dans l'erreur ! Où vas-tu comme ça, mon gaillard ? D'où vient ton erreur, toi qui erres sans but ?

« Bonne question », se dit Jake. Il sonda son esprit confus dans l'espoir de se rappeler où il allait et pourquoi c'était important. Ses souvenirs ne remontaient pas bien loin : il avait été à bord d'un train, il espérait retrouver quelqu'un. Une fille, lui semblait-il. Même qu'il avait son nom sur le bout de la langue.

— Je... je cherche la route du port.

L'homme à la tête de pirate s'esclaffa bruyamment.

— La route du port ? Et qu'est-ce qu'un fieffé hors-la-loi en cavale, un jeune et machiavélique félon de ton espèce peut bien vouloir manigancer au port ?

— Je dois y rejoindre une amie. Je l'ai aperçue à bord du train. Puis, pour une raison que j'ignore, je suis demeuré derrière.

— Oh là là ! Une jeune personne du sexe opposé ! Ça change tout ! Pendant un moment, j'ai cru que tu étais une de ces mielleuses saintes-nitouches qui tremblent devant l'autorité et à qui il suffit de crier « fichez-moi le camp ! » pour que... Tu sais ce qu'elles font, ces bonnes âmes ?

— Non.

— Tu veux que je te l'explique, moi, mon jeune et admirable coureur de jupons, mon cher vaurien ? Elles fichent le camp ! Elles filent comme des moutons, simplement parce qu'on leur en a donné l'ordre, aussi dociles que des bébés qui chialent et qui chignent. Pouah !

Il cracha un long jet de salive qui atterrit à bonne distance de l'entrée.

— Nous sommes d'une autre trempe, nous, pas vrai ? La docilité, la soumission, l'assujettissement, très peu pour nous ! Il faut partir, nous dit-on. Ah bon ? répondons-nous. Tout bien considéré, nous préférons rester. Tu sais ce qui se produit ensuite ?

— Euh... non.

— On nous poursuit, on nous pourchasse, on nous traque jusqu'au bout du monde. Ha !

Il planta son visage devant celui du garçon.

— C'est pourtant ce qui va nous arriver ! On va nous pourchasser et nous traquer, nous traquer et nous poursuivre ! Tu crois qu'on va nous attraper, toi ? Tu crois qu'on va nous obliger à partir ?

— D'une certaine façon, j'en doute.

L'homme éclata d'un autre retentissant rire du ventre.

— D'une certaine façon, il en doute. D'une certaine façon, il en doute ! C'est la meilleure, celle-là ! Le jeune sceptique en doute, le jeune don Juan sceptique et fripon en doute ! Viens ici que je t'embrasse ! Décidément, tu me plais beaucoup !

Bondissant de sa chaise, il s'empara de Jake, qu'il serra très fort dans ses bras, sa barbe broussailleuse lui grattant la joue.

— Que dirais-tu de te joindre à nous, moussaillon ? Toi et ta donzelle, aussitôt que tu lui auras mis la main au collet ? À moins que tu préfères demeurer ici ? Qui sait ? Tu risques de t'amouracher d'une autre jeune personne. Il y a de beaux brins de fille, parmi nous, moussaillon. D'autres le sont un peu moins, remarque ! Qu'est-ce que tu en penses ? Tu restes ?

— J'aimerais rester un peu pour me reposer, mais, après, il faut vraiment que je retrouve Hélène. C'est important.

Son nom lui était revenu sans crier gare.

— Bien sûr, s'écria l'homme, bien sûr que c'est important ! Il n'y a rien de plus important. Un homme doit chercher l'élue de son cœur, même s'il lui faut pour cela descendre en enfer ! En enfer, pour Hélène ! Tu t'en crois capable, moussaillon ?

Il promena sur Jake un long regard inquisiteur, dans l'intention, aurait-on dit, de mesurer son courage.

— Hélène, hein ? Ça me rappelle Poe : « Hélène, ta beauté est pour moi comme ces barques nicéennes d'autrefois qui, sur une mer parfumée... » J'oublie la suite. Il y a aussi : « Voilà donc ce visage qui lança mille navires et brûla les tours immenses d'Ilion. Suave Hélène, rends-moi immortel dans un baiser ! » Tu crois que ton Hélène te rendra immortel, moussaillon ? Hein, qu'est-ce que tu en penses ?

— Aucune idée. Tout ce que je sais, c'est que je dois la retrouver.

— D'accord ! Ça ne t'empêchera pas, avant de partir, de profiter de l'hospitalité de mon humble demeure pendant une heure ou deux, pas vrai ? Entre, à présent, mais ne t'aventure pas trop loin, car certains d'entre nous ne sont pas exactement présentables. J'ai dit : certains d'entre nous ne sont pas exactement présentables !

Les derniers mots, il les avait criés dans les profondeurs de la tente, où une salve de rires les avait accueillis, accompagnée d'une bouffée d'air tiède chargée d'effluves robustes. Le garçon s'interrogeait sur la conduite à adopter lorsque retentit un bruit qui lui donna la chair de poule : une plainte basse, larmoyante, qui gagna en intensité avant de se transformer en un long et effroyable hurlement de sirène, le même que celui qu'il avait entendu plus tôt dans le marais. La solitude dont le cri était empreint lui glaça les os. Tandis qu'il écoutait, médusé, le barbu l'observa d'un œil amusé, lugubre, jusqu'à ce que s'éteigne la dernière note endeuillée.

— Ah ! Voilà une ritournelle à laquelle il faut s'habituer ! Non pas qu'elle nous soit destinée à nous, remarque ! Elle sonne la fin de l'alerte, en quelque sorte. Quant à nous, nous sommes loin d'être tirés d'affaire, pas vrai ?

Perplexe, Jake dévisagea l'homme dans l'espoir qu'il daignerait lui fournir une explication, mais, avant que ce dernier ait eu le temps d'ouvrir la bouche, on entendit, derrière, des bruits de pas affolés. Puis trois jeunes hommes en guenilles entrèrent en coup de vent dans la tente. L'un d'eux ralentit, le temps de lancer un avertissement au barbu :

— Ils arrivent !

On répéta les mots dans la tente, où il y eut un grand remue-ménage. Le barbu posa les mains sur ses cuisses, prêt, semblait-il, à se mettre debout.

— Nous ne partons pas, alors ils viennent. Qu'est-ce que je t'avais dit, moussaillon ? On nous pourchasse et on nous traque, on nous traque et on nous poursuit, jusqu'aux antipodes ! Bon, il faut que je te fasse mes adieux plus tôt que je l'avais escompté, mon jeune et redoutable ami. Pour trouver le port et ta dulcinée, suis la route qui traverse le village.

D'un bras musclé, il indiqua l'extrémité de la clairière, où une ouverture se découpait dans les arbres.

— Si tu as l'intention de nous suivre, aide-nous à démonter le campement.

Sur ces mots, il se précipita vers les profondeurs de la tente. Le garçon remarqua qu'elle avait déjà commencé à s'affaisser sur les côtés. Sous les toiles, on voyait des formes ramper un moment et ressortir les bras chargés de branches en forme d'arc qu'elles déposaient d'un côté, avant de se mettre à rouler les bâches. Ainsi, la tente disparut sous ses yeux. Spectacle d'autant plus étrange qu'il s'était déroulé dans un silence absolu, à quelques ahans près. Après un moment d'hésitation, Jake se dirigea vers la clairière. Le barbu n'était pas dépourvu d'un certain charme, mais Jake n'y pouvait rien : il lui fallait retrouver Hélène. Le fait d'avoir parlé d'elle lui avait en quelque sorte donné plus de consistance : il la voyait, vêtue de sa robe bleue, comme elle l'était à bord du train. Inexplicablement, il n'arrivait pas à se représenter son visage. Lorsqu'il eut atteint l'extrémité de la clairière, la tente était réduite à des rouleaux de toile que ses occupants portaient sur leur dos. D'autres rouleaux se dressaient à la verticale. En y regardant de plus près, il se rendit compte que c'étaient des gens entortillés des pieds à la tête dans des linceuls : ils avançaient à grand-peine, avec l'aide d'acolytes postés de chaque côté. Au milieu de toute cette agitation, il vit le barbu qui courait à gauche et à droite, aidant ici, redressant un ballot là, dirigeant les opérations. La discipline de ces gens avait quelque chose de sidérant.

Il resta là un instant à les observer. Bon nombre d'entre eux s'étaient éclipsés sous les arbres, du côté opposé ; certains s'affairaient à enrouler les dernières bâches, sous la supervision du barbu. Jake se retourna et s'engagea dans le sentier. Au loin, il croyait distinguer, à peine audible, le son de cors de chasse.

Le relief du sentier se transforma. Jake avait laissé le marais derrière lui. Ici, la terre était plus ferme, et des arbres largement espacés poussaient à droite et à gauche sur des prairies vallonnées. Plus il avançait, plus le son des cors était distinct. La rumeur lui

semblait parvenir de devant. Sans trop savoir pourquoi, il chercha une cachette. Près du sentier, il y avait un gros arbre aux
branches qui, par bonheur, descendaient près du sol. Il y grimpa.
Il venait à peine de trouver refuge au milieu des frondaisons que
les cors résonnèrent de nouveau, plus près maintenant. C'est
alors qu'apparut une meute de chiens gris, à la grosse langue
rouge. La meute était si compacte, si gracieuse et si silencieuse
que Jake eut l'impression de voir défiler sur la route un torrent
de fumée grise. Derrière les chiens, deux cavaliers surgirent, de
la même teinte de gris incertain, comme s'ils étaient faits de
brouillard, leurs chevaux et eux. Sous leur capuchon aux plis
profonds, leur visage disparaissait ; les mains qui portaient les
cors gris étain à leurs lèvres invisibles étaient recouvertes de
gants à crispin. Les chevaux, quant à eux, étaient grands, d'une
taille inhabituelle. Pendant un moment, Jake craignit que les
cavaliers n'aperçoivent son visage peureusement caché au milieu
des branches où il se terrait. Ils passèrent leur chemin sans
s'arrêter, tout à leur mission.

Il mit beaucoup de temps à trouver le courage de descendre de son perchoir et de se remettre en route. Craintif, maintenant, il restait à l'orée des bois, prêt à se cacher. Il avait du mal
à avancer sans regarder par-dessus son épaule. Il se demanda
comment les chiens se tireraient d'affaire dans le marais et si les
occupants de la tente réussiraient à leur échapper. Il espérait que
oui. Il se demanda aussi à quelle distance était le port, et combien de temps il mettrait à marcher jusque-là. Peu à peu,
l'angoisse que lui avaient inspirée les chasseurs et leurs chiens
se dissipa et il recommença à avancer au milieu du sentier.

Il marchait depuis longtemps déjà lorsque, du sommet d'une crête, il aperçut, non loin de là, le clocher d'une église émergeant d'un bosquet d'arbres. «C'est sans doute un village», songea-t-il en pressant le pas. La route s'enfonça dans un creux avant de remonter à pic de l'autre côté. Le village, apparemment, s'accrochait à flanc de colline. Tandis qu'il grimpait tant bien que mal, Jake prit conscience d'un assombrissement de son humeur, de la montée en lui d'une angoisse frôlant la terreur. Phénomène d'autant plus difficile à expliquer qu'il n'avait rien vu ni entendu qui justifie pareil émoi. Et pour cause, puisque seul le bruit de ses pas résonnait dans l'air figé. Pourtant, plus il progressait et plus il sentait l'imminence d'une catastrophe. Du sommet de la colline, il distinguait clairement l'église, construction grise et trapue bâtie au centre d'un enclos paroissial délimité par un muret de pierres. Il fut certain que la source de son profond malaise y résidait. Cette expérience, il l'avait déjà vécue en rêve : quelque horreur indéfinissable l'attirait. Pas moyen de faire demi-tour. En général, c'est à ce moment précis qu'il se réveillait. Pas cette fois-là, il le savait. Il s'avança jusqu'au muret.

Il ne comprit pas tout de suite. Il eut l'impression qu'une explosion, ou plutôt une série d'explosions, avait retourné l'enclos : il y avait de la terre un peu partout. À gauche et à droite, il remarqua de petits monticules. On aurait dit l'œuvre d'une taupe géante. Il constata que, à côté des amoncellements, des tombes étaient ouvertes, autant d'échancrures sombres dans le sol. Il sut alors de façon certaine que les tombes étaient vides, mais pas parce qu'elles attendaient leurs occupants. En réalité, leurs occupants les avaient abandonnées. La plainte funèbre qu'il avait entendue dans le marais lui revint alors en mémoire, au même titre que l'avertissement que lui avait lancé le barbu : «Certains d'entre nous ne sont pas exactement présentables.» Il se rappela aussi les silhouettes momifiées qu'il avait d'abord prises pour des rouleaux de toile, celles qu'on devait aider à marcher. Il se souvint enfin des nombreux compartiments du train dont les stores étaient baissés.

«Ce jour viendra comme un voleur dans la nuit.»

L'horreur qu'il avait ressentie fut peu à peu remplacée par une grande tristesse, un douloureux sentiment de perte. Il se laissa tomber sur la pierre, écrasé par le fardeau du constat qu'il venait de faire.

«Veillez donc, puisque vous ne savez ni le jour ni l'heure.»

Ses yeux se gonflèrent de larmes. Mais il se rendit compte qu'il riait en même temps. «J'ai tout raté, se dit-il en secouant la tête, ébranlé par l'absurdité de l'affaire. Ça s'est produit pendant que je dormais dans l'autocar et j'ai tout raté.» Puis, confronté à la terrible vérité, il se mit à sangloter, sans retenue, cette fois. La dernière heure avait sonné. C'était trop tard.

Le monde, en somme, avait pris fin.

CHAPITRE 15

À l'hôtel Excelsior

Gérald de Havilland attendait dans le hall de l'hôtel Excelsior. Il avait rendez-vous avec Albanus et Bragmardo, qui avaient pris le même train que lui — le seul apparemment, puisque le monde entier avait semblé être à bord —, mais ils avaient jugé plus prudent d'effectuer le trajet séparément. À l'étrange ferveur qu'il avait observée la veille avait succédé l'ordre d'évacuation générale. Tout le monde cherchait à gagner le port. Sans doute à cause de la délicate situation politique décrite par Grafficane, supposa-t-il, même s'il était difficile d'obtenir des détails. Les journaux étaient remarquablement rares, et les radios comme les télévisions semblaient avoir interrompu leur programmation. Malgré tout, l'évacuation se déroulait dans le calme. Rien à voir avec la panique d'une population fuyant l'avancée d'une armée ennemie. Les navires qui se remplissaient peu à peu, au port, paraissaient munis d'un nombre de couchettes suffisant.

Puisque tout le monde s'en allait, de Havilland aurait préféré prendre place à bord d'un des bateaux que d'attendre ici.

Il promena autour de lui un regard irrité. Où était donc Brag-mardo ? En tête à tête, le bonhomme faisait sur lui une très forte impression ; en son absence, il était plus facile de voir en lui un vieillard aux idées chimériques. Avait-il vraiment l'intention de donner suite à ses projets grandioses ? Percevant un murmure de voix près de la porte, Gérald leva la tête. Ce n'était ni Bragmardo ni Albanus. Grafficane et son entourage venaient d'entrer. À l'arrière-plan, de Havilland distingua la haute sil-houette de Scarmiglione. Au bras de Grafficane, il y avait une splendide jeune femme, vêtue d'une remarquable robe bleue. De Havilland l'observa pendant quelques secondes avant de recon-naître sa propre fille. Il allait prononcer son nom quand, en se retournant, elle l'aperçut : son visage se transforma et elle vint se jeter dans ses bras avec la fougue d'une enfant de dix ans.

— Papa ! Qu'est-ce que tu fabriques ici ?

Il l'étreignit si férocement qu'elle fut soulevée de terre. «Tu viens de porter un coup fatal à ta façade d'indifférence cynique», lui dit en esprit une petite voix, mais il s'en moquait éperdument.

— La même chose que les autres, expliqua-t-il. J'attends un bateau.

Il fit un signe de tête en direction de Grafficane.

— Je vois que tu as rencontré le comte.

— Tu le connais ? Il m'a… rendu service pendant le voyage en train.

À voir l'expression de sa fille, de Havilland comprit qu'elle ne lui disait pas tout ; il aurait le temps d'y revenir plus tard. Pour l'heure, il lui suffisait de la voir.

— Tu as l'air en forme, papa.

«C'est vrai», pensa Hélène. Il donnait l'impression d'avoir rajeuni de plusieurs années. En outre, il s'était départi de l'air plutôt confondu et abattu qu'il avait traîné pendant longtemps, l'envers de sa bonne humeur forcée. La joie qu'il avait manifestée en la voyant n'avait rien d'artificiel. Il y avait autre chose : il avait l'air sûr de lui alors que, d'habitude, il feignait simplement de l'être. Du solide. Il respirait la confiance, à la manière d'un homme certain de réussir.

— Qu'est-ce que tu deviens ?

— Moi ? Je bricole. Je noue des contacts, je cherche ma voie. Tu as l'air en pleine forme, toi aussi. Cette couleur te va à ravir.

— Si tu me parlais un peu de ces contacts que tu t'affaires à nouer ?

Il posa un doigt sur le côté de son nez.

— Chaque chose en son temps, ma chérie, chaque chose en son temps. D'ici là, ne fais rien sans consulter ton cher vieux papa, d'accord ?

— Tu veux que je te consulte avant de me moucher ?

— Tu sais ce que je veux dire. Je te parle de... d'engagement.

Hélène le regarda d'un drôle d'air.

— Tu ne trouves pas qu'il est un peu tard pour commencer à jouer les pères protecteurs ?

— C'est que... les choses risquent de changer rapidement, ici. Si je comprends bien, la situation est instable. Ce qui te semble aujourd'hui... une bonne alliance... risque de mal tourner.

— Une bonne alliance ?

Elle suivit les yeux de de Havilland, rivés sur le comte.

— Je t'ai dit qu'il m'avait donné un coup de main dans le train, papa. Je ne t'ai pas dit que j'allais me marier avec lui !

— Lorsqu'un personnage comme le comte te propose son aide, demande-toi ce qu'il entend recevoir en échange. Voilà tout.

De Havilland avait exprimé presque mot pour mot les préoccupations d'Hélène. C'est peut-être pour cette raison qu'elle se montra si irritée.

— Je suis une grande fille, papa. Je suis capable de me débrouiller.

— Depuis que tu as huit ou neuf ans, je sais. Je te conseille quand même d'être sur tes gardes.

Leur conversation fut interrompue par l'arrivée de deux hommes : le premier, en uniforme, se dirigea vers Scarmiglione, qu'il entraîna dans un coin, où ils s'entretinrent à voix basse ; l'autre était Bragmardo, manifestement angoissé. Nerveux, il balayait les environs des yeux, à la recherche de quelqu'un.

— Où est maître Albanus ? demanda-t-il enfin.

— Je le croyais avec vous, répondit Grafficane.

— Nous avons cheminé ensemble jusqu'à la gare. Là, ajouta le vieux après un moment d'hésitation, il m'a dit qu'il avait une affaire urgente à régler.

L'assistance vit alors Scarmiglione s'avancer :

— Messieurs, j'apprends à l'instant que maître Michael Scot a été assassiné.

Il y eut des échanges de regards, suivis d'un murmure étouffé. De Havilland ne quittait pas Bragmardo des yeux. Affalé sur une chaise, il était presque sans connaissance.

— Quand ? lança Grafficane au-dessus de la rumeur.

— Peu après l'arrivée du train. Il semble que maître Scot, convié à un rendez-vous, soit tombé dans une embuscade.

Bragmardo, le visage dans les mains, se mit à hoqueter bruyamment.

— Je ne peux pas y croire, bredouilla-t-il à voix basse, assez fort, cependant, pour être entendu. Je ne peux tout simplement pas y croire. Ils étaient amis depuis si longtemps.

— Que radote donc ce vieux fou ? demanda Grafficane d'un air belliqueux. Trêve de pleurnicheries, vieil homme, et racontez-nous ce que vous savez !

Se levant avec peine, Bragmardo donna l'impression de se ressaisir.

— Je ne peux jurer de rien, dit-il en insistant sur le mot « jurer ».

— Mais vous avez des soupçons, s'écria le comte. Allons, crachez le morceau, vieil homme !

Bragmardo ouvrit la bouche, puis, se ravisant, se contenta de secouer la tête.

— C'est sans importance, fit-il au bout d'un moment. Je suis sous le choc de la terrible nouvelle. J'ai sauté aux conclusions, c'est tout.

« Sacré vieux renard », songea de Havilland.

— Exposez-nous vos conclusions, ordonna Grafficane, et nous jugerons de leur bien-fondé.

— Non, c'est impossible, répondit Bragmardo, intraitable. Je risquerais d'incriminer un innocent.

— Arrêtez de tourner autour du pot, vieil homme ! Quand

exactement maître Albanus vous a-t-il quitté à la gare ? Préférez-vous que Scarmiglione vous oblige à parler ?

Bragmardo prit un air effrayé.

— Messieurs, messieurs ! implora-t-il. Nous sommes tous en état de choc ! Évitons d'agir avec précipitation. Je suis certain que maître Albanus viendra nous rejoindre sous peu. Il vous fera alors un compte rendu détaillé de son emploi du temps.

— Et si vous nous présentiez le compte rendu du vôtre ? tonna Grafficane. Vous avez voyagé ensemble. Scot vous accompagnait-il ?

— Non.

— Je pensais pourtant que maître Albanus et lui étaient inséparables.

— Dernièrement, ils ont eu quelques divergences de vues, concéda le vieil homme.

— Un différend ? Une querelle ?

— Je n'irais pas jusque-là. D'ailleurs, ils s'étaient réconciliés, je crois.

— Qu'est-ce qui vous le fait croire ?

— Maître Albanus a dit qu'il avait rendez-vous avec maître Scot…

Le vieil homme, prenant soudain conscience de l'énormité de ses paroles, laissa sa phrase en suspens, puis il porta les mains à sa bouche. « Performance impressionnante, mais un peu forcée » : tel fut le verdict de de Havilland. Scarmiglione s'adressa au comte :

— Nous devons réagir rapidement, monsieur. Sinon, les radicaux n'hésiteront pas à vous considérer comme coupable.

Grafficane opina du bonnet. Au même moment, une violente explosion ébranla l'immeuble. Les fenêtres donnant sur la rue volèrent en éclats. La rumeur du dehors — cris, vociférations, hurlements de sirènes — envahit la pièce. Des volutes de fumée noire entrèrent par les carreaux fracassés, faisant tousser les témoins. Le comte, cependant, ne broncha pas.

— C'est déjà commencé, constata-t-il. Scarmiglione, je veux qu'on m'amène maître Albanus. Arrangez-vous pour que son arrestation cause le plus de remous possible. Laissez rapidement courir le bruit qu'il est responsable de la mort de maître Scot.

Scarmiglione fit signe à ses collaborateurs et sortit sans perdre une seconde. Grafficane se tourna vers le reste de l'assemblée.

— Si nous nous dirigions vers un lieu plus accueillant ? Je trouve l'atmosphère proprement irrespirable, ici.

CHAPITRE 16

Le port

En proie à une sorte d'engourdissement, il contempla longuement le cimetière abandonné. Le souvenir de l'homme de la tente le touchait au plus haut point. Défier la trompette du Jugement dernier ! Héroïque futilité, grandiose folie ! Il se demanda qui étaient l'homme et ses compagnons, ce qui les avait motivés. Il regretta presque de ne pas les avoir accompagnés. Cette pensée raviva en lui l'image d'Hélène, et il sentit de nouveau un besoin pressant de la rattraper. Levant les yeux de l'enclos paroissial parsemé de monticules de terre, il regarda l'église. Il y avait, appuyé contre le mur, un vélo. Il éclata de rire. Si l'idée de trouver un vélo à la fin du monde lui parut absurde, il y vit malgré tout un signe d'espoir. Chose certaine, cette découverte faciliterait son périple.

C'était une antique et colossale monture construite à la verticale, peinte en noir, munie d'une grosse selle en cuir appuyée, à l'avant, sur un ressort qui rappelait le bout d'une épingle de nourrice ; les freins étaient actionnés par des tiges en métal et le dérailleur par une minuscule manette en acier placée au centre d'un quadrant fixé au tube horizontal. Il imagina dessus un campagnard corpulent, le bord de son pantalon retenu par des bouts de ficelle noués sous les genoux. Il se dit que c'était sans doute le vélo du fossoyeur. « Il n'en aura plus besoin, songea Jake, puisqu'il est en chômage. » La réflexion lui sembla tordante.

Le vélo était presque trop grand, et Jake mit un peu de temps à s'habituer aux commandes : guidon retourné et fourche inclinée. Bientôt, cependant, il filait allègrement sur la route.

C'était un parcours idéal, vallonné, mais sans ascensions raides ni prolongées, et il progressa à bon rythme. Malgré l'absence totale de vie, la campagne était agréable. Il voyait défiler des champs, des arbres et, à l'occasion, des chaumières. Peu à peu, les cultures s'espacèrent et des collines s'amoncelèrent de part et d'autre de la route qui, maintenant, grimpait progressivement. Au loin, il apercevait un col, objectif qu'il ne quitta pas des yeux en pédalant avec acharnement. Le terrain avait beau être plus accidenté, il garda le rythme : le col se rapprochait.

À son arrivée, il fut récompensé de ses efforts par un panorama spectaculaire. Devant lui, la route sinueuse s'enfonçait dans une vallée en forme de U, bordée de collines et, à l'horizon, de hautes montagnes. À mi-chemin, la vallée devenait un bras de mer ; au bout, il distingua une multitude d'immeubles qui commençaient à flanc de colline et s'arrêtaient au bord de l'eau, où étaient amarrés de grands bateaux. En proie à une vive excitation, il donna un coup de pédale et entreprit le long et aisé sprint final.

À proximité du port, il retrouva ses semblables qui, seuls ou en petits groupes, avançaient péniblement. Certains poussaient des voitures à bras. Les immeubles avaient un air sinistre, industriel ; les premiers qu'il croisa étaient en ruine. Puis la route s'ouvrit d'un côté et il aperçut la gare. Le train était à quai. Délaissés et vides, les wagons étaient restés portes ouvertes, comme si personne n'avait jugé utile de les refermer. Sur les quais, nul signe de vie. À l'évidence, les passagers étaient depuis longtemps descendus. Derrière la gare, les rues, étroites et recouvertes de pavés, descendaient vers le port en pente raide. Le vélo trépidait désagréablement et, tandis qu'il se faufilait parmi des passants de plus en plus nombreux, les freins crissaient. Il décida donc d'abandonner sa monture contre un mur. Désormais, des immeubles d'habitation, tous transformés en pensions, se dressaient un peu partout. Par les fenêtres ouvertes, des hommes en manches de chemise regardaient passer la foule. Devant chaque porte, il assistait à des bousculades, à des querelles larvées.

À la vue des multitudes, il sentit l'espoir qu'il avait de retrouver Hélène tiédir considérablement. Par où commencer ? Il se dirigea vers les quais. Ici, il y avait encore plus de monde, mais au moins un semblant d'ordre régnait. Le long des quais couraient de vastes hangars recouverts de tôle ondulée. Sur chacun, on avait peint en blanc un énorme numéro. Des gens faisaient la queue pour y entrer. Au-delà des hangars, la coque d'un gigantesque paquebot se dressait. D'interminables queues encombraient les passerelles obliques. Déjà, les ponts débordaient de passagers appuyés au bastingage. Il constata que les voyageurs qui attendaient devant les hangars avaient des documents à la main, et il se demanda où il allait se procurer les siens. Un homme portant un costume foncé ayant connu des jours meilleurs s'arrêta près de lui et fixa tristement la queue qui s'engouffrait dans le hangar. Il secoua la tête et soupira, avant de tirer de ses poches divers objets qu'il examina avec soin, comme s'il procédait à un inventaire de ses biens. Au son d'un sifflement bas, ils se retournèrent tous deux.

De l'autre côté de la rue, il y avait une sorte de café, sombre et délabré. Quelques clients prenaient place à des tables disposées au petit bonheur sur le trottoir. Parmi eux se trouvait l'homme qui avait sifflé, voyou à l'air mauvais affublé d'une grande quantité de bijoux en or : des chaînes, des bracelets, des bagues et même une grosse boucle d'oreille. Il leur fit signe de s'approcher en frottant du pouce ses autres doigts. Il semblait leur demander de l'argent. L'homme triste se dirigea vers la table d'un pas traînant : Jake, curieux, resta un peu à l'écart. À une table voisine, un homme tout ratatiné écrivait fébrilement, occupé à remplir des documents à l'allure officielle. De temps à autre, il en terminait une série. Les papiers, dûment classés et agrafés, étaient empilés sur un plateau posé près de son coude. L'homme à l'air mauvais désigna le plateau d'un air interrogateur. L'homme triste hocha la tête d'un air lugubre. L'autre répéta sa question muette en frottant ses doigts, puis il asséna une puissante claque sur la table. L'homme triste entreprit de vider ses poches : une montre en argent, un portefeuille, un trousseau de clés, un mouchoir, quelques pièces de monnaie, une photographie dans un cadre en argent. À l'occasion, l'homme mauvais extrayait du tas un objet qu'il soupesait afin d'en déterminer la valeur. Parfois, il montrait l'article au vieillard ratatiné, qui s'arrêtait d'écrire pour le considérer un instant, puis hochait ou secouait la tête fermement. Selon le cas, l'homme mauvais remettait l'objet dans la pile ou le jetait dans une boîte placée sous la table.

Cette pantomime dura un bon moment. Plus d'une fois, l'homme triste s'interrompit, comme s'il était arrivé au bout de ses trésors, mais l'homme mauvais lui décochait un œil inquisiteur, la main tendue ; et toujours, après avoir hésité un peu, l'homme triste replongeait la main dans ses poches, d'où il sortait de nouveaux objets, un médaillon ou une bague, des souvenirs que, à l'évidence, il avait espéré conserver. Une fois convaincu qu'il n'y avait vraiment plus rien, l'homme mauvais étudia l'autre des pieds à la tête en se caressant le menton. Il lança alors un regard de côté au vieillard ratatiné qui, sans lever les yeux, frotta le revers de son veston entre le pouce et l'index. Son partenaire se fendit d'un large sourire, révélant la présence d'un certain nombre de dents en or, et désigna le veston de l'homme triste. Ce dernier résista un moment avant de retirer le vêtement et de le poser sur la table. L'homme mauvais se tourna une fois de plus vers son partenaire qui, toujours sans lever les yeux, tapota ses bottes. L'homme mauvais sourit encore et montra les bottes de l'autre. Celui-ci esquissa un geste de protestation et, suppliant, désigna les objets dont il s'était déjà départi. L'autre, cependant, esquissa une moue et secoua la tête en indiquant les bottes de l'index. À contrecœur, l'homme se pencha pour dénouer ses lacets. L'homme mauvais éclata de rire en se tapant le genou, comme s'il venait d'entendre une bonne blague.

Témoin de la scène, Jake fut de plus en plus découragé. À cause non seulement de l'homme triste et de l'humiliation qui lui était infligée, prix que l'autre et son partenaire exigeaient visiblement en échange des documents, mais aussi du fait qu'il n'avait lui-même presque rien à offrir ; ses poches étaient vides, à l'exception du paquet destiné à Hélène, et ses vêtements étaient crasseux et couverts de boue. L'homme triste déposa enfin ses bottes sur la table, puis l'autre lui brandit des papiers sous le nez et tendit la main, dans l'intention, aurait-on dit, de serrer celle de son client. Lorsque celui-ci avança la sienne, l'homme mauvais la retira et asséna un coup sur la table en éclatant d'un grand rire sonore. Nu-pieds et en bras de chemise, l'homme triste s'éloigna en serrant contre sa poitrine les documents qui lui avaient coûté si cher. L'homme mauvais se tourna d'un air avide vers le prochain client ; Jake battit en retraite, l'air innocent. Il ne quittait pas des yeux le vieillard ratatiné et les papiers qui s'accumulaient dans le plateau, où l'homme les déposait sans regarder. La pile augmentait à vue d'œil. En vain, Jake espéra que l'homme en laisserait échapper un par terre ou que la pile s'effondrerait. Puis il vit un serveur qui circulait lentement entre les tables pour ramasser les tasses et les verres sales. Il travaillait de façon machinale, sans déranger personne. Ses gestes passaient inaperçus. Les deux acolytes, lorsqu'il débarrassa leur table des tasses vides, l'ignorèrent. Sans quitter la rue des yeux, l'homme mauvais gesticula et prononça quelques mots. À l'évidence, il renouvelait sa commande. « Si j'attends que le moment de débarrasser de nouveau soit venu, songea Jake, je réussirai peut-être à prendre le serveur de vitesse. »

Après avoir effectué un grand détour, il gagna une table d'où il apercevait l'entrée du café et pouvait observer les deux hommes à la dérobée. Ce qu'il craignait par-dessus tout, c'était qu'un serveur s'approche pour prendre sa commande, mais personne ne vint. À l'occasion, des passants s'arrêtaient et s'attardaient comme l'homme triste avant eux, et le filou en attrapa un certain nombre dans ses filets. Au bout de la rue, l'interminable queue s'enfonçait dans la gueule du hangar recouvert de tôle ondulée. Derrière se dressaient la coque noire du paquebot, sa superstructure blanche et sa haute cheminée à l'extrémité noire. Sur le pont, des passagers s'appuyaient au bastingage ou déambulaient en petits groupes. Le temps s'étirait. Quand une explosion sourde retentit en ville, les files d'attente furent parcourues d'un mouvement de panique. Certains crièrent, effrayés, tandis que d'autres coururent se mettre à l'abri. Quelques instants plus tard, ils revinrent, honteux, supplier qu'on les laisse reprendre leur place dans la queue. Levant les yeux, Jake vit une colonne de fumée noire s'élever dans le ciel, à quelques pâtés de maisons de là. Le serveur réapparut avec un plateau chargé de verres. Il en posa un sur la table de l'homme mauvais. Jake se tint prêt à agir dès qu'un laps de temps raisonnable se serait écoulé. En pensée, il invita l'homme mauvais à siffler son verre, en vain.

Puis il fut distrait par une magnifique limousine qui, longeant rapidement la queue, obligea les imprudents restés au milieu de la rue à se ranger sur le côté. Elle s'engagea ensuite sur le quai derrière le hangar. Des hommes en uniforme affluèrent de partout. On avait sans doute affaire à un personnage considérable. Le chauffeur ouvrit la porte et un homme trapu descendit.

Jake eut l'impression de le connaître, même s'il n'arrivait pas à se rappeler où il l'avait vu. Les cellules de son cerveau fonctionnaient mal. Pendant qu'il réfléchissait à cette anomalie, une autre silhouette sortit de la voiture. Jake, cette fois, la reconnut, surtout en raison du bleu vif de la robe qu'elle portait. C'était Hélène.

Il ne l'aperçut que brièvement, car elle fut bientôt submergée par une vague d'hommes en uniforme. Cependant, ce seul coup d'œil aiguillonna son courage. Il comprit qu'il devait prendre place dans la queue. Il fallait pour cela des documents. Le désespoir lui donna de la témérité. Se levant, il se faufila entre les tables jusqu'à l'endroit où les deux acolytes s'étaient installés. Sa première idée avait été de simplement cueillir les documents au passage, le plus naturellement du monde. En s'approchant, il constata que son souhait avait été exaucé : le vieillard ratatiné avait mal placé une liasse de papiers, et elle était tombée par terre.

Il fit deux pas, se pencha et mit la main sur les précieux papiers. Au même instant, on l'agrippa par le poignet. Il enfonça ses dents dans le dos de la main de l'homme, qui poussa un cri de douleur et le lâcha aussitôt. S'élançant, Jake roula de côté, renversa une chaise vide devant le serveur qui, en trébuchant, laissa tomber son plateau et entra en collision avec une table qui se renversa à son tour. Jake profita du chaos qui s'ensuivit pour s'enfuir et traverser la rue. À mi-chemin, il se retourna : des clients en colère sermonnaient le serveur, le vieillard ratatiné écrivait toujours et l'homme méchant soignait sa main. Il agita le poing en direction de Jake, puis il hurla de rire en se tapant la cuisse, comme si toute l'affaire n'avait été qu'une vaste plaisanterie. Jake, heureux de constater qu'on ne le poursuivait pas, contourna la file d'attente et, à force de jouer du coude et de se tortiller, finit par gagner quelques places. Droit devant, il distinguait une tache bleue au milieu d'une horde d'hommes en uniforme qui disparurent derrière le grand hangar.

La queue avançait avec une lenteur désespérante et de façon très irrégulière, mais Jake ne voulut pas risquer de se faire expulser en cherchant à resquiller. Pour se distraire, il examina les documents qu'il avait volés et qui lui parurent incompréhensibles. Il n'était même pas certain de les tenir du bon côté. Ils étaient couverts d'une écriture toute en fioritures, à l'allure on ne peut plus sérieuse. De loin, le document avait l'air des plus officiels ; de près, aucun mot n'était reconnaissable. D'ailleurs, les lettres ne ressemblaient à rien de connu. Il se rendit compte qu'il n'avait aucun moyen de savoir si les documents étaient authentiques ni, à supposer qu'il s'agisse de faux, si les contrefaçons étaient convaincantes. Il s'efforça de jeter un coup d'œil aux papiers de ses voisins pour comparer, en vain. Finalement, il les plia et les fourra dans sa poche. Il s'aperçut qu'il gardait la main dessus, comme s'il avait peur qu'on les lui chipe.

Il resta un long moment du côté éloigné de la queue par rapport au café, de crainte que l'homme mauvais ne vienne le relancer ; de là, il n'avait qu'une vue partielle sur le mur de tôle ondulée d'un côté et sur la colonne de passagers déguenillés qui attendaient de l'autre. Puisque, autour de lui, personne ne parlait et que, par conséquent, il n'y avait pas de conversations pour le divertir, il se déplaça progressivement vers l'extérieur de la queue. À sa grande surprise, il constata que l'homme mauvais et son acolyte avaient disparu. Le serveur, celui qu'il avait fait tomber, circulait toujours au milieu des tables pour débarrasser et prendre les commandes. Jake n'aurait su dire si les clients étaient les mêmes ou non. Il examina les immeubles en face, de hautes habitations percées de nombreuses fenêtres de petite taille. Si bon nombre d'entre elles demeuraient ouvertes, on n'y voyait plus de curieux. Dans la rue, la queue s'étirait maintenant à perte de vue.

Il pénétra enfin dans le hangar. C'était comme l'intérieur d'une vaste grange faiblement éclairée par des ampoules électriques accrochées au plafond. La file d'attente s'étendait sur toute la longueur du bâtiment, revenait sur elle-même à quelques reprises, son cours délimité par de longs comptoirs et des tables montées sur des tréteaux. L'espace confiné semblait avoir délié les langues : on distinguait un bruissement de conversations. Jake étirait le cou dans l'espoir de repérer une autre porte par où Hélène aurait pu entrer quand, à cause d'un rétrécissement du passage, la foule se serra autour de lui et le renversa. Il roula sur le côté pour éviter d'être piétiné. Il aboutit ainsi sous une des tables à tréteaux. De là, il voyait les jambes des passagers en attente dans un autre segment de la queue. Il roula de nouveau et se mit lentement debout en jouant des coudes pour se tailler une place. Personne ne le remarqua. Il se donna comme objectif de répéter le manège de l'autre côté, mais il se rendit compte, à sa grande frustration, qu'il avait affaire non pas à une table, mais à un comptoir en bois bien solide. Un peu plus loin, cependant, il découvrit une ouverture et s'y glissa aussitôt.

C'était, hélas, un cul-de-sac. Il était sur le point de renoncer lorsque l'idée lui vint de pousser l'exploration un peu plus loin. Et effectivement, il y avait un tunnel étroit courant le long du comptoir ; au bout, une faible lueur laissait croire à l'existence d'une issue. Il avança à quatre pattes dans l'obscurité. Le plancher de bois était nu et raboteux, et il redoutait les échardes. Bientôt, il eut les genoux et les mollets endoloris. Il finit par arriver au bout et vit une fois de plus les jambes des passagers qui avançaient à pas de tortue. Il sortit de l'ombre et s'insinua dans la file. Un coup d'œil lui fit comprendre qu'il avait beaucoup progressé. Il se trouvait presque à mi-parcours. Remontant le courant, il fut heureux de constater la présence de tables. Il plongea dessous ; au lieu de traverser en ligne droite, il rampa en parallèle, jusqu'à l'endroit où la queue tournait sur elle-même. De là, il apercevait la sortie, où des hommes en uniforme semblaient vérifier les papiers et contrôler l'entrée du quai, auquel on accédait par une porte surélevée. Pour y arriver, les passagers devaient gravir quelques marches. En droite ligne, il n'y avait plus que trois rangées à franchir. La première se composait de comptoirs et il se résigna à attendre une ouverture. Il conçut dès lors un plan plus audacieux. Prenant appui sur le comptoir, il se hissa dessus et se laissa glisser de l'autre côté. Il y eut des murmures de protestation ; personne, cependant, ne lui bloqua le passage.

La deuxième rangée était faite de tables. Il plongea et émergea presque en face de la sortie. Là, la queue était plus dense, et il mit du temps à la traverser de part en part. De l'autre côté, il buta contre un comptoir. Pendant ce temps, il avait été déporté à bonne distance, et il venait juste de décider de suivre la file jusqu'au bout quand, du côté opposé, près de la porte, il aperçut une tache bleue. L'impression, quoique fugitive, suffit amplement. Il grimpa de nouveau sur le comptoir. Cette fois, les protestations furent plus véhémentes, et il sentit une main lui agripper férocement l'épaule. Il s'affaissa telle une poupée de son pour laisser croire qu'il renonçait à résister, et il sentit la poigne se relâcher. Vif comme l'éclair, il se dégagea et enjamba le comptoir au milieu des cris de colère. De l'autre côté, même si on se montra réticent à l'idée de le laisser descendre, il arriva les pieds devant. Pour prix de son audace, il reçut une taloche sur l'oreille, mais il ne broncha pas. Une fois qu'il fut dans la file, les autres semblèrent l'accepter sans faire d'objection, peut-être parce qu'ils étaient si tassés que toute tentative d'expulsion était vouée à l'échec. Il était maintenant à deux pas de la sortie et, espérait-il, d'Hélène. Plus moyen, hélas, de resquiller ; il gardait néanmoins l'espoir de voir Hélène monter sur la plate-forme devant la porte de sortie.

Ici, il y avait beaucoup plus de bruit. Sans doute les passagers étaient-ils excités par la proximité de la sortie. Il saisit quelques bribes de conversations.

— C'est quand ils ont commencé à enlever les aiguilles des horloges que j'y ai enfin cru.

— Je ne comprends pas ces gens qui insistent pour prendre des valises. Là-bas, nous n'aurons besoin de rien. Tout sera fourni.

— Ça, je n'en sais rien, mais, si vous voulez mon avis, l'information laisse à désirer.

— Bah ! quelle importance. Nous sommes sur le point d'embarquer.

— Regardez-moi ça. C'est toujours la même chose. Il y a des resquilleurs partout !

— Vous avez vu la robe de cette fille ? Quelle couleur inusitée !

En entendant ces mots, Jake prit appui sur le comptoir et s'éleva au-dessus de la foule. Là, il réussit à se maintenir en équilibre un bref instant avant d'être emporté par le courant, le temps de constater qu'au plus cinq ou six rangées de passagers le séparaient des hommes en uniforme. Le temps aussi de voir qu'Hélène, les formalités terminées, gravissait les marches.

CHAPITRE 17

Jake à la mer

— Le bateau est complet. Vous devrez attendre le suivant.

Cris de protestation ; documents brandis.

— Il n'y a plus de place sur le bateau. Je suis navré.

Les protestations reprirent de plus belle. L'homme secoua la tête.

— Je n'y peux rien. On décroche les passerelles. Le bateau est plein.

La queue s'était immobilisée net quand Jake n'était plus qu'à une rangée de la sortie. Rapidement, des hommes en uniforme avaient alors érigé une sorte de barrière. L'un d'eux, un homme noir doté d'une grande patience et vêtu d'un lourd manteau, écarta les mains en signe d'apaisement.

— Le bateau suivant accostera sous peu. Vous n'aurez pas à attendre longtemps.

— Il faut absolument que j'embarque sur ce bateau, cria Jake à la faveur d'une accalmie dans le concert de lamentations. Mon amie vient d'y monter.

— J'en suis navré, dit l'homme. C'est impossible. Vous vous retrouverez de l'autre côté.

— Le bateau suivant ira au même endroit ?

— Bien sûr, bien sûr. Tous les bateaux vont au même endroit. Inutile de vous en faire.

Le chant grave d'une sirène enterra la suite de l'échange et annonça le départ du bateau. Par la porte entrebâillée, Jake vit passer un pan de la coque noire.

— Ne vous inquiétez pas, jeune homme. Le bateau ira attendre dans le chenal avec les autres, puis tous les navires partiront ensemble en convoi. Vous n'avez rien à craindre.

Constatant qu'il était inutile de discuter, Jake se résigna à patienter avec la foule.

Le bateau suivant vint s'amarrer au quai avec une remarquable célérité. La file se remit en mouvement en très peu de temps. Jake franchit la porte au milieu des autres passagers. Il avait ses papiers à la main, mais personne ne se donna la peine de les prendre. À son arrivée sur le quai, il les avait encore. Le paquebot était semblable au précédent, même s'il paraissait un peu plus petit. Chose certaine, sa coque était moins imposante, les passerelles, moins à pic. Sa cheminée élancée était noire, ornée de deux bandes rouges près du sommet. Bientôt, ils furent tous à bord, et Jake se rendit de l'autre côté pour aller voir la mer.

C'était exactement comme l'homme l'avait dit à la sortie du hangar : au large, une file de navires stationnaires, leurs feux scintillants, s'étirait dans le crépuscule naissant. Noir, le plus proche avait une superstructure blanche et une cheminée beige au sommet noir. Jake, impatient de partir, se félicita du fait que leur bateau à eux soit plus petit, car il se remplirait plus vite. Il se perdit longuement dans la contemplation de la mer, puis il décida de retourner de l'autre côté pour voir si, par la seule force de sa volonté, il réussirait à faire avancer la queue plus vite.

La lumière du jour avait commencé à s'estomper. Le crépuscule tombait. De l'endroit où il se trouvait, il apercevait, au-delà du hangar, le café, à cette heure sombre et déserté. Les fenêtres des habitations étaient sombres, elles aussi. On n'y voyait pas la moindre lueur. Pas un chat dans les rues. Seules les lumières blafardes du hangar coloraient de jaune le rectangle de la sortie. Elles s'éteignirent à leur tour sous ses yeux. Quelques instants plus tard, les deux types en uniforme sortirent. L'homme noir avait un gros trousseau de clés à la main. Il se retourna pour verrouiller la porte, mais l'autre lui posa une main sur le bras et gesticula en direction du bateau. L'homme noir haussa les épaules en signe d'acquiescement et ils traversèrent le quai à grandes enjambées. Jake constata que le trousseau de clés était demeuré sur la porte.

Dès qu'ils furent à bord, on remonta les passerelles, puis on largua les amarres. La sirène poussa sa note grave, et le paquebot s'éloigna du quai. Sous ses pieds, Jake sentit la vibration des moteurs à travers les tôles du pont. La bande d'eau noire entre le quai et le bateau s'élargit rapidement. Jake constata que, dans toute la ville, pas une seule lumière n'était restée allumée. La vallée qu'il avait descendue en vélo baignait dans l'ombre. Seuls les plus hauts sommets réfléchissaient encore un peu de lumière. Du côté de la mer, Jake ne distinguait plus que le scintillement des feux des autres navires.

Le paquebot s'engagea dans le chenal, où il prit sa place à la queue du convoi. Appuyés au bastingage du côté de la terre, les passagers, la mine sinistre, fixaient la ville qui s'éloignait. Déjà, elle avait un air d'abandon et de délabrement, comme si elle avait fait son temps : ses arêtes tranchantes semblèrent s'estomper et se dissoudre dans l'ombre, jusqu'à ce que tout disparaisse dans une sorte de magma menaçant, indistinct. Puis on entendit, charrié par le vent, le chant de la sirène du navire de tête, auquel, à tour de rôle, répondirent les navires, autant de variations sur la même note, tantôt plus aiguë, tantôt plus basse. Dans un grand vrombissement de moteurs, le convoi se mit en route.

Les passagers s'éloignèrent du bastingage et se répartirent sur le pont en petits groupes mélancoliques. Personne ne parlait ; chacun paraissait perdu dans ses pensées. Derrière eux, la terre devint bientôt invisible. Au large, le vent vira de bord : auparavant, il venait de l'arrière, de la terre qu'ils avaient quittée ; voilà maintenant qu'il soufflait de l'avant, chargé d'un parfum délicat, aussi léger qu'une musique lointaine. Soudain, Jake sentit son cœur s'élever, un sourire se peindre sur son visage. Autour de lui, l'humeur des passagers s'était transformée : ragaillardis, ils se souriaient, engageaient des conversations où dominaient la surprise et le ravissement.

— Nous avons de la chance d'être là, vous savez.

— J'ai cru que nous n'y arriverions jamais.

— C'est un nouveau départ…

— Une renaissance !

— Ce sera dur, il faudra travailler d'arrache-pied au début, mais le jeu en vaudra la chandelle.

— Pensez donc que nous allons nous lever tous les matins le cœur rempli d'espoir !

Un doux sentiment d'euphorie se répandit parmi eux. Chacun se réjouissait de la bonne fortune de l'autre. Ils étaient heureux d'être ici, d'avoir cheminé ensemble jusque-là. Quelqu'un sortit un harmonica de sa poche et se mit à jouer un air entraînant qui donnait envie de taper du pied. Jake se leva, en proie, à l'instar des autres, à une sorte d'engourdissement souriant, de soulagement joyeux. Comme si, après avoir été malade pendant des années, il s'était, un beau matin, trouvé guéri. Le simple fait de respirer lui procurait un plaisir ridicule. À voir la tête de ses compagnons de voyage, il comprit qu'ils éprouvaient les mêmes sensations. Le firmament était tapissé d'étoiles, plus brillantes que jamais. Il s'avança jusqu'à la proue et plongea le regard dans l'obscurité. On devinait à une phosphorescence pâle le sillage du navire précédent, masse sombre ponctuée de taches dorées. Une lumière plus blanche et plus vive brillait à sa poupe.

« Hélène est là, songea Jake. Et dire que je ne lui ai toujours pas remis le fameux paquet. C'est probablement sans importance, maintenant. » La tristesse qu'il ressentait à la pensée de ne pas être avec elle fut effacée par la perspective joyeuse de la retrouver de l'autre côté. Que de choses ils auraient à se raconter ! Les épreuves qu'ils avaient dû surmonter, celles qui leur avaient semblé si terribles et qui, rétrospectivement, n'étaient que des broutilles, les amuseraient. Le cœur débordant d'amour, il plissait les yeux dans l'espoir d'entrevoir quelque détail susceptible de révéler sa présence. Il l'imagina à la poupe de l'autre bateau. Elle avait vu la tache blanche et spectrale que faisait la chemise de Jake dans le noir. «Tiens, c'est Jake qui me cherche du regard», songeait-elle à l'instant même.

Il était ainsi perdu dans ses pensées depuis un long moment quand il remarqua que les feux se comportaient d'une drôle de manière : il aurait parié que leur nombre augmentait. Le bref cordon de lumières qu'il avait eu sous les yeux paraissait avoir changé de direction. Et voilà maintenant qu'il donnait l'impression de s'allonger peu à peu. Sous ses yeux, de plus en plus de lumières apparurent. Le feu blanc de la poupe disparut, bientôt remplacé par un autre feu haut perché, à mi-distance. Un peu plus bas, il y avait encore un feu, vert celui-là. Jake fut traversé par une vague d'inquiétude ; l'angoisse lui rongeait l'estomac. Aucun doute possible : le paquebot qui les précédait virait de bord, sortait du convoi.

L'idée qu'Hélène s'éloigne de lui le remplit de panique. Il s'agissait forcément d'une erreur. Que faire ? Pas évident pour lui de se lancer à ses trousses. Était-il possible d'entrer en communication avec l'autre bateau ? Cette solution semblait plus prometteuse. Il y avait peut-être une explication simple, après tout. En se retournant, il s'aperçut qu'il n'était pas seul. Posté derrière lui, un des officiers du navire avait manifestement été témoin de la scène.

— Ce bateau, là, s'écria Jake, il s'en va dans la mauvaise direction !

— Je sais, mais ce n'est pas ce qu'ils pensent, eux.

— Qui ça, «ils» ?

— Les passagers. Ils n'ont pas le même espoir que nous, vous voyez ? À leurs yeux, notre bateau est une sorte de nef des fous, en route vers un monde d'illusions. Ils ont choisi une destination différente.

— Mon amie est à bord de ce bateau !

L'homme haussa les épaules.

— Possible. À la fin, nombreuses seront les amitiés détruites.

— C'est que… j'ai quelque chose pour elle… un objet que j'ai promis de lui remettre en main propre.

L'homme le foudroya du regard.

— Vous n'avez donc encore rien compris ? Ce qui s'est passé là-bas, dit-il en agitant vaguement la tête dans la direction d'où le navire était venu, ne compte plus. Nous avons tous fait notre lit : nos destins se séparent ici et ne se croiseront plus jamais. La rupture est définitive.

— C'est impossible ! protesta Jake. Même quand on choisit une autre voie, on peut toujours changer d'idée.

L'homme secoua la tête.

— Pas cette fois.

— Mais si… s'il y avait à bord de ce bateau une personne qui ne comprend pas ce qui se passe, qui accepterait peut-être de changer d'idée…

— Vous êtes bouché ou quoi ? L'ancien ordre des choses s'arrête ici. Les choix ultimes ont été faits. Regardez autour de vous. Préféreriez-vous être à bord de l'autre bateau ?

Jake balaya le pont des yeux : les passagers, en petits groupes, bavardaient paisiblement, le visage rayonnant d'espérance. Pendant qu'il les observait, le parfum qu'il avait senti auparavant revint lui titiller les narines, accompagné de visions de la terre promise.

— Pensez-y, jeune homme. Souhaitez-vous renoncer à tout ça ?

Angoissé, Jake se tourna vers les feux du navire d'Hélène, qui s'éloignait.

— Ça n'a rien à voir. Seulement, je ne peux pas... pas maintenant... pas sans elle...

— Alors il faut vous décider : vous êtes avec nous ou avec eux ?

L'homme avait pris une expression implacable.

— Vous ne comprenez rien, se récria Jake. Je ne veux pas partir avec eux, je veux juste voir Hélène, j'ai quelque chose pour elle... j'ai promis...

— Choisissez !

Tout à coup, Jake fut très en colère contre cet homme qui, refusant obstinément de l'entendre, s'entêtait à déformer ses propos.

— Bon, très bien. Dans ce cas, je choisis de tenir ma promesse. Je préfère aller la retrouver que de rester avec vous !

L'homme, qui s'était déjà retourné, poussa un sifflement strident. Deux matelots accoururent.

— Préparez le canot de service. Ce garçon nous quitte.

En un temps record, on fit descendre le canot le long du flanc du paquebot : les deux matelots déployèrent le mât et hissèrent la voile, puis on les remonta. Jake leva les yeux sur le paquebot, qui se profilait à côté de lui telle une falaise noire. Il espérait voir un visage, un témoin de son départ, mais il n'y avait personne. Jamais encore il ne s'était senti si seul.

Quelques instants plus tard, les choses empirèrent : une rafale glacée gonfla la voile, et la petite embarcation, se détachant du navire avec une rapidité surprenante, s'éloigna, ballottée par les vagues. Il fixa la houle, découragé. Qu'avait-il fait?

S'installant au gouvernail, il barra dans la direction empruntée par l'autre navire, du moins selon ses estimations, car, d'ici, son regard ne portait pas aussi loin que sur le pont du paquebot. Il scruta les ténèbres, à la recherche de lumières, en vain. Inquiet, il balaya les environs du regard, à l'affût de la moindre lueur; le ciel, cependant, s'était ennuagé, et il ne distinguait plus les étoiles.

Il eut l'impression d'avoir commis une grave erreur. Il s'efforça donc de raviver la foi qui l'avait animé à peine un instant plus tôt à la vue du changement de cap du bateau d'Hélène. En dépit des objections soulevées par l'officier, il lui était apparu hors de tout doute qu'il devait la suivre. Il s'entendit déclarer sur un ton de défi : «Je choisis de tenir ma promesse.» Que cela lui avait alors paru noble! Que cela lui paraissait maintenant exagéré et mélodramatique! Il comprit que sa décision avait été uniquement motivée par la volonté de défier l'homme et non par quelque motif plus noble. Et voilà qu'il se retrouvait seul au milieu de l'immensité de l'océan, sans savoir où aller. Jetant un coup d'œil par-dessus son épaule, il vit disparaître au loin les feux du bateau qu'il venait de quitter. S'il avait été plus proche, il aurait sûrement tenté de le rattraper dans l'espoir qu'on le recueillerait, mais, compte tenu de la vitesse à laquelle le bateau s'éloignait, cette avenue semblait aussi stérile que celle qu'il avait choisie.

Il avait ressenti la même chose, se rappela-t-il, quand, après avoir raté Hélène au café, il s'était dit qu'il n'y avait d'autre solution que de retourner à l'auberge avouer son échec. C'étaient les images de Dante et de Thomas d'Aquin, dans la vitrine de la librairie, qui l'avaient tiré de sa torpeur. Où étaient-ils maintenant, ces deux-là? S'ils avaient été avec lui à bord du navire, il aurait sûrement réussi à convaincre l'officier. Peut-être aussi se seraient-ils tous trois ligués contre lui. Il commença à se dire qu'il ne pouvait jurer de rien. «Une chose est sûre, pensa-t-il, c'est que je suis ici sans que personne m'y ait forcé. Je n'ai personne d'autre que moi-même à blâmer.» Cette idée, curieusement, lui remonta le moral. Il faisait ce qu'il avait librement décidé, au mépris de ce que les gens lui avaient conseillé. Autant persister. En réaction à ce changement d'humeur, aurait-on dit, un pan du ciel s'éclaircit, et une étoile scintilla juste au-dessus de l'horizon invisible. Il mit le cap sur elle.

C'était une étoile d'un éclat inhabituel, et elle brillait constamment, sans clignoter. Une planète, peut-être? Quoi qu'il en soit, il jugeait sa présence rassurante, car il lui semblait que sa course dans le ciel était le miroir exact de la sienne sur le vaste océan. Ayant l'impression d'être raccordé à l'Univers, il se sentit un peu moins seul. Il fixait le point lumineux depuis un certain temps, tout à ses pensées édifiantes, quand il comprit, à sa grande stupeur, qu'il s'agissait non pas d'un astre céleste, mais au contraire du feu d'un bateau qui fonçait droit sur lui. Pris de panique, il chercha derrière lui les lumières rassurantes du navire qu'il avait quitté. Pourquoi, pourquoi avait-il commis cette bêtise? Il ne vit rien. Ce n'est qu'à ce moment qu'il se demanda ce qu'il avait plutôt choisi: qui donc venait si rapidement à sa rencontre sur la mer sombre et froide?

Trop tard, il songea à s'esquiver : il changea de cap dans l'espoir de contourner le bateau à la faveur de l'obscurité. D'abord, il crut qu'il avait réussi. En effet, il vit défiler devant ses yeux une interminable coque sombre. Son passage, cependant, s'accompagna d'un bruit inquiétant, celui d'un moteur au vrombissement bas. Le feu commença alors à décrire un vaste arc de cercle, le navire manœuvrant pour le suivre. Jake s'efforça d'épouser le vent, de trouver la vitesse maximale de l'embarcation ; au même instant, la brise fléchit. Il jeta un coup d'œil anxieux derrière lui pour déterminer la position de son poursuivant. Immédiatement, il fut aveuglé par un projecteur qui baigna le canot dans une lueur blanche fantomatique.

— Ohé ! dans le canot ! cria une voix rustre. Mettez-vous en panne !

Désespéré, il se précipita sur le gouvernail afin de louvoyer, mais la tentative échoua : les vagues ballottaient l'embarcation, dont les voiles, inutiles, pendaient mollement, tandis que le poursuivant gagnait du terrain.

Jake craignit d'abord que le bateau ne le heurte de plein fouet, mais, au dernier moment, il vira de bord et sa coque longue et élancée vint se ranger contre son embarcation.

— Préparez-vous à recevoir un cordage !

On jeta dans le noir un lourd rouleau de cordage qui, frappant Jake en pleine poitrine, faillit l'envoyer par-dessus bord. Reprenant son équilibre, il tira sur la corde jusqu'à ce qu'elle soit tendue. Une silhouette encapuchonnée se penchait au-dessus de lui, le visage perdu dans l'ombre.

— Souhaitez-vous monter à bord ?

L'invitation polie était un ordre à peine déguisé. Que faire, sinon obéir ? Tête basse, il entreprit l'ascension de l'échelle de corde. Dès qu'il fut à bord, l'homme encapuchonné se retourna sans se préoccuper du sort de l'embarcation de Jake. Au milieu du navire, il y avait une structure arrondie, telle une cabane de cantonnier, d'où émanait une lueur laissant croire à la présence d'une chaudière. « C'est sans doute la chaufferie », se dit Jake. Se penchant, l'homme au capuchon poussa un cri et le navire se remit en marche. Jake se retourna vers l'embarcation qui, déjà, s'éloignait. Le désespoir qu'il ressentit le soulagea presque. Son sort était entre les mains d'autrui. Il n'avait plus à choisir. « Ça vaut mieux, pensa-t-il. Jusqu'ici, je n'ai guère été chanceux. » Las, il s'affala sur le pont, dos au pavois. Résigné et vaincu, il s'endormit.

* * *

Il rêva d'une musique merveilleuse, d'une harmonie à deux voix : une riche voix de baryton et une suave voix de ténor, chantant tantôt à l'unisson, tantôt séparément, s'entremêlaient pour composer la plus merveilleuse des mélodies. La musique transporta son cœur, son être tout entier, et il eut l'impression de flotter, de flotter au milieu des étoiles. En ouvrant les yeux, il ne fut donc pas surpris de constater qu'il était entouré d'étoiles, énormes et scintillantes, autant de bijoux posés sur du velours foncé. « Les étoiles sont comme la musique, songea-t-il. Les étoiles sont l'expression visuelle de la musique, et la musique est la voix des étoiles. » Cette idée le ravit, emplit son esprit au point de le faire déborder. Il eut le sentiment de comprendre l'Univers. Il mit un certain temps à se rendre compte que la musique jouait toujours, même s'il avait les yeux ouverts et avait l'impression d'être éveillé.

Frissonnant d'excitation, il se tourna vers la source de cette musique : à la poupe se tenaient deux silhouettes, l'une grande et élancée, l'autre d'une carrure formidable. Les deux personnages étaient tête nue : leurs visages, transfigurés par le firmament étoilé, lui étaient pourtant familiers. Il aurait donné n'importe quoi pour qu'ils continuent de chanter pour l'éternité, mais ils cessèrent aussitôt.

— Tiens, le dormeur est éveillé, dit Dante.

— Heureux de te voir, Jake, ajouta Thomas d'Aquin.

Jake les regarda, ébahi, en se demandant s'il était bien réveillé. Il lui sembla sentir de nouveau le merveilleux parfum dont il avait eu un avant-goût sur le bateau, accompagné du souvenir du bonheur éprouvé par chacun, du plaisir qu'il avait ressenti à voyager ainsi porté par l'espoir.

— Vous êtes venus... pour me ramener ?

— Au bateau ? demanda Dante.

— C'est ce que tu veux, Jake ?

Jake se leva en secouant la tête dans l'espoir d'en chasser la confusion. Dans l'air, un peu de la magie du chant persistait, celle-là même qu'il avait ressentie sur le bateau. Que la sécurité et le confort qu'il y associait lui manquaient ! Dire que, de son plein gré, il avait tout laissé derrière lui. Que voulait-il, au juste ?

— Je veux retourner sur le bateau, affirma-t-il, à condition d'y être heureux.

Il les regarda, comme s'il attendait une réponse de leur part, mais ils gardèrent le silence. On aurait plutôt dit qu'ils l'attendaient, lui.

— Je ne crois pas que je pourrais être heureux en sachant que j'ai tourné le dos à Hélène.

— Tu es donc décidé à y aller? demanda gravement Dante.

— Décidé? répéta Jake.

Il ne se sentait pas le moins du monde décidé, et pourtant…

— Oui, répondit-il le plus fermement possible. Je suis décidé, je suppose.

— Il est entêté, glissa en aparté Thomas d'Aquin à Dante.

— Il n'a pas l'air de grand-chose, celui-là, répliqua Dante. Mais à l'intérieur… quelle volonté de fer.

— Et alors, lança Thomas d'Aquin, qu'est-ce qu'on t'a raconté à bord du bateau?

— Que, pour suivre Hélène, je devais renoncer à tout, parce qu'elle était déjà perdue.

— Et tu as quand même choisi de la suivre. Personne ne te l'a demandé; personne ne t'y a contraint. Tu connaissais les risques.

Jake, qui avait le sentiment de se faire réprimander, baissa la tête.

— Je me suis dit qu'il y avait peut-être encore de l'espoir.

— Il n'y avait plus d'espoir.

Jake fixa ses pieds. Il avait l'impression d'être un enfant étourdi. Il mit un long moment à oser les regarder de nouveau en face. Quand il s'y résolut enfin, il constata qu'ils souriaient.

— Il n'y avait plus d'espoir, répéta Thomas d'Aquin, mais tu as tout changé.

— Quoi ? Comment... ?

— Par ton acte de grâce.

— Je ne comprends pas, avoua Jake.

— Tout ce qui est offert librement, gratuitement, du plus simple des mercis jusqu'au sacrifice personnel le plus sublime, est un acte de grâce. De tels actes ont un pouvoir qui va au-delà du palpable. Ils transforment la réalité.

— Tu as changé l'Univers, Jake, dit Thomas d'Aquin. Grâce à toi, l'espoir est revenu. Tu as accompli un miracle.

— Moi ?

— Et maintenant, alors qu'il n'y avait plus le moindre espoir, nous avons une toute petite chance ; il y a une infime lueur au bout du tunnel.

Le cœur de Jake bondit. Il aurait voulu sourire, mais leurs mines solennelles l'en empêchèrent.

— Hélas, c'est un mince espoir, concéda Dante.

Il montra la direction d'où ils étaient venus. Jake suivit son doigt. Une à une, les étoiles s'éteignaient, avalées par les ténèbres. Le vent montait. La mer devint houleuse.

— Nous fonçons vers une tempête, annonça Thomas d'Aquin.

— Tu te souviens de l'auberge ? demanda instamment Dante. De ce que tu y as vu ?

Jake fit un effort de mémoire. C'était si loin, déjà.

— C'était comme un rêve. Une balance gigantesque, d'une taille invraisemblable...

— C'était une sorte de rêve, Jake, une vision. Une idée mise en image pour t'aider à comprendre. Les deux grandes forces sont aujourd'hui en équilibre parfait. Il s'en faut d'un cheveu pour que tout bascule d'un côté ou de l'autre. L'heure de la crise approche. Un choix, un seul, tranchera.

— Celui d'Hélène ?

Dante hocha la tête.

— Je croyais qu'elle avait déjà choisi son camp, protesta Jake faiblement.

— En effet, mais elle n'a pas encore contracté l'engagement final. Tout se passera au grand Pandémonium. Tu te souviens des deux hommes de l'auberge ? De la victoire à célébrer dont ils ont parlé ? C'est de ça qu'il retournait.

Thomas d'Aquin sortit un carton de sa poche intérieure. Jake reconnut celui qu'il avait vu à l'auberge du Pont de la pesée.

— Ton invitation, dit Thomas d'Aquin avec un sourire forcé. Qui sait ? Elle te sera peut-être utile.

— Qu'est-ce que je dois faire ? demanda Jake.

La pluie le frappa en plein visage. La tempête était sur eux.

— Tu dois essayer, cria Thomas d'Aquin au-dessus des rafales. Essaie de rejoindre Hélène, essaie de la convaincre.

— Et si elle refuse d'écouter ? hurla Jake à son tour.

Voilà ce qu'il craignait le plus.

— Essaie au moins, pour voir, cria Dante.

— Et si j'échoue ? hurla Jake.

— La réussite prend de multiples formes, déclara Thomas d'Aquin, aux prises avec la barre. Parfois, elle se confond avec l'échec.

— Nous devons seulement essayer. Le reste n'est pas notre affaire, lui glissa Dante à l'oreille.

Une énorme vague cingla le bateau et fit culbuter Jake. Aussitôt, il fut trempé jusqu'aux os. Tant bien que mal, il se traîna jusqu'au rouf, auquel il se cramponna de toutes ses forces. À travers les embruns, il vit la silhouette costaude de Thomas d'Aquin arc-boutée contre le gouvernail. Dante s'avançait vers lui en s'accrochant au bastingage. À voir sa bouche, Jake comprit qu'il criait, mais la tempête emportait les mots de l'homme. Se levant à grand-peine, Jake esquissa quelques pas en agrippant le bord du rouf. Puis, l'espace d'un instant, le bruit cessa aussi abruptement que si on avait fermé un interrupteur et le bateau, à la faveur d'une infime accalmie, se stabilisa.

— Reste où tu es et tiens-toi bien ! hurla Dante, comme s'il devait toujours enterrer la violence des rafales.

— Ça va, répondit Jake en montrant les deux mains pour prouver qu'il était indemne.

À cet instant précis, une vague traîtresse souleva le navire. Jake, surpris, passa par-dessus bord et tomba, tomba dans la mer noire et froide.

CHAPITRE 18

Le bateau d'Hélène arrive à bon port

Le navire accosta par une aube blafarde. Lorsque le comte l'aperçut, Hélène était déjà sur le pont.

— Ah! vous voilà! Je pensais vous trouver encore dans votre cabine. Oserai-je dire que je l'espérais?

Il lança à Hélène un regard oblique qui la plongea dans un profond malaise.

— C'est magnifique, n'est-ce pas?

Il agita la main en direction des immeubles, comme s'il lui en faisait cadeau. Au-delà du port, des maisons aux toits gris s'étiraient dans tous les sens; droit devant elle, à quelque distance, une grande citadelle surgissait de la plaine. Elle était entourée d'un haut mur qui s'élevait, s'élevait, de terrasse en terrasse, jusqu'à un pinacle en forme de tour, au sommet duquel un feu rouge clignotait. La citadelle elle-même était gigantesque, et son enceinte abritait une vaste cité. À l'examen, Hélène se rendit compte que la citadelle, aussi grande fût-elle, était dominée par les remparts colossaux qui se dressaient derrière. Leurs flancs, pareils à ceux d'une montagne, étaient trop réguliers pour être l'œuvre de la nature. Devant une telle grandeur, Hélène eut le souffle coupé.

— C'est magnifique, concéda-t-elle. Quoique, dans cette lumière, l'ensemble paraisse menaçant. Il ne fait donc jamais soleil, ici ?

— Vous vous habituerez au climat, rétorqua sèchement Grafficane en tournant les talons.

Un concert de voix monta du quai. À la rambarde, Hélène vit une multitude de gens surgir en brandissant des banderoles et en hurlant. Apeurée, elle eut un mouvement de recul, craignant que le navire ne soit attaqué. Elle sentit la présence de Grafficane à côté d'elle, une expression de mépris amusé au visage.

— La populace, expliqua-t-il. Ne vous inquiétez pas : les hommes de Scarmiglione vont la mater.

— De quoi ces gens se plaignent-ils ? demanda-t-elle.

— D'être opprimés et tyrannisés, j'imagine. Après tout, c'est leur destin. Il faut bien que quelqu'un soit au bas de la pyramide.

Il disparut de nouveau, mais Hélène ne bougea pas. D'après ce qu'elle pouvait lire sur les banderoles, les manifestants réclamaient du pain, des augmentations de salaire et des logements salubres. L'état général de la foule, lamentable, laissait croire que ses revendications n'étaient peut-être pas sans fondement. Soudain, elle prit conscience d'une commotion d'un autre ordre. En se tournant, elle vit un monumental mur de fer s'ouvrir lentement ; derrière, des cavaliers se pressaient en rangs serrés. Lorsque la porte fut ouverte, les chevaux en formation impeccable entrèrent au petit galop : les cavaliers, constata Hélène, portaient des cuirasses et des heaumes polis ainsi que des cuissardes. Certains allaient sabre au poing ; la plupart, cependant, étaient armés de lourds bâtons. Le navire mobilisait l'attention des manifestants. Seuls quelques-uns avaient remarqué l'entrée en scène des cavaliers. Ces manifestants-là se détachèrent du groupe et s'éloignèrent à pas pressés, à la manière de gens effrayés qui préfèrent ne pas courir. Un des cavaliers quitta les rangs et se lança à leur poursuite, sans se hâter. À première vue, on aurait pu croire qu'il se contenterait de les obliger à battre en retraite. Lorsqu'il fut assez proche, toutefois, il fit paresseusement tourner son bâton et assomma le premier venu d'un solide coup à la tête. Les autres se mirent alors à courir pour de bon, et le cavalier les poursuivit avec un enthousiasme évident.

Les autres manifestants, enfin alertés, virèrent de bord telle une volée d'étourneaux changeant de direction en plein vol. Les cavaliers en profitèrent pour charger : se déployant en éventail, ils se ruèrent sur la foule, cognant et lacérant les chairs à qui mieux mieux. Même de loin, le plaisir qu'ils prenaient à leur tâche sautait aux yeux. Il s'ensuivit un mouvement de panique : certains manifestants, ayant perdu pied, furent piétinés par les chevaux ou par leurs camarades ; d'autres, refoulés, tombèrent dans l'étroit interstice entre le quai et le navire. D'autres encore, affolés, se jetèrent dans les eaux du port. Pendant ce temps, les cavaliers tournoyaient, frappaient au hasard : tantôt ils chargeaient et piétinaient ; tantôt ils resserraient les rangs pour charger de plus belle. Par comparaison avec la panique généralisée des manifestants, les mouvements gracieux et mesurés des chevaux tenaient presque du ballet.

Hélène observa la scène, en proie à une fascination morbide. Le comte apparut de nouveau à ses côtés.

— Venez, ma chère, et ne restez pas là la bouche ouverte. Des occupations plus pressantes nous attendent. C'est l'heure d'aller essayer nos costumes !

* * *

Après l'explosion à l'hôtel, Gérald de Havilland avait réussi à se faire admettre dans l'entourage du comte et à monter à bord du même bateau que lui ; il fut cependant profondément ennuyé de constater qu'on lui avait attribué une cabine de deuxième classe et que, par conséquent, il ne pouvait pas voir Hélène. Comble de malheur, on l'avait jumelé avec Bragmardo ; dans l'espace confiné de la cabine, il eut du mal à supporter la loquacité du vieil homme. Il se garda toutefois de laisser voir son irritation.

Il traitait son coconspirateur avec de plus en plus de circonspection. Ce dernier, en effet, était beaucoup plus important qu'il n'y paraissait à première vue : l'assassinat de Michael Scot et l'arrestation subséquente d'Albanus, qu'on avait appréhendé sur le quai au moment où il s'apprêtait à embarquer sous un déguisement, montraient bien qu'il n'était pas qu'un vieillard à l'esprit fêlé. Il avait l'intention de s'emparer du pouvoir et il était assez impitoyable pour parvenir à ses fins. De Havilland avait songé à la possibilité de mettre Bragmardo au rancart ou encore de l'éliminer, une fois le cas du comte réglé ; il commençait à se dire que ce ne serait peut-être pas aussi simple.

Une fois le navire arrivé à bon port, il partit à la recherche d'Hélène ; on lui interdit l'accès aux ponts supérieurs, réservés à l'entourage du comte. Comme il ne souhaitait pas retourner dans sa cabine, où l'attendait Bragmardo, il observa la répression de la manifestation. Sans le savoir, il se trouvait seulement à deux ponts de l'endroit où Hélène assistait au spectacle. Il éprouvait une certaine sympathie pour les manifestants, mais pas beaucoup. Défier aussi ouvertement le pouvoir en place, c'était de la folie. À quoi s'attendaient-ils donc ? Il se demanda si les radicaux de Michael Scot s'appuyaient sur ces gens et si la manifestation avait quelque chose à voir avec l'assassinat de Scot. La nouvelle avait-elle plutôt été tenue secrète ?

Pendant qu'il se faisait ces réflexions, Bragmardo fondit sur lui en se frottant les mains, le visage illuminé par la passion. De Havilland souleva un sourcil interrogateur.

— Albanus ! murmura le vieil homme d'une voix rauque. On l'a abattu sur l'arrière-pont ce matin même, puis on a balancé son corps par-dessus bord. Tout se déroule donc comme prévu, pas vrai ?

Il eut un rictus effronté.

— Et de deux ! Le troisième n'a qu'à bien se tenir.

À grand-peine, de Havilland esquissa à son tour un pâle sourire.

CHAPITRE 19

Virgile

Il avait du sable dans la bouche et quelqu'un le tirait par le bras. Il voulut ouvrir les yeux, mais c'était comme si ses paupières étaient collées. Puis on le retourna sur le dos, et l'eau emmagasinée dans sa bouche lui coula dans la gorge. Il faillit étouffer. Enfin, il porta une main à ses yeux. Il découvrit une matière squameuse et visqueuse, si horrible qu'il eut un violent mouvement de recul. Au-dessus de lui, une voix inquiète produisit des sons réconfortants. Quand il eut enfin réussi à ouvrir les yeux, Jake vit un vieil homme debout, une longue guirlande d'algues brunâtres à la main.

Jake essaya de se relever, et l'homme se pencha pour l'aider en lui soutenant les épaules. Jake regarda autour de lui : il se trouvait sur une plage s'étendant à perte de vue. Devant lui, la mer lustrée était d'un calme sinistre. La plage était déserte. L'estran était jonché d'algues, de bois flotté et d'épaves. C'était un lieu empreint de mélancolie. Il posa les yeux sur l'homme, qui lui sembla aussi mélancolique. Vieux, il affichait un air vaincu : son visage, sûrement beau autrefois, conservait quelques vestiges de noblesse et de dignité. Le désespoir actuel de l'homme faisait d'autant plus peine à voir. Constatant que Jake s'était assis, apparemment indemne, l'homme, jugeant sans doute que sa présence n'était plus requise, s'éloigna en se traînant les pieds.

— Attendez ! s'écria Jake en crachotant du sable.

Le vieil homme s'arrêta sans se retourner. Tant bien que mal, Jake réussit à se lever.

— Attendez ! répéta-t-il. Comment vous appelez-vous ? Où suis-je ?

Le vieillard, cette fois, pivota sur lui-même, et Jake eut l'impression de voir son cerveau se mettre en marche, de vieux engrenages tout rouillés, abandonnés depuis longtemps, s'activer, grincer horriblement...

— Comment je... m'appelle ? Je suis sûr d'avoir un nom, sauf que... Je l'ai sur le bout de la langue. Vous voulez savoir où vous êtes ? Eh bien, vous êtes là où nous sommes.

«Merci des éclaircissements», songea Jake. Le vieil homme n'avait probablement plus toute sa tête. «Comment ai-je abouti ici ?» se demanda-t-il. Pendant un instant, il resta là, l'esprit vide, puis il comprit : il se trouvait à bord d'un bateau qu'une tempête avait fait chavirer. Il était sûr que sa dernière heure avait sonné. Pourtant, il était là. Mais où, exactement ? Pourquoi ? D'instinct, il tâta sa poche. Il fut soulagé d'y constater la présence du paquet. Il le sortit pour l'examiner. L'emballage était intact, l'immersion l'ayant remarquablement peu affecté.

Sentant le regard du vieil homme peser sur lui, il leva les yeux, soudain méfiant. Le vieillard continua de fixer le paquet et Jake avec un intérêt innocent, tout son être subtilement transformé. On aurait dit qu'une étincelle couvait sous les cendres.

— Vous avez… une mission ? demanda l'homme.

— Oui. Je dois remettre ceci à quelqu'un.

Le vieil homme eut un air de recueillement, comme s'il s'efforçait de raviver un souvenir enfoui au fond de sa mémoire.

— Puisque vous avez une mission à accomplir, je dois vous aider, déclara-t-il enfin.

Jake le dévisagea, surpris.

— Je l'ai déjà fait, expliqua l'homme. Il y a longtemps.

Il contempla la mer, perdu dans ses souvenirs.

— Maro, Publius Vergilius Maro, ajouta-t-il au bout d'un moment.

— Pardon ?

— C'était mon nom latin. On m'appelait Virgile. J'étais poète.

À pas lents, ils marchèrent ensemble sur la plage en direction des dunes.

— Il y avait un autre homme… chargé d'une mission. Poète, lui aussi.

Il se laissa choir sur le versant d'une dune et secoua la tête. En imagination, Jake voyait des flocons de rouille tomber des rouages de la mémoire de l'homme.

— C'était il y a si longtemps… Tant de choses ont changé depuis…

Le vieil homme dévisagea Jake, dans l'espoir, aurait-on dit, de trouver ainsi la réponse aux questions qu'il se posait. Puis il esquissa un sourire lent et hésitant, un peu comme s'il avait oublié comment s'y prendre.

— Dante. C'était son nom. Dante Alighieri. J'étais son guide.

Jake lui rendit son sourire.

— Me guiderez-vous, moi aussi ?

Le vieil homme secoua la tête en soupirant.

— Hélas, c'est impossible. Tout a changé, tout est différent. Je ne retrouverais plus mon chemin.

Se levant, il grimpa au sommet de la dune, d'où il fit signe à Jake de venir le rejoindre.

Jake ne savait pas à quoi s'attendre. Chose certaine, il ne s'attendait pas au spectacle qui s'offrit à lui. Au-delà de la dune, sous le ciel menaçant, il découvrit une morne plaine couverte de maisons grises et uniformes. Au loin, cette plaine s'élevait, et Jake crut reconnaître les murs d'une forteresse ou d'une citadelle. Au milieu, il y avait une sorte de tour au sommet de laquelle un feu rouge clignotait, comme pour émettre un signal.

— Autrefois, il n'y avait ici que des champs, se rappela Virgile. Les champs Élysées. Nous étions heureux, ici, à notre façon paisible.

Il secoua tristement la tête.

— C'était il y a si longtemps.

Du côté droit, à l'opposé de la lointaine forteresse, Jake discerna une basse colline où, au milieu de ruines anciennes, s'était constitué une sorte de bidonville, amoncellement d'habitations de fortune construites à l'aide de matériaux assemblés au hasard. La fumée de nombreux braseros voilait le paysage qui s'étendait au-delà, parsemé de hautes falaises à pic. Virgile suivit son regard.

— C'est là que vivent aujourd'hui la plupart des anciens, dit-il. Toujours au ban de la société, bien sûr.

D'un geste de la tête, il désigna la base de la dune, et Jake vit qu'un haut mur surmonté de barbelés les séparait des maisons grises. Virgile s'était mis à marcher sur la crête de la dune en direction du bidonville, et Jake lui emboîta le pas.

— Pour ma part, je quitte rarement la plage. Une faune peu recommandable s'est installée, expliqua-t-il en désignant les habitations du bidonville. Autrefois, il y avait surtout des poètes et des philosophes, mais, aujourd'hui, bon nombre de ceux qui vivaient dans la vieille ville en sont sortis. L'ordre ancien est rompu. Les autorités ne se préoccupent plus du sort des plus anciens. J'ignore si ces habitations sont encore occupées.

En suivant le geste de Virgile, Jake constata que le vent avait dispersé la fumée et que ce qu'il avait pris pour une falaise se dressant derrière le bidonville était en réalité un mur gigantesque, le premier d'une série de remparts qui s'élevaient comme autant de marches géantes avant de disparaître dans l'obscurité. Çà et là, la maçonnerie était parcourue de grandes fissures ; de l'ensemble se dégageait une impression de délabrement et de négligence.

— Si vous voulez, je peux vous accompagner jusqu'au poste de garde. C'est le mieux que je puisse faire, hélas.

Jake le suivit le long d'un sentier qui descendait le versant en pente raide. Ils débouchèrent sur une avenue plus large reliant la colline et le bidonville à une vaste ouverture dans le mur qui entourait les maisons. Plus près, Jake vit qu'un blockhaus bas gardait l'entrée.

— Laissez-moi leur parler en premier, proposa Virgile. Il leur arrive d'être… un peu bizarres.

Ils entrèrent dans une pièce d'un dénuement extrême, aux murs en blocs de béton qu'on ne s'était même pas donné la peine de blanchir à la chaux. Un comptoir courait sur toute la largeur de la pièce : derrière se tenaient deux hommes en habits de travail couleur chamois, l'un très gros, l'autre petit et sec. Bien que manifestement désœuvrés, ils ne firent nullement attention à Jake et à Virgile. Quand ce dernier frappa sur le comptoir, ils se livrèrent à une pantomime complexe : d'abord, ils échangèrent un regard, puis ils examinèrent en détail les moindres recoins de la pièce, le plafond y compris, comme si quelqu'un risquait d'y être suspendu. Ce n'est qu'après qu'ils daignèrent remarquer l'homme qui se tenait près d'eux.

— Oui ? demanda le petit nerveux.

L'autre fouilla sous le comptoir, d'où il tira un gigantesque livre relié en cuir ainsi qu'un encrier à l'ancienne et un bocal rempli de plumes. Derrière, une porte s'ouvrit, et un troisième lascar entra en scène, vêtu d'un uniforme foncé aux boutons astiqués à fond, pareil à celui d'un policier. Sans les gratifier d'un regard, le dernier arrivant se dirigea vers l'extrémité du comptoir, où se trouvait un lavabo surmonté d'un miroir. Là, il retira son veston, qu'il suspendit à un crochet avant de se pencher pour enlever ses bottes. Pendant tout ce temps, il siffla entre ses dents un air discordant.

— Mon jeune compagnon souhaite entrer, annonça Virgile.

— Vous m'en direz tant, lança le petit homme. Qu'est-ce que tu en penses, toi ?

La question s'adressait à son collègue qui, sans un mot, continua d'examiner les plumes, à la recherche de la bonne, semblait-il.

— Bon, veuillez décliner votre identité, ânonna le petit en s'adressant à Virgile.

— Mais ce n'est pas moi qui désire entrer, protesta Virgile.

— D'accord, répondit l'autre. Faut-il donc comprendre que vous vous portez garant de ce jeune homme ?

— Euh... oui, naturellement.

— Eh bien, dans ce cas, il vaut mieux que vous décliniez votre identité, n'est-ce pas ? rétorqua l'autre d'un air triomphant, à la manière du joueur qui vient de marquer un point.

— Fort bien, lança Virgile, en proie à une grande lassitude. Virgile Maro, poète.

— Marron, hein ? C'est une sorte de fruit ?

Virgile soupira. Le gros homme, ayant fini par choisir une plume, écrivit quelques mots dans le registre, très lentement, la langue sortie, comme s'il déployait un effort de concentration phénoménal.

— Tu as noté ? demanda le petit.

Le gros poussa le registre vers son compagnon, qui lut et hocha la tête.

— Votre nom, déjà ?

— Virgile Maro.

— Ce n'est pas ce qui est écrit ici.

Virgile le dévisagea d'un air exaspéré. À sa grande stupeur, Jake vit le troisième homme retirer son pantalon, qu'il plia avec soin avant de l'accrocher à côté de son veston.

— On lit ici « Virgule Marron ».

Il leur montra le registre et Jake constata que c'était effectivement ce que l'autre avait écrit en gros caractères inclinés, parsemés de taches d'encre.

— Si j'étais méfiant de nature, je serais enclin à y voir un pseudonyme ou peut-être, puisque vous êtes poète, un *nom de plume**. Vous êtes poète, oui ou non ?

— Oui, répondit Virgile sèchement.

— Vous vivez de votre art ?

Virgile soupira. Devant le lavabo, le troisième homme enfilait maintenant un costume civil brun.

— Normalement, je ne poserais pas la question, mais mon ami ici présent écrit des vers dans ses moments libres. On ne le croirait pas, à le voir, je sais bien, précisa le petit nerveux en souriant. À mon avis, certains de ses poèmes sont fort bons et mériteraient une audience moins restreinte.

Le gros homme examina ses ongles d'un air modeste. Le troisième homme, vêtu de son costume brun, traversa le comptoir, se coiffa d'un chapeau et déclara :

— Terminé pour moi, messieurs.

Sur ces mots, il sortit, laissant la porte se refermer avec fracas derrière lui. Le petit nerveux prit soudain un air affairé.

---

* *N.D.T.* En français dans le texte.

— Trêve de bavardages. Nous avons d'autres chats à fouetter.

Il se tourna vers Jake pour la première fois.

— Eh bien, jeune homme, que puis-je faire pour vous ?

— J'aimerais entrer, répondit Jake.

— Ah bon ? Note cela, Georges.

Le gros homme s'empara de nouveau du registre et y écrivit laborieusement, longuement. L'autre, pendant ce temps, sortit un balai d'un placard et se mit à l'ouvrage. Arrivé devant Virgile et Jake, il les regarda, surpris de les trouver encore là.

— Revenez demain et le sergent traitera votre requête.

— Le sergent ? répéta Jake, le cœur serré.

Le petit nerveux balaya autour d'eux.

— L'homme qui vient juste de sortir, dit-il par-dessus son épaule. C'est à lui que vous devez parler. Avec votre permission, maintenant, c'est l'heure de fermer.

Dehors, Virgile secoua la tête.

— Je suis désolé. Vous voyez comment les choses se passent ? Ils seront peut-être plus accommodants demain.

— J'en doute, trancha Jake.

Il vit le petit nerveux fermer la porte et y fixer un gros cadenas en sifflant joyeusement.

— Il y a un autre moyen d'entrer ?

Déjà, Virgile s'était engagé sur le chemin du bidonville. Après un moment d'hésitation, Jake se lança à sa suite. Il commença à pleuvoir.

CHAPITRE 20

Ulysse au bidonville

À leur arrivée au bidonville, la pluie faisait un tel vacarme — sifflement de l'air, clapotis du sentier inondé, martèlement contre le toit mince des cabanes elles-mêmes — que Jake n'entendait plus ce que racontait Virgile. Il en était heureux, puisque l'incessant monologue du vieil homme suscitait en lui une vive agitation nerveuse. À l'en croire, les habitants du bidonville étaient d'un naturel imprévisible, aussi susceptibles de se retourner contre eux que de leur venir en aide. Selon Virgile toujours, il était crucial de les aborder de la bonne façon. Jake devait donc lui laisser le soin de mener les négociations. « La dernière fois, les résultats ont été spectaculaires », songea Jake. Il se demanda si le vieil homme n'exagérait pas sa propre importance à seule fin de demeurer dans le coup ; puis il se mit à réfléchir au moyen de le semer.

Dans les ruelles étroites et sinueuses du bidonville, les craintes de Jake s'accentuèrent : les cabanes s'appuyaient les unes sur les autres, à la manière d'ivrognes titubants, ce qui avait pour effet de réduire encore la largeur des passages, qui prenaient des airs menaçants, un peu comme les passants qui vous serrent de trop près dans la rue. Virgile, qui semblait savoir où il allait, le guida dans le dédale des ruelles. Ils montèrent peu à peu : Jake glissait et dérapait sur la pente boueuse. Sortant enfin de l'emmêlement étouffant des cabanes, ils aboutirent dans un lieu ouvert que, par comparaison, Jake jugea accueillant. Dans le morne demi-jour, Jake distingua les vestiges d'habitations plus robustes, en ruine : colonnes en morceaux mangées par le lierre, marches de pierre en partie obstruées de débris, trois murs effrités d'un immeuble qui, autrefois, en avait sans doute imposé. Autour, il y avait une sorte de colonnade ou de cloître voûté, dans un état de délabrement aussi lamentable que le reste. La plupart des arches avaient volé en éclats, mais sous le couvert de celles qui avaient tenu le coup, il reconnut, figés dans la pierre, des personnages qu'on aurait dits surpris dans des attitudes de tous les jours, certains debout, la majorité assis, perdus dans leurs pensées, les mains sous le menton, les coudes sur les genoux. Solitaires pour l'essentiel, même si on apercevait çà et là des regroupements harmonieux de statues. À les voir, Jake eut l'impression qu'elles cherchaient à se protéger contre la pluie.

Il mit beaucoup de temps à comprendre qu'il s'agissait non pas de statues, mais de personnes en chair et en os. Il n'aurait su préciser quel détail lui avait fait prendre conscience de sa méprise : un infime mouvement peut-être, qu'il aurait détecté du coin de l'œil, ou bien une sensible amélioration de la lumière, car la pluie avait diminué avant de cesser, laissant dans son sillage un silence qu'une goutte occasionnelle soulignait au lieu de le rompre. Dans ce silence persistant, Jake sentit la tension monter. Pourquoi Virgile ne disait-il rien ? Pourquoi les autres se taisaient-ils obstinément en évitant de les regarder ? Il promena son regard de l'un à l'autre dans l'espoir de croiser les yeux d'un des membres de l'assistance, qui semblaient cependant fascinés par quelque objet se profilant à mi-distance. En somme, on les aurait crus sous l'effet d'un charme. Il se rendit alors compte que la sorcellerie n'était pas en cause, qu'ils étaient tout simplement léthargiques. S'ils ne parlaient pas, c'était parce qu'ils n'avaient rien à raconter ; s'ils ne bougeaient pas, c'était parce qu'ils n'avaient rien à faire. Ils avaient sombré dans le désespoir et l'oisiveté.

Il revenait constamment à un homme assis un peu à l'écart. Vieux mais vigoureux, il avait les épaules larges, la poitrine épaisse, la crinière en broussaille. Quelque chose d'indéfinissable qui le faisait sortir du rang. Non pas qu'il soit particulièrement beau. Le phénomène s'expliquait plutôt par l'intelligence énergique et impitoyable qui émanait de lui, même au repos. En le voyant, Jake sut de façon certaine qu'il s'agissait d'un homme d'action doté d'une formidable ingéniosité, d'un comploteur rusé. Plus qu'un simple guerrier, cet homme était un général, un meneur d'hommes.

Au creux de sa mémoire, il sentit un souvenir s'agiter : il est sur le point de monter sur scène, sans savoir ni où ni quand. Il ne se rappelle que les mots qu'il doit prononcer. C'est alors qu'il comprit qui était l'homme en question et, du coup, ce qu'il devait faire, lui, pour tirer ces gens du désespoir. Ignorant Virgile qui, la main sur son bras, essayait de le retenir, Jake s'avança au centre de la clairière, s'éclaircit la voix et, le plus fermement possible, récita :

— « Vous, mes frères, qui bravant mille dangers avez atteint l'Occident... »

Un grand émoi parcourut l'assemblée, et tous les yeux se tournèrent vers lui.

— « ... rappelez-vous vos origines ! »

Les spectateurs échangèrent des regards, comme au sortir du sommeil.

— « Vous fûtes créés non pas pour vivre telles des brutes... »

Ils hochèrent la tête en signe d'assentiment.

— « ... mais au contraire pour suivre la voie de la vertu et de la connaissance ! »

Dans le silence qui accueillit ses paroles, Jake entendit son cœur battre à se rompre, puis il détecta un autre bruit. L'homme à la présence intimidante s'était levé et s'avançait vers lui en applaudissant avec enthousiasme.

— Bien dit, mon garçon ! Saurais-tu donc qui je suis ?

— Ulysse, prince d'Ithaque, grand voyageur devant l'Éternel. Le plus illustre des généraux de la Grèce.

L'homme laissa échapper un rire profond et rauque, puis il asséna sur l'épaule de Jake une claque d'une telle violence que celui-ci faillit perdre pied. Ulysse passa un bras musculeux autour de lui, se pencha et, sur un ton confidentiel, lui souffla :

— Les mots que tu as prononcés, il m'a semblé les connaître. J'ai eu l'impression de les avoir proférés moi-même il y a longtemps, très longtemps. Sauf que c'était incomplet.

— J'ai sauté deux ou trois vers.

— Récite-les maintenant.

— « À cette veille si brève de vos sens, qui vous reste seule, ne refusez pas l'expérience, en suivant le soleil, du monde inhabité. »

À ces mots, Ulysse avala l'air et poussa un long soupir, à la manière de l'homme qui vient d'avaler une gorgée d'un nectar divin.

— Suivre le soleil ! Ça, mon garçon, c'était une leçon de courage ! D'ailleurs, nous y sommes presque arrivés. Oui, la terre était en vue lorsque la tempête a frappé et que notre navire s'est échoué. Voilà une aventure digne de ce nom !

Le souvenir attisait son enthousiasme. Il avait les yeux brillants et, de son énorme main, il se caressait la barbe, l'air de débattre d'une idée qui venait juste de surgir en lui. Lorsqu'il reprit la parole, ce fut comme s'il dialoguait avec lui-même.

— C'était impossible, et pourtant, pourtant... Pourquoi ? Pourquoi ? Qu'est-ce qui nous en empêche ?

Il jeta à Jake un coup d'œil interrogateur, puis, le prenant par les épaules, il le souleva carrément de terre.

— Pourquoi, hein ? demanda Ulysse en souriant d'un air féroce. Mon garçon, ta venue parmi nous marque un grand jour. Tu es l'étincelle qui, sur les versants asséchés par la belle saison, embrase la forêt ! Comment puis-je te remercier ?

— Eh bien... commença Jake, hésitant.

— Parle, mon garçon. Je suis à tes ordres !

— Vous pourriez me faire entrer dans la ville ?

— Dans la ville ? Tu veux y entrer, vraiment ?

— J'ai une mission à accomplir, déclara Jake en se remémorant les mots de Virgile.

Ulysse le déposa et se mit à tourner en rond en se frottant la barbe. Il avait l'air troublé.

— Tu veux entrer en ville? Si je m'attendais à ça! Quoi qu'il en soit, je t'ai donné ma parole. C'est possible, absolument. Remarque, ça ne va pas être facile.

Il sonda Jake du regard.

— Le moyen auquel je songe est difficile et périlleux. Dois-je comprendre que tu es résolu?

— Oui.

— Dans ce cas, viens avec moi.

Se dirigeant vers l'extrémité de la clairière, il commença à grimper parmi les rochers. Jake le suivit. Au prix d'efforts considérables, ils arrivèrent non loin du sommet de la colline autour de laquelle s'étendait le bidonville. Baissant les yeux, Jake aperçut les vastes ruines des immeubles élégants disséminés au milieu du fouillis sordide des cabanes. Au-delà s'étendait le territoire, pareil à une carte géographique. La lumière étant meilleure, il vit la route qu'il avait dû suivre pour venir jusquelà, ainsi que la plage où il s'était échoué, laquelle s'incurvait jusqu'à un promontoire rocheux; au large, un banc de brouillard lui obstruait la vue. Il aperçut aussi les dunes le long desquelles ils avaient marché, Virgile et lui. À leurs pieds se dressait le mur qui les séparait des maisons du faubourg. Il reconnut le sentier qui menait au blockhaus où les deux hommes lui avaient fait perdre son temps. Derrière s'étendait la morne banlieue, vaste plaine quadrillée de rues d'une monotone uniformité. Au-delà, le terrain s'élevait légèrement, et l'agencement des habitations devenait plus complexe et plus plaisant. C'est là, très loin, que la citadelle se dressait, imposante forteresse dont les murs, il le voyait maintenant, étaient percés d'une multitude de fenêtres et parcourus de chemins et d'escaliers en zigzag. Derrière le mur d'enceinte, des tours et des tourelles s'amoncelaient au petit bonheur. Au centre, il y avait un vieux donjon en pierres, carré et austère, qui dominait la plaine de plusieurs milliers de mètres. Sa seule vue accabla l'âme de Jake, qui comprit tout de suite où il devait aller.

— C'est là.

La voix d'Ulysse le ramena à leur environnement immédiat. Ils avaient atteint le sommet de la colline, que couronnait un monticule herbeux au contour si régulier qu'il ne pouvait être qu'artificiel. Sur le côté, il y avait une porte voûtée, que gardait une grille.

La grille était cadenassée. Ulysse, s'en emparant, l'arracha de ses gonds et la jeta par terre, où elle rendit un son métallique. Un court passage tapissé de pierres débouchait sur une curieuse pièce de forme ovale, où régnait une lueur bleuâtre sans source apparente. Dépourvue du moindre meuble, la pièce, inexplicablement, lui rappela la salle d'attente d'une gare. Un détail retint son attention : sur le sol, près de la porte par où ils étaient entrés, se trouvait une délicate colonne cannelée, qui avait peut-être servi de socle à une statue, mais qui, aujourd'hui, était cassée en travers, ce qui laissait une arête irrégulière, grossière. Il y avait trois autres entrées : une du côté opposé, dans l'axe court de l'ovale, et deux autres se faisant face dans l'axe long. Ulysse sembla hésiter un moment avant de choisir la porte qu'ils avaient devant eux.

— C'est par là.

Le large dos d'Ulysse obstruait le passage, et Jake ne vit rien avant que, à la sortie, son guide esquisse un pas de côté.

Devant le spectacle qu'il découvrit, il eut le souffle coupé par l'étonnement et s'appuya contre la paroi derrière lui : ils étaient sur une étroite corniche et, devant eux, béait un vide affolant, d'une profondeur insondable, de près de deux kilomètres de largeur. Du côté opposé se dressaient les remparts qu'il avait aperçus depuis le blockhaus. À cette distance, leur masse était terrifiante. C'était non pas une œuvre de la nature, mais, au contraire, un artifice prodigieux. De gigantesques blocs de maçonnerie s'empilaient les uns sur les autres pour former une muraille inclinée qui s'élevait à perte de vue. À un intervalle de trois cents mètres environ, il y avait une sorte de marche : la muraille était donc parcourue d'une série de corniches. À dix, Jake arrêta de compter, effrayé d'aller plus loin. La taille de l'ensemble dépassait son entendement. Il constata que les corniches, qui devaient être en réalité de larges avenues, étaient interrompues de loin en loin par de gigantesques contreforts, traversés de tunnels par où passait le chemin. Le gigantesque édifice était d'autant plus affolant qu'il donnait des signes évidents de délabrement : en effet, il était zébré de longues fissures dont certaines, s'élargissant, avaient creusé des déchirures d'où jaillissaient des jets d'eau qui, après avoir formé des sortes de queues de cheval colossales, sombraient dans l'abysse.

Cependant, l'horreur qui fit frémir le cœur de Jake vint non pas de ces monstruosités, mais plutôt de l'apparition frêle qui se matérialisa devant lui, si légère qu'elle lui avait d'abord complètement échappé : un pont de cordage fragile et délicat, tendu de planches de bois, pendait tel un bout de ficelle lâche entre la corniche où Jake et Ulysse se tenaient et le terrible rempart. La distance à franchir était si grande que le point le plus bas du pont, si pentu qu'il avait presque l'air d'une échelle, se trouvait à des centaines de mètres sous la corniche. Incrédule, bouche bée, Jake se tourna vers Ulysse ; ce dernier haussa les épaules, l'air de dire : « Je t'avais prévenu. »

— De l'autre côté, prends à gauche. Reste à l'extérieur dans la mesure du possible et évite les canaux. Ne descends pas.

Jake eut conscience de hocher la tête comme si c'était la chose la plus naturelle du monde et qu'il avait vraiment l'intention de mener son projet à bien. Il se tourna une fois de plus vers l'abysse vertigineux. Ulysse abattit une main sur son épaule, et Jake sentit ses genoux sur le point de céder.

— Bon vent, mon garçon. La chance sourit aux audacieux.

Jake sentit la pression se relâcher sur son épaule. Il resta là à contempler le vide. En se retournant, il constata qu'il était seul.

Interlude sur une plage de la côte est américaine

À la porte de la maison de plage, la femme blonde aux yeux bleu délavé observait la pénible progression de l'homme, dont la chemise se gonflait derrière lui. Il avait la démarche d'un vieil homme sans en être un, las d'avoir trop vécu. Sans qu'elle le lui ait demandé, il lui apportait des provisions chaque jour depuis qu'il lui avait loué la maison.

— Il faut que vous mangiez, disait-il en vidant le sac de toile sur la table.

Des conserves, surtout, une miche de pain, un peu de beurre, du lait et du café. Au début, elle avait craint que les attentions de l'homme ne soient le prélude à des avances. Marquée par ses expériences récentes, elle ne tenait pas les hommes en très haute estime. Cependant, il ne laissa jamais rien voir, ni subtilement ni ouvertement ; il ne laissa jamais entendre qu'il attendait quelque chose en retour. C'était à peine s'il lui adressait la parole. «Bonjour» et «Voici quelques articles qui vous seront peut-être utiles», sans plus. Cette fois-ci, elle avait donc été stupéfiée de l'entendre déclarer sans crier gare :

— J'ai eu une fille, autrefois. Non pas qu'elle soit morte. Enfin, elle l'est peut-être. Je ne sais pas. Je l'ai perdue au profit de la ville. C'est pour cette raison que je vous ai loué la maison : vous me faites penser à elle. C'est aussi pour cette raison que je vous apporte des choses dont vous ne voulez probablement pas.

Il la regarda d'un air accablé. Sa moustache hirsute lui donnait vingt années de plus et elle songea qu'elle n'avait jamais vu personne de si triste.

— Je... je ressemble à votre fille ?

Voilà tout ce qu'elle avait trouvé à répondre.

— Non, non, l'assura-t-il. Pas extérieurement, du moins. Pourtant, vous me la rappelez, d'une certaine façon. Elle s'est enfuie en ville dès qu'elle en a eu l'occasion. Il n'y avait pas grand-chose pour elle, ici, je suppose. D'une certaine manière, je... j'ai l'impression que vous êtes en fuite, vous aussi.

Il hésita, sidéré par sa propre audace. Elle lui sourit d'un air désabusé, admettant qu'il avait vu juste et, du même souffle, voyant les lieux par les yeux d'une jeune fille : la plage isolée et balayée par le vent, l'incessant martèlement des vagues qui, de jour comme de nuit, marquait le passage du temps. Jamais rien de nouveau sous le soleil. La vraie vie était ailleurs... Elle songea à celle qu'elle avait été à cet âge-là, en un lieu différent, où elle avait eu, elle aussi, le sentiment d'être prisonnière, d'étouffer, loin de l'action.

— Vous avez raison, dit-elle. Je me suis enfuie quand j'étais jeune et, depuis, je fugue encore parfois.

Le silence s'installa entre eux. Elle souhaitait clore la conversation : elle avait envie d'être seule avec ses pensées. En périphérie de sa conscience, une révélation se terrait, tel un petit animal timide attendant d'être seul pour oser sortir de son trou. Au bout d'un long moment, elle renifla l'air salin et affirma :

— Elle va revenir.

— Vous croyez ? demanda-t-il, dubitatif, désireux de la croire mais incapable de se laisser convaincre.

— Oui, répondit-elle, animée d'une certitude soudaine. Un endroit pareil... vous habite. Ce qui l'a éloignée la rapprochera. Vous verrez.

« D'où ces belles paroles me sont-elles venues ? » songeat-elle, étonnée par la conviction qu'elle avait sentie dans sa propre voix, comme si quelqu'un d'autre parlait par son entremise. « C'est peut-être ce que ressentent les prophètes », se dit-elle en posant la main sur le bras de l'homme dans l'espoir de lui communiquer un peu de sa certitude, à la manière d'un courant électrique. Il s'illumina brièvement, son sourire le rajeunissant de plusieurs années.

— Vous avez peut-être raison.

Fort de l'optimisme qu'elle lui avait insufflé, il descendit prestement les marches, mais, sur la plage, tout parut lui filer entre les doigts, et il repartit du même pas que d'habitude, tête basse. En ce lieu toujours pareil, l'espoir ne faisait jamais long feu.

« Et pourtant, pensa-t-elle, son optimisme intact, tout va lui revenir lorsqu'il se réveillera au milieu de la nuit, telle une étincelle dans le noir. » Dans son esprit, les mots lui apparurent en images : au lieu d'une seule étincelle, cependant, il y en eut un bouquet, qui s'éleva dans l'obscurité. Et elle sut avec la même bizarre certitude qu'il lui fallait allumer un feu sur la plage.

Elle occupa le reste du temps avant la brunante à recueillir des morceaux de bois flotté et jeta le moindre objet qui lui sembla inflammable en tas près du rivage. Ainsi qu'elle avait senti l'obligation de faire un feu, elle comprit qu'elle devait l'allumer en terrain découvert, loin des dunes, à un endroit d'où on voyait bien la plage. Une fois l'amas suffisant, elle préleva une petite quantité de bouts de bois plus secs qui s'enflammeraient facilement et forma une sorte de cône. Au coucher du soleil, elle passa à la maison chercher deux ou trois couvertures qu'elle posa sur ses épaules. Penchée, elle alluma le feu. Il prit aisément et, bientôt, s'embrasa comme elle l'avait imaginé. Une pluie d'infimes étincelles dorées étoila le noir du ciel. Elle y jeta quelques bouts de bois plus gros et s'assit pour attendre.

D'abord, elle eut une conscience aiguë des moindres détails : la chaleur sur son ventre, le froid dans son dos, la caresse rugueuse de la couverture sur sa nuque, les textures variées des bouts de bois qu'elle jetait au feu, du bois flotté lissé par la mer aux branches grossières venues de l'intérieur des terres. Elle sentit la fumée lui piquer les narines, et son oreille dissocia les craquements et les crépitements du feu de la rumeur constante de la mer. À mesure que la nuit s'épaississait, elle sombra cependant dans un rêve éveillé.

CHAPITRE 21

De l'autre côté de l'abysse

La traversée du pont cauchemardesque s'amorça mal et, par la suite, les choses ne cessèrent d'empirer. La portion initiale était si abrupte que Jake n'eut d'autre choix que de descendre ainsi qu'il l'aurait fait avec une échelle, en s'aidant des planches de bois comme de barreaux. Hélas, les planches étaient trop larges pour qu'il puisse s'y agripper avec les mains, alors que les interstices entre elles étaient trop étroits pour qu'il parvienne à y glisser ne serait-ce que la pointe des pieds. À chaque changement de position, il cherchait fébrilement une prise pour ses orteils, pendant que ses doigts se cramponnaient au bois grossier.

À peine venait-il de commencer sa descente que déjà il perdit pied ; il resta suspendu par le bout des doigts, puis il dégringola, le corps roué de coups par les lattes ondulantes, le menton râpé et les doigts lacérés par la friction. Tandis qu'il tombait à reculons le long de l'étroit passage, une crainte encore plus terrible s'empara de lui : s'il tentait de se retenir en s'accrochant aux cordes de part et d'autre, il risquait d'être projeté de côté et de se retrouver au-dessus du vide.

Quand l'inclinaison de la pente s'atténua un peu et qu'il réussit enfin à freiner sa chute, il constata en levant les yeux qu'il avait parcouru un bon bout de chemin : la corniche d'où partait le pont, très lointaine, le dominait vertigineusement. Il demeura un long moment à plat ventre, accroché au pont que, paralysé par la peur, il ne se résignait pas à lâcher. Lorsqu'il résolut de se remettre en route, ce fut en rampant à reculons : en effet, il n'osait ni se retourner ni tenter de se relever, de crainte de tomber dans le vide. Il n'arrivait pas, en somme, à renoncer à la rassurante solidité des barreaux.

Après avoir progressé à pas de tortue pendant ce qui lui sembla être une éternité, il parvint à s'agenouiller, au prix d'un gros effort de volonté, puis à se lever et, enfin, avec d'infinies précautions, les jointures blanchies à force de serrer les cordages, il se retourna dans le sens de sa marche.

Son estomac se souleva : il n'avait franchi que le quart de la distance ! Devant lui, le pont descendait mollement jusqu'à son point le plus bas ; plus loin, il se relevait, s'élevait, toujours plus haut, presque à la verticale, jusqu'au rempart monumental et sombre. Autour de lui, l'abysse béant s'ouvrait. Jake n'osa pas baisser les yeux. Longtemps, il resta cloué sur place, indiciblement accablé, incapable de mettre un pied devant l'autre.

Au bout du compte, c'est la pluie qui lui vint en aide : à un fin crachin glacé succéda une violente averse qui le trempa jusqu'aux os. Soudain, il ne voyait rien au-delà du rideau de pluie qui bruissait à quelques centimètres de lui. Dans ce cocon de supplice, il se remit en route, terrorisé à l'idée de soulever ses pieds en appui sur les lattes glissantes. Bientôt gelé, il ne songea plus qu'à l'action machinale de ses bras et de ses jambes, sans savoir s'il progressait vraiment. Peut-être faisait-il du surplace, ses mains et ses pieds lui donnant l'illusion d'avancer.

Sans doute le froid humide avait-il engourdi son imagination et, du même souffle, sa peur, car, là où des planches manquaient et où le vide s'ouvrait à un pas devant lui, il se dit tout simplement qu'il devait rebrousser chemin ou encore poursuivre en appuyant les pieds sur la corde du bas et les mains sur celle du haut. Puisque le demi-tour était hors de question, il s'ensuivait logiquement qu'il lui fallait s'accrocher aux cordages glissants et ondulants, ce qu'il fit avec la ténacité qui l'avait guidé sous la pluie. Un peu plus loin, il constata qu'un bout de la corde sur laquelle ses pieds étaient posés manquait. Il enjamba l'autre corde et avança petit à petit, tête première au-dessus de l'abysse. À l'endroit où les planches reprenaient, il eut du mal à se rétablir, car le pont, à l'instant où il y transférait son poids, se mit à osciller d'inquiétante façon, et il dut attendre que le tangage s'arrête.

Maintenant qu'il avait gagné le versant ascendant, il lui fallait relever le défi le plus grand. La portion supérieure du pont était si à pic que, tôt ou tard, il allait devoir se résoudre à y monter comme dans une échelle. Avant qu'il ait eu le temps de le chasser, le souvenir de ce qui s'était produit pendant la descente lui revint en mémoire. Il eut une vision atroce : chaque fois qu'il arrivait à une certaine hauteur, il glissait, jusqu'au moment où, à bout de forces, il se laissait choir tête première dans les profondeurs. Il songea à se reposer un peu, mais l'idée de sombrer dans le vide en se retournant dans son sommeil lui flanqua une frousse telle qu'il décida de poursuivre.

Au point critique, il retira ses chaussures et les noua à son cou en se disant que ses orteils nus tireraient un meilleur parti du peu d'espace disponible entre les planches. Pour cette raison ou peut-être parce que les lattes étaient plus espacées, il avança plus rapidement de ce côté, sans compter qu'il avait perfectionné sa technique : il posait les mains aux extrémités des planches, ce qui lui assurait une meilleure prise. En revanche, la peur de tomber ne le quittait pas, et elle grandit au fur et à mesure que la pente devenait plus raide. Il dut se résigner à remettre ses doigts entre les lattes, et son monde, sa vie entière, se résuma à la répétition des mêmes gestes infimes : main droite, main gauche ; pied droit, pied gauche ; main droite, main gauche...

À cet instant précis, son pied droit glissa, ce qui lui fit perdre l'équilibre, et sa main droite lâcha à son tour. Un moment, il resta suspendu d'une seule main, ses orteils cherchant désespérément à se raccrocher. Il comprit qu'il ne pouvait pas soutenir son poids de cette façon. Au moins une seconde avant sa chute, il sut qu'il allait tomber.

Pendant cette seconde, une voix dans sa tête lui expliqua calmement et posément qu'il n'avait d'autre choix que de renoncer aux lattes au profit des cordes qui liaient le tablier du pont à la corde servant de main courante, pareilles aux barreaux d'une échelle de corde, à ceci près qu'elles étaient trop espacées pour être utiles. Il comprit que, dans sa chute, il devait se tortiller d'un côté ou de l'autre afin de s'y agripper. Il tomba effectivement. Presque tout de suite, son pied donna contre une corde de côté, puis il glissa : il atterrit à califourchon dessus et, grimaçant de douleur, réussit à agripper la main courante, ce qui ne l'empêcha pas de basculer loin dans le vide. Les chaussures se détachèrent de son cou, et il les vit tomber, tomber, jusqu'à ce qu'elles ne soient plus qu'une poussière infime. Un moment, ce fut comme si ses chaussures avaient entraîné une partie de lui-même dans leur chute. Tombant toujours, cette partie levait les yeux sur le pont et sur le garçon qui y était accroché.

Pendant longtemps, il chevaucha la corde, jurant et pleurant tour à tour, trop effrayé pour bouger. Enfin, il se tut et comprit qu'il avait une alternative : lâcher prise et suivre ses chaussures dans les ténèbres, où elles tombaient peut-être encore, ou reprendre son ascension et continuer de monter jusqu'au bout ou jusqu'à l'épuisement de ses forces.

— Bon, d'accord, j'y vais, dit-il comme si on lui avait offert un choix et qu'il avait pris sa décision.

Jake s'imagina que l'interlocuteur en question, heureux de cette décision, lui expliquait la marche à suivre. «Je n'ai qu'à poser ma main gauche ici, puis à déplacer mon pied gauche là ; après, je n'aurai qu'à me hisser jusqu'à ce que mon pied droit s'appuie sur la corde et à mettre ma main droite là... »

En réalité, c'était l'enfance de l'art : il n'avait qu'à répéter les mêmes mouvements, sans relâcher sa concentration, et il aboutirait forcément quelque part.

C'est ce qui arriva. À la fin, il n'y eut plus de pont. À la place, Jake trouva une corniche de pierre solide, sur laquelle il grimpa, éperdu de reconnaissance. Au prix d'un ultime effort, il s'éloigna du bord et, là, sombra dans le sommeil, exténué.

C'est la pluie qui le réveilla. Il n'aurait su préciser combien de temps il avait dormi. Des jours ou des minutes ? Assez, en tout cas, pour avoir la force de se relever et de s'avancer sur la large avenue de pierres sous la pluie battante. Sous ses pieds nus, la dureté de la pierre le réconfortait : quoi que l'avenir lui réserve, songeait-il, rien ne surpasserait jamais la traversée du pont. En baissant les yeux sur ses orteils, il se demanda si ses chaussures tombaient encore.

Suivant le chemin, il avait déjà franchi deux tunnels trouant les contreforts, et un troisième se profilait devant lui. Il dut alors s'arrêter : devant lui, la route était fracturée par une fissure de plusieurs centaines de mètres de large. Il distinguait en contrebas le rugissement d'eaux vives et crut distinguer un nuage de vapeur faisant une tache plus claire dans l'obscurité. Du côté droit, la paroi était percée de portes à intervalles réguliers, et il rebroussa chemin jusqu'à la première d'entre elles. Il s'engagea dans un court tunnel dont le plafond s'arrêtait juste au-dessus de sa tête. En tendant les bras, il réussissait sans mal à en toucher les murs. Le tunnel se terminait par une courte volée de marches.

« Ne descends pas », l'avait prévenu Ulysse. Jake, cependant, ne voyait pas d'autre issue. Il descendit les marches avec précaution et aboutit bientôt sur une sorte de trottoir recouvert de pierres lisses. Sa première pensée ? Il se demanda pourquoi il pleuvait puisqu'il était à l'intérieur. La seconde ? Il se dit que les ténèbres étaient un peu moins opaques, et il eut la certitude d'y voir plus clair une fois ses yeux acclimatés. Il attendit donc sous le crachin.

Peu de temps après, il se rendit compte que la pluie était très localisée et que, en réalité, elle ne tombait qu'à l'endroit précis où il se tenait. Esquissant quelques pas de côté, il fut au sec. Levant les yeux, il comprit que l'averse de gouttelettes venait d'une fissure dans le plafond. Le long trottoir de pierres rappelait un quai de gare. À l'endroit où les rails auraient dû se trouver, il y avait un canal charriant une eau foncée, que longeait, de l'autre côté, un parapet bas, au-delà duquel il n'y avait que du vide. Dans la pénombre brunâtre, qui lui donnait l'impression d'évoluer dans une photographie sépia, il vit qu'il était au bord d'un grand ravin ou d'un gouffre. De l'autre côté se dressait un nouveau rempart étagé, pareil à celui qu'il avait vu à l'extérieur. Ici, cependant, l'entre-deux était non pas vide, mais au contraire traversé par un invraisemblable réseau de ponts de pierres aux arches d'une hauteur vertigineuse. Levant les yeux, il en distingua au moins quatre rangées à des niveaux différents ; les baissant, il se rendit compte que les ponts étaient des aqueducs qu'empruntaient les canaux pour franchir le gouffre. Sous lui, il y en avait peut-être six ou sept rangées de visibles.

D'un côté, l'escalier qu'il avait descendu continuait en colimaçon ; de l'autre, il n'y avait qu'un mur aveugle. En scrutant les eaux sombres, il se demanda quels genres d'embarcations pouvaient bien y naviguer et à quelle fin. Du coin de l'œil, il aperçut une sorte de radeau fait de débris, de brindilles et de saletés. Ce qui le frappa, c'est que la chose se déplaçait vers la gauche, lentement mais sûrement. Or il avait une compréhension suffisante des canaux pour voir que c'était inhabituel : ces derniers sont en général au niveau, dépourvus du moindre courant. Était-il

possible qu'en ce lieu improbable les canaux soient très légèrement inclinés, d'un côté ou de l'autre, afin de créer un courant
susceptible d'entraîner des embarcations?

Pendant qu'il méditait sur le prodigieux exploit d'ingénie-
rie nécessaire à la création d'un tel système, une faible lueur
apparut à sa droite, confirmant son hypothèse: elle brillait à la
proue d'une barge placée à la tête d'un long convoi qui glissait
vers lui. «Évite les canaux, avait dit Ulysse. Ne descends pas.»

Il lui semblait maintenant que la seule façon d'éviter le
canal était d'emprunter l'escalier en colimaçon, lequel descendait assurément beaucoup plus vite que le canal. Au moins,
celui-ci allait vers la gauche. Traversant le quai, il grimpa à bord
du lent convoi de barges et s'installa à la proue, derrière le feu.

Sans doute s'assoupit-il. À son réveil, il était dans l'obscurité, même si, devant lui, une faible lueur en forme de fer à cheval semblait marquer l'entrée d'une arche sous laquelle passerait
la barge. Seulement, la lumière en question ne se rapprochait
pas. Le convoi s'était-il immobilisé? Il tendit la main et frôla des
pierres raboteuses. Sûrement était-il dans un tunnel. La lumière
qu'il voyait devant lui n'était que le reflet de celle qui brillait à la
proue. En réalité, elle ne servait qu'à épaissir les ténèbres. Impossible de l'utiliser pour déterminer si le convoi était en mouvement ou immobile. Laissant sa main courir sur le plafond, il eut
la certitude que le bateau avançait encore, mais très lentement.

«Tôt ou tard, j'arriverai quelque part, songea-t-il. Je suis
dans un long et sombre tunnel, qui finira bien par finir, et je
renouerai avec la lumière du jour.» Il imagina la fin du tunnel:
un point de lumière qui, grandissant peu à peu, prendrait la forme

d'une arche qui, à mesure que Jake se rapprocherait, s'élargirait à son tour. Il l'apercevrait même de très loin et saurait que la fin du tunnel n'était pas loin. « Il y a toujours de l'espoir », se dit-il en se préparant à attendre.

Assis en tailleur, le regard perdu dans les ténèbres, il avait sans doute sombré dans une sorte de transe : dissocié de son corps, il entendait sa propre respiration à côté de lui. Sensation bizarre et plutôt troublante. À cette pensée, saisi, il retint son souffle. Dans son cou, on continuait de respirer.

Il y avait là quelqu'un dans le noir.

Tel un froid qui engourdit, la peur lui picota le cuir chevelu, puis s'étendit à sa nuque et à sa poitrine. Il avait du mal à respirer. Qui était là ? Ou quoi ? Il n'osait pas tendre la main, par crainte de ce qu'il risquait de trouver. Et si la chose était couverte d'écailles ou, pis encore, de poils ? Il frissonna.

— Ce tunnel est sans fin, vous ne croyez pas ? chuchota à son oreille une voix un peu rauque, suggestive.

Cette voix n'avait rien de très aimable ; pourtant, que la chose qu'il avait à côté de lui eût la faculté de parler procura à Jake un soulagement tel qu'il osa répondre.

— Tous les tunnels ont une fin.

— Pas celui-ci. Il s'enfonce dans le noir pour l'éternité.

Il y avait dans le ton de la voix et dans l'ensemble de la situation quelque chose qui remua en Jake un souvenir très, très ancien : il venait de commencer l'école ; pendant la récréation, il s'était assis sur un muret et un autre garçon était venu se percher à côté de lui, puis il s'était mis à lui raconter, sur le même ton faussement aimable, des histoires à vous tourner les sangs.

«Il cherche à me faire peur», songea Jake, dont la peur diminua encore d'un cran. Ce petit jeu, il savait le jouer.

— Comment pouvez-vous en être sûr ? demanda-t-il.

— Je vis ici.

— Moi aussi, risqua Jake.

L'autre éclata de rire.

— Dorénavant, oui.

— Comment sauriez-vous qu'un tunnel est sans fin, puisque, par définition, il n'en aurait pas ? Vous n'auriez d'autre choix que de voyager pour l'éternité.

— Justement.

Jake commençait à s'énerver un peu.

— Un tunnel ne pourrait être sans fin que s'il est circulaire, dit Jake, fermement. Encore là, il aurait une fin puisqu'il aurait un commencement.

— Qu'est-ce qui vous fait penser ça ?

— Je me souviens d'y être entré, là, derrière.

Malgré la noirceur, Jake gesticula dans son dos.

— Vous dormiez.

Jake ne sut trop comment interpréter ce commentaire.

— Et alors ? demanda-t-il.

— Vous avez peut-être rêvé votre entrée dans le tunnel.

— Voyons donc !

— Réfléchissez-y un peu. N'est-ce pas précisément le genre de rêve que vous auriez si vous étiez coincé dans un tunnel sans fin ?

— Ce n'était pas un rêve ! s'écria Jake.

Lui-même crut déceler une intonation de désespoir dans

sa voix. Insidieusement, la pensée que la voix pouvait avoir raison se faufila dans son esprit. Comment pouvait-il savoir depuis combien de temps il errait dans l'obscurité ? Comment pouvait-il être sûr que tout ce dont il se souvenait n'était pas qu'un rêve d'où il venait à peine d'émerger ? Peut-être avait-il déjà voyagé dans le noir. Avait-il déjà fait autre chose ? Dormir, rêver, se réveiller, errer...

— Comment savez-vous qu'il ne s'agissait pas d'un rêve ? demanda la voix.

Jake se força au calme. « Il cherche uniquement à m'énerver, se dit-il, exactement comme mon frère après l'église quand il affirmait que c'était lui qui avait la clé de la maison, alors que je savais pertinemment que c'était moi. Il avait l'air si sûr de lui que je me fâchais et que je finissais toujours par la sortir de ma poche pour la lui montrer. J'avais l'impression d'être un idiot parce qu'il m'avait eu encore une fois, qu'il m'avait obligé à agir contre mon gré, grâce au seul pouvoir de sa voix. » Ce souvenir le rasséréna. « Ça, au moins, je ne l'ai pas rêvé », songea-t-il. Une partie de lui éprouvait une frustration aussi intense qu'à l'époque, à ceci près que, aujourd'hui, il était capable d'en rire. Il rit donc tout haut. Ce petit jeu se jouait à deux.

— Nous arrivons maintenant au bout du tunnel, affirma-t-il avec conviction. Parce que je le veux : c'est le genre de chose que j'arrive à accomplir par la seule force de ma volonté. Il suffit que je pense à une chose pour qu'elle se matérialise.

— Où ça ?

À moins que son esprit ne lui joue des tours, la voix semblait moins assurée.

— Un peu plus loin.

— Je ne vois rien.

— Attendez, ordonna Jake, du ton le plus suffisant possible.

«La fin est là, pensa-t-il. Tous les tunnels ont un bout, un point de lumière qui grossit petit à petit.» Au lieu de plisser les yeux, il les ferma et se concentra sur le point de lumière dans son esprit. «Il devient de plus en plus gros, songea-t-il, jusqu'à ce que sa forme se précise, sorte de bouclier inversé suspendu au-dessus de votre tête.» Son compagnon invisible poussa un léger grognement de contrariété qui lui fit rouvrir les yeux. Droit devant, ainsi qu'il l'avait imaginé, se trouvait le bouclier de lumière. Bientôt, les briques du plafond apparurent et le convoi sortit enfin des ténèbres.

Le compagnon de Jake, à en juger par sa taille, était plus jeune que lui. Il avait cependant le visage ratatiné, buriné par l'âge. Jake se demanda s'il ne s'agissait pas plutôt d'une sorte de nain. Emmailloté dans des guenilles, il avait la peau crasseuse.

— Je plaisantais à propos du tunnel, admit-il.

— Je sais, répondit Jake.

— Vous allez en ville?

— Oui.

— Dans ce cas, vous avez de la chance de m'avoir rencontré. C'est ici qu'il faut descendre. Là.

La barge glissait le long d'un autre quai, d'où plongeaient des escaliers. Aucun, d'après ce que vit Jake, ne montait.

— Si vous vous rendez en ville, descendez, lui recommanda son compagnon à la peau ratatinée. Prenez l'escalier de gauche: c'est le chemin le plus rapide.

La voix était aimable, chaleureuse. Jake réfléchit. «Évite les canaux. Ne descends pas.» Il secoua la tête.

— Je ne crois pas.

— Mieux vaut sauter tout de suite, sinon vous allez rater votre arrêt, insista l'autre.

— Non.

— Je vous assure que c'est là qu'il faut descendre! insista-t-il d'une voix plus désagréable.

— J'ai changé d'idée. Finalement, je n'irai pas en ville.

Son compagnon se mit à bouder.

— C'est ce que vous pensez, dit-il au bout d'un moment. Je plaisantais. La ville, c'est devant. Le canal s'arrête ici. On ne va pas plus loin.

— Je sais, répondit Jake d'une voix d'une insupportable douceur.

Ils pénétrèrent dans un bref tunnel s'ouvrant sur un vaste espace rappelant un terminus ferroviaire. En haut, il y avait un énorme plafond voûté fait d'acier et de verre; en bas, les canaux, comme des voies ferrées inondées, finissaient en longs chenaux entre les quais. Partout, on s'affairait à décharger des marchandises, et Jake ne douta pas un instant d'avoir atteint son but. En effet, seule une grande ville était en mesure de générer une telle activité.

— Là! lança son compagnon en émergeant de sa bouderie. À gauche!

Jake vit que le canal, devant eux, formait un Y; plus loin, les deux embranchements se séparaient à leur tour. Ils étaient arrivés à une sorte de delta.

— À gauche, à gauche ! cria son compagnon.

— Comment ? répondit Jake sur le même ton.

— La barre !

Il montrait quelque chose du doigt. En effet, Jake vit une longue barre de gouvernail. Il bondit et poussa dessus de toutes ses forces.

— Mais non ! Il faut pousser à droite pour aller à gauche !

— Désolé, bredouilla Jake en s'exécutant, embarrassé.

La proue donna contre les mâchoires de la voie de gauche, et la barge, bondissant d'un mur à l'autre, s'y engagea enfin. Le compagnon de Jake eut un hoquet méprisant.

— Où avez-vous appris à naviguer ?

Jake, son honneur en jeu, était déterminé à faire mieux la prochaine fois.

— De quel côté, maintenant ?

— Gardez la gauche. Notre terminal est par là, au fond.

Jake se tira mieux d'affaire, même si la barge racla une fois de plus la paroi du chenal. Au croisement suivant, il se concentra de toutes ses forces et exécuta la manœuvre en douceur. Il décocha un sourire triomphant à son compagnon, qui le lui rendit.

— Nous y sommes, cria-t-il. Il faut que j'aille derrière pour dételer. Dirigez-vous vers le caisson.

— Le quoi ?

— Le caisson ! répéta son compagnon en gagnant prestement l'autre extrémité de la barge. Le gros machin en acier au bout de la ligne !

Jake constata que le canal se divisait une fois de plus en

deux embranchements de longueur inégale ; le plus court, à gauche, semblait se terminer dans une sorte de grande baignoire en acier ouverte d'un côté ; le droit, un peu plus loin, finissait au bord d'une porte aveugle.

— Où ça ? hurla Jake.

— À gauche, à gauche !

Jake vira à gauche et sentit la barge faire une embardée soudaine : jetant un coup d'œil derrière, il vit que son compagnon avait détaché le reste du convoi avant de l'amarrer à un bollard. C'est donc tout seul qu'il se dirigeait vers le dock. Il déploya de gros efforts pour rester au centre de la voie navigable et fut heureux que la barge n'ait touché ni à droite ni à gauche. Rien, cependant, ne freinait son élan, et il dut se contenter d'aller donner au fond du caisson, qui rendit un son mat. Presque immédiatement, il entendit un bourdonnement derrière lui : une porte d'acier descendait, bloquant l'entrée. Il flottait maintenant au centre de ce qui ressemblait à une baignoire géante. Il vit son compagnon accourir en souriant et en agitant la main. Jake l'invita à embarquer, mais celui-ci, à la place, se tourna vers un immense levier, plus grand que lui, en réalité, et appuya dessus de toutes ses forces. On entendit un roulement de machine, puis la cuvette, après un soubresaut, fit s'incliner la ligne de flottaison. L'eau monta d'un côté. Jake mit un moment à comprendre ce qui arrivait ; le mouvement, toutefois, était facilement reconnaissable : le caisson, la barge y comprise, glissait de côté le long d'une rampe à pic.

— Qu'est-ce que c'est ? cria-t-il en direction de la silhouette restée près du levier, le visage fendu d'un large sourire.

— C'est ce qu'on appelle un plan incliné, répondit son compagnon, débordant d'allégresse. C'est lui qui vous emportera en bas.

— Où ça, en bas ?

Le caisson, cependant, descendait à une vitesse telle que Jake perdit bientôt le garçon de vue. Terrifié, il s'accrocha au côté de la barge. Il crut, tandis qu'il s'enfonçait, entendre un cri lointain :

— Je plaisantais !

Il descendait depuis un certain temps déjà, sans que la vitesse diminue, lorsqu'il prit conscience d'un bruit montant à sa rencontre, une rumeur mécanique mêlée à des voix haut perchées. Soudain, un autre caisson surgit de l'obscurité et passa près du sien, en parallèle ; la barge qu'il transportait était bondée de personnages en tous points semblables au garçon à la peau ratatinée, qui criaient, jacassaient et montraient Jake du doigt d'un air courroucé. Au moment où leur caisson croisait celui de Jake, ils se penchèrent à la rambarde et, moqueurs, lui dirent adieu en agitant la main.

Jake s'enlisa dans le noir.

CHAPITRE 22

Préparatifs du Pandémonium

Un cortège d'énormes limousines vint les cueillir aux quais. À ce moment, les seuls vestiges de la manifestation étaient deux hommes vêtus d'une cotte de cuir, l'un portant un seau, l'autre poussant devant lui une sorte de poubelle sur roulettes équipée d'un balai et d'une pelle. De loin en loin, l'homme au seau s'arrêtait pour saupoudrer un peu de bran de scie, que son collègue, au bout d'un certain temps, balayait et faisait disparaître dans la poubelle. Quand l'espèce de voiturette passa près d'elle, Hélène comprit que les deux hommes nettoyaient le sang répandu.

Les premières rues qu'ils empruntèrent, typiques d'un quartier portuaire, étaient bordées d'entrepôts et, çà et là, d'îlots d'habitations crasseuses. Ils débouchèrent ensuite sur un boulevard bétonné qui se dirigeait tout droit vers la citadelle. On l'avait aménagé sans égard aux maisons qu'il traversait : surélevée, la voie arrivait à la hauteur des fenêtres des rez-de-chaussée, et Hélène apercevait parfois des chambres tassées contre elle. Quant aux maisons qui obstruaient le passage, le boulevard les traversait sans vergogne, et on voyait parfois de pitoyables vestiges de papier peint et de mobilier. De part et d'autre, le boulevard était protégé par une haute clôture surmontée de barbelés, et la voie elle-même était éclairée à grands flots par des projecteurs qui faisaient ressortir les ténèbres environnantes. De lourds nuages pesaient sur eux. Tandis que la voiture filait à vive allure, il se mit à pleuvoir.

Ils entrèrent dans la citadelle par une gigantesque porte béante : des deux côtés, des soldats en armes saluèrent. À l'intérieur des murs, la ville, parsemée de larges avenues et d'immeubles surmontés de dômes et de tourelles, de vastes places et de squares, témoignait d'un plus grand raffinement. Ils aboutirent enfin à un gros édifice pavoisé ; des portiers en livrée vinrent les accueillir. Derrière, les voitures se vidaient de leurs passagers. En gravissant les marches entre deux rangées de domestiques, Hélène détecta un climat de déférence confinant à la crainte : l'entourage du comte irradiait de la puissance, telle une force invisible, et elle en lisait les effets sur tous les visages. Dans le regard d'une fille d'à peu près son âge, en uniforme de femme de chambre, elle surprit un mélange de terreur et d'admiration qui, elle s'en rendit compte, lui était destiné. « J'appartiens désormais à ce monde », songea-t-elle.

Un bonhomme aux manières un tantinet affectées apparut, les mains agitées et la voix haut perchée : il accorda beaucoup d'importance au comte, mobilisa des gens pour s'occuper de lui. L'homme régla les mouvements de chacun de main de maître, et bientôt les membres de la cour du comte furent entourés d'une armée de gens, de jeunes filles en uniforme et aux bras chargés de rouleaux de tissus, d'hommes et de femmes plus âgés, la bouche pleine d'épingles et les ciseaux à la main, des mètres à ruban accrochés à leur cou, tels des insignes d'office. À l'évidence, c'étaient les créateurs des costumes. Les groupes, chargés de tout leur attirail, se répartirent dans diverses pièces. Hélène gravit le grand escalier au milieu d'une demi-douzaine de servantes, de deux couturières et d'un tailleur qui, devant elle, montait les marches à reculons en prenant mentalement ses mensurations. Ils pénétrèrent dans une vaste salle à plafond haut du premier étage, où Hélène fut juchée sur un piédestal, tandis que les servantes, tournoyant autour d'elle, la déshabillaient, ne lui laissant que ses sous-vêtements.

En d'autres circonstances, elle aurait sans doute ressenti de la gêne. En l'occurrence, elle se sentait curieusement détachée et à son aise. Elle mit un peu de temps à comprendre que c'était en raison de la soumission absolue de son entourage. Personne n'osait la regarder en face ; lorsqu'elle surprit le regard d'une servante posé sur elle, la même que dans le hall, la coupable, rouge tomate, détourna les yeux dès qu'elle fut découverte. Elle baissa les yeux, certaine, aurait-on dit, d'être punie pour sa faute.

Les couturières s'affairaient, armées d'épingles et de bouts de tissus, de façon aussi impersonnelle que si elles avaient eu affaire à un mannequin. Le tailleur les guidait à l'aide d'une liasse de dessins qu'il tenait à la main. Les servantes, quant à elles, apportèrent des rouleaux de velours, de soie, de fourrure et de brocart. L'une d'elles tenait un coffret renfermant des bijoux, qu'une couturière aux doigts agiles fixait ici ou là. Il régnait une atmosphère d'activité résolue et concertée qui aurait

facilement pu être joyeuse, mais qui, à la place, n'était que pré-
cipitée et fiévreuse, comme si chacun avait conscience de défier
le temps et de risquer un châtiment.

«Voilà donc ce que c'est que d'avoir du pouvoir», songea Hélène. Ce n'était pas aussi grisant qu'elle l'avait imaginé,
mais la sensation ne lui était pas désagréable.

* * *

Entre-temps, Janotus de Bragmardo et le père d'Hélène
se prêtaient pour l'essentiel au même jeu, quoique dans un cadre
moins somptueux. Ils se trouvaient dans l'arrière-boutique d'un
petit établissement, et le tailleur tournait autour d'eux, des épingles plein la bouche, tandis qu'une jeune femme, sa fille peut-
être, consultait une pile de dessins.

— Qui a conçu les costumes ? demanda de Havilland à
seule fin de meubler le silence.

— Une créature du comte, apparemment, répondit Bragmardo. Vous me rappelez son nom, Luigi ?

— M. Bellecouture, répondit le tailleur sur un ton empreint de respect. Un grand artiste.

— Un mignon prétentieux, trancha Bragmardo. Quoi
qu'il en soit, les idées de costumes sont de Grafficane. Ce
Bellecouture s'est contenté de finir les esquisses du comte,
n'est-ce pas, Luigi ?

— Je suis sûr que monsieur a raison, dit peureusement le
tailleur. Pour ma part, je n'ai pas la prétention de posséder une
telle information.

— À quoi est-ce qu'il a pensé pour vous ? demanda de Havilland.

Sur un signe de Bragmardo, la jeune femme brandit un dessin représentant la plus extraordinaire des créatures, mi-homme, mi-lièvre.

— Un renard n'aurait-il pas été plus approprié ?

— Les lièvres sont plus louvoyants que les renards, répondit Bragmardo en souriant. Ils se laissent rarement piéger. Qui se méfie d'eux ?

En soupirant, il ordonna à la jeune femme de lui montrer le costume de de Havilland. Elle obéit, et Gérald eut l'impression qu'elle avait du mal à réprimer un sourire.

— Ma parole, il vous prend pour un âne !

— Très drôle.

— Curieuse alliance que celle d'un âne et d'un lièvre, réfléchit le vieil homme. J'irais jusqu'à affirmer qu'elle est totalement inattendue. Vous croyez que le comte sera surpris ?

De Havilland le foudroya du regard. Satané vieux bavard ! De quel droit osait-il évoquer leur plan en présence de ces deux témoins ?

— La discrétion n'est-elle pas une des vertus du lièvre ? demanda-t-il froidement.

Bragmardo sembla mettre du temps à saisir l'allusion.

— La discrétion ? Ah… « Discret comme un lièvre », vous voulez dire ? Qu'en penses-tu, petite ?

— Je ne sais pas, monsieur, répondit la jeune femme.

— « Discrets comme un tailleur et sa fille », en revanche… Ça, c'est vrai, n'est-ce pas, mon petit ?

— Absolument, monsieur, approuva-t-elle d'un air de modestie.

— Ne vous tracassez pas, Gérald. Nous sommes entre amis. Quand bien même il n'en serait rien, la politique de haut vol n'est pas du ressort des domestiques !

Le tailleur tressaillit, comme s'il avait reçu un coup violent. De Havilland fixa Bragmardo d'un air courroucé. Avait-il perdu la boule ? Gérald se rappelait que les dessins que tenait la jeune femme étaient venus du comte et que ce dernier aurait sans doute droit à un rapport détaillé sur l'état d'avancement des travaux. Quoi de plus facile, alors, que de chuchoter quelques mots dans une oreille attentive ? Au lendemain de l'élimination d'Albanus, Bragmardo se sentait-il invulnérable au point d'avoir renoncé à la plus élémentaire prudence ? Le vieil homme lui sourit d'un air entendu.

— Vous ne comprenez pas la mentalité des serviteurs, Gérald. Ce qui les motive, ce n'est ni l'amour ni la loyauté. Au contraire, il n'y a que la crainte et l'appât du gain qui comptent. Voilà où réside l'équilibre vital. Vous croyez peut-être que cette jeune personne risque de rapporter mes propos au comte lorsqu'elle ira rendre les dessins. C'est possible, mais qu'aurait-elle à y gagner ? Le comte ne fait pas partie des clients de la boutique de son père, et il y a peu de chances que cela change. Le mieux qu'elle puisse espérer, c'est une modeste récompense pécuniaire. Non, c'est l'homme en pleine ascension qu'il faut cultiver, n'est-ce pas, petite ?

Il la couvrit d'un regard lubrique.

— Nul n'est plus généreux envers ses protégés que l'homme qui vient d'accéder au pouvoir, et nul n'est plus impitoyable envers ses ennemis. Le pouvoir est comme un nouvel habit : il faut l'essayer. N'est-ce pas, maître tailleur ?

— Vous avez sûrement raison, monsieur.

— Notre ami Luigi a beau ne pas avoir une ambition à l'égal de la nôtre, il n'en arrive pas moins à s'imaginer dans une boutique plus spacieuse, avec quelques employés sous ses ordres. Quant à moi, c'est la demoiselle ici présente que j'aurais à l'œil. En recevant les dessins des mains efféminées de M. Bellecouture, elle sourira servilement, mais, à part elle, elle se demandera : « Pourquoi pas mon père ? Pourquoi pas moi ? » N'est-ce pas, petite ?

— Si vous le dites, votre excellence.

— Vous avez entendu ça, Gérald ? « Votre excellence ». Quelle admirable flagornerie ! Le comte ne lui donnera jamais rien de ce qu'elle désire. Quant à moi, qui sait ? C'est pourquoi elle va se comporter en bonne fille et se taire, au moins jusqu'à ce que la soirée lui donne une bonne idée de la tournure des événements. N'est-ce pas, mon poussin ?

En se penchant, il pinça la joue de la jeune femme, qui rougit et baissa la tête sans un mot. Le tailleur, lui, s'affairait.

* * *

Les essayages terminés, les deux hommes sortirent, tandis que le tailleur et sa fille s'attelaient à la confection de leurs costumes. Ils arpentèrent un moment le trottoir en fumant des cigarettes. Le crépuscule tombait, pour autant qu'ils puissent en juger : l'obscurité du ciel, qui semblait installée à demeure, était accentuée par la lumière crue des projecteurs, qui baignaient maintenant les grands édifices publics dans une lueur verdâtre surnaturelle. Haut dans le ciel, l'unique lumière rouge de la tour clignotait sans relâche.

— Nous avons parcouru beaucoup de chemin en peu de temps, Gérald, déclara Bragmardo.

— En effet.

— Vous voyez ce dont on est capable lorsqu'on est disposé à agir avec célérité et détermination? Hier encore, nous considérions Albanus comme un obstacle, et Scot était notre pire ennemi. Où sont-ils aujourd'hui?

Il cracha une longue colonne de fumée dans l'air, où elle s'attarda un instant avant de disparaître.

— Ils ne sont plus rien. Entre nous et notre but ultime, il ne reste plus qu'un homme, un seul.

Il tira de son manteau un objet entortillé dans un rouleau de papier.

— Avez-vous songé à l'imprudence dont Grafficane fait preuve en organisant un bal masqué? Existe-t-il un cadre plus propice à une tentative d'assassinat? L'assassin peut être n'importe qui. Il lui suffit de s'approcher de Grafficane, de lui asséner un rapide coup de couteau et de s'évanouir dans la nuit, ni vu ni connu.

— À condition de savoir à quoi il ressemble…

— D'où la peine que s'est donnée le comte pour garder son costume secret.

Bragmardo sortit un objet du rouleau de papier et le dissimula prestement dans sa manche. Il déroula le papier, sur lequel figurait un homme à la tête et au poitrail de sanglier, même si son visage était un amalgame grotesque et adroit de traits humains et porcins, agrémenté de grosses défenses saillantes.

— Cette fille a un talent fou, Gérald. Elle a reproduit ce dessin de mémoire, après avoir déployé des efforts considérables pour le voir. On reconnaît le personnage, non? Grossier et lascif, croisement de la force brute et de la stupidité.

— C'est le costume de Grafficane?

— Il y en a deux autres presque identiques. Par mesure de précaution, j'imagine, dit le vieil homme en produisant un petit rire sans joie. Dès qu'il aura le sentiment d'être en sécurité, Grafficane, cependant, arborera le Grand Sceau de l'État. En effet, il est convaincu que seuls les radicaux présentent pour lui une menace. Quelle vanité!

— Et ensuite? demanda de Havilland, la gorge soudain desséchée.

— Et ensuite, son assassin peut être n'importe qui.

D'un geste de la main, il fit sortir de sa manche l'objet qu'il y avait dissimulé: un stylet noir à l'air maléfique muni d'une lame de quinze centimètres.

— À votre tour de jouer, Gérald, déclara Bragmardo en tendant l'arme à son compagnon.

CHAPITRE 23

Dans les profondeurs

Quand elle dure trop longtemps, même la terreur finit par lasser, surtout si elle reste immuable. «Plonger tête première le long d'une rampe à pic dans la noirceur la plus totale est certes effrayant, songea Jake, mais, au bout d'un certain temps, on s'y habitue.» Au départ, il avait craint de s'écraser contre quelque objet, d'où la tension, le paroxysme de frayeur qu'il avait ressentis. Au fur et à mesure qu'il s'enfonçait encore plus, toujours plus, une monotonie grandissante avait en quelque sorte émoussé la peur: il se rendit compte que, faute de point de repère, il avait perdu la notion du mouvement; pour ce qu'il en savait, il aurait tout aussi bien pu être en suspension dans l'espace intersidéral. Son esprit s'égara d'abord dans des considérations mécaniques concernant la chose sur laquelle il se déplaçait et ensuite dans des questions d'ordre général.

Il se fit la réflexion que la rampe fonctionnait suivant le principe des contrepoids: lorsqu'un caisson descendait, l'autre remontait. Le point où il avait croisé l'autre caisson correspondait donc en théorie au milieu du parcours, mais la rencontre s'était effectuée assez tôt, il y avait des lustres, lui semblait-il. L'autre caisson avait sans doute fait surface depuis longtemps. La seule conclusion possible, c'était qu'on l'avait décroché du système et qu'il avait franchi le point d'arrêt habituel. C'est grâce à cette hypothèse qu'il eut moins peur d'une collision abrupte, destructrice. Il se remémora la conversation qu'il avait eue dans le tunnel avec le présumé garçon qui avait dit que ce dernier était sans fin. «Peut-être cette rampe n'en a-t-elle pas, elle non plus, raisonna-t-il; peut-être descend-elle à l'infini.» Pensée bizarre et, d'une certaine façon, rassurante. La perspective, en tout cas, était préférable à celle de l'écrasement.

Il n'avait pas la moindre idée de la distance qu'il avait parcourue ni de la durée du trajet qu'il avait effectué, d'autant qu'il s'était peut-être assoupi un moment. Il prit alors conscience d'une légère transformation des sons, jusque-là si uniformes qu'il avait cessé de les entendre. Le grondement et le crissement des roues sur lesquelles se déplaçait le caisson se modifièrent, laissant croire à un ralentissement. «La pente change, se dit-il. Elle s'aplanit.»

Peu de temps après, il sentit sur son visage la caresse froide de la neige. L'obscurité se transformait, elle aussi: elle s'éclaira peu à peu, faiblement, à la manière d'une aube d'hiver poussive et blafarde. Au sortir des ténèbres, cette maigre lueur lui fit aussi plaisir que le plein jour. Jake constata qu'il roulait, de moins en moins vite, au milieu d'un vaste champ de glace; des flocons chétifs tombaient mollement. Jamais encore n'avait-il ressenti pareille sensation de désolation et d'abandon. Au centre de ce gigantesque territoire blanc-bleu, l'énorme caisson avait presque l'air d'un jouet. Après avoir poussé un ultime cri de protestation, le véhicule s'immobilisa au milieu d'une étendue de neige. Le silence était absolu.

« Bon, et maintenant ? » se demanda Jake, qui ne s'était jamais senti aussi perdu. Du haut de son poste d'observation, il balaya l'horizon des yeux. Dans la direction d'où il était venu, les rails grimpaient au milieu des glaces. Il répugnait à l'idée de partir de ce côté, d'entreprendre cette interminable ascension dans le noir. Il avait mis un temps fou à descendre à toute vitesse : combien de vies lui faudrait-il pour remonter jusqu'au sommet ? À sa gauche, le champ de glace s'étendait à perte de vue, triste à mourir, bien qu'il ne fût pas entièrement plat, car il donnait l'impression de s'affaisser : pour autant que Jake pût en juger, il était à la limite d'une dépression immense, mais peu profonde, au bord, pour ainsi dire, d'une gigantesque soucoupe. Un souvenir lui revint en mémoire : l'enfer, selon la vision de Dante, se composait d'une série de cercles, de terrasses à l'intérieur d'un cône inversé. Le dernier cercle, le plus infernal des enfers, consistait en une vaste étendue gelée.

« Et je vais geler moi aussi, comprit Jake, si je ne me mets pas bientôt en route. » Il avait la conviction de se trouver près du bord, dans un espace circulaire : les rails, en tout cas, remontaient vers la rampe, qui, elle, constituait assurément une sorte de bordure. Il découvrirait peut-être quelque chose en s'éloignant d'eux à angle droit. Auparavant, il devait s'occuper de ses pieds qui, sans chaussures, viraient au bleu, lentement mais sûrement. Fouillant dans la barge, il dénicha un véritable trésor : un grand couteau grâce auquel il se façonna de passables chaussures à partir de bâches et de cordages. Il se fabriqua également un gilet et une pèlerine de toile, puis noua une corde autour de sa taille et y passa le couteau. Enfin, il descendit du caisson et se mit en route.

Le voyage était fatigant, et Jake se félicita d'être engourdi par le froid au point de n'arriver qu'à poser un pied devant l'autre. Il n'aurait su dire pendant combien de temps il se traîna de la sorte : seule la neige faiblarde qui tombait parfois rompait la monotonie du paysage. Il n'aurait su dire non plus s'il allait dans la bonne direction, à supposer qu'il y en ait eu une, mais, au bout d'un certain temps, il aperçut une bande foncée à l'horizon, trop loin encore pour qu'il puisse voir de quoi il s'agissait. Au fond de son cœur, il caressait le mince espoir que ce serait un mur. Il persista.

Il finit par se rendre compte que c'était effectivement un mur fait d'énormes blocs de maçonnerie dont il distinguait les joints. De plus près, il comprit que le mur était percé, à intervalles réguliers, de portes voûtées. S'il n'avait pas été aussi frigorifié et épuisé, il aurait peut-être même ressenti un peu d'excitation à la perspective de changer de paysage.

En l'occurrence, il fut déçu. Il s'agissait bel et bien d'un mur, d'une construction colossale qui s'élevait dans l'ombre à perte de vue ; or, les portes voûtées ne débouchaient sur rien, sinon sur un cloître bas. De l'autre côté, il n'y avait ni portes ni entrées. Il avait échangé un morne désert contre un couloir circulaire qui, ne menant nulle part, se contentait d'épouser la circonférence de la plaine de glace. Il risquait de partir dans une direction et, des années plus tard, de finir au même point. Pris d'un accès d'humour amer, il dégaina le couteau et, dans le sol de pierres, grava en gros caractères : JAKE EST PASSÉ PAR ICI. «Lorsque je reverrai ces mots, se dit-il, il sera temps d'abandonner tout espoir.» Puis il se mit à marcher dans le sens des aiguilles d'une montre.

Curieusement, l'espoir s'effrita plus vite dans le cloître de pierres que sur la glace : là, il avait eu pour unique but d'arriver au bord. Ensuite, la vue du mur lui avait donné la force de continuer. Ici, en revanche, le choix qui s'était présenté à lui le troublait. À gauche ou à droite ? Et si, par hasard, il était allé du mauvais côté ? Et si la seule porte permettant de sortir de ce terrible endroit ne se trouvait qu'à quelques pas dans l'autre sens ? Et si, à chaque pas, il s'éloignait de la seule issue possible ? Une fois l'idée ancrée dans son esprit, il ralentit, au point presque de s'arrêter. Il comprit ce qui l'attendait. Il allait rebrousser chemin en se pressant, dans un premier temps, et retrouver l'endroit où il avait gravé son nom. Il partirait de là en comptant peut-être le nombre de pas franchis, cent, deux cents, trois cents. Jusqu'où irait-il avant que le doute s'insinue de nouveau dans son esprit, qu'il commence à se dire qu'il avait eu tort de changer de direction, que la sortie dont il rêvait était simplement un peu plus loin dans l'autre sens ? Puis il ferait demi-tour, et le manège se répéterait à l'infini.

Soudain, il ne parvint plus à avancer. L'idée de lutter sans cesse contre le doute, de résister à la petite voix affirmant qu'il commettait peut-être une erreur, le terrassa. Désespéré, il se laissa choir sur le sol. Il était fin seul, oublié de tous dans le cercle le plus vieux et le plus profond de l'enfer, si lointain et si ancien que ses habitants l'avaient déserté.

* * *

Sans doute avait-il sombré dans le sommeil. En rêve, un parfum vint lui titiller les narines, celui-là même qu'il avait senti à bord du bateau. Il inspira à fond, et ce fut comme s'il avait mangé et bu, comme si on lui avait insufflé une énergie nouvelle. Il entendit une voix, une voix de femme, douce et aimable:

— Lève les yeux, Jake, lève les yeux ! Tu sais bien que tu n'es jamais seul ! Lève les yeux !

Se réveillant en sursaut, il regarda en haut. Il s'attendait presque à apercevoir la femme qui lui avait parlé dans son sommeil. Il découvrit à la place quelque chose de complètement différent. Il était assis en face de l'une des larges colonnes qui séparaient les voûtes du cloître. Jusque-là, il n'y avait pas fait attention, obnubilé qu'il était par le mur intérieur, où il cherchait désespérément une issue. À mi-hauteur de la colonne se trouvait une porte étroite, derrière laquelle il croyait distinguer une marche. En se rapprochant, il constata qu'on avait inséré des barreaux d'acier dans la pierre pour former une échelle.

Il y grimpa puis se faufila par l'ouverture. Effectivement, un escalier étroit s'incurvait et s'éloignait en passant au-dessus du cloître. Il ne ressentit aucune fatigue en gravissant les marches au pas de course. Il déboucha dans une vaste pièce tout en pierres. Sur le mur opposé, il y avait deux ouvertures, côte à côte: la première, étroite, derrière laquelle il devinait un autre escalier en colimaçon ; la seconde, large, étrangement lumineuse. Il s'avança vers cette dernière. Elle donnait sur un court couloir, à l'extrémité duquel se dressait une simple porte en bois. Intrigué, il se dirigea vers elle et tourna la poignée.

Il fut stupéfait d'arriver au centre d'un jardin inondé de soleil. À droite de la porte, il y avait un bosquet d'arbres ; la lumière s'y faufilait, embrasant les feuilles. Derrière les feuilles, on bavardait en riant. Il franchit la porte. Il était à la limite d'un vaste jardin qui lui était vaguement familier. Au milieu, de nombreuses personnes étaient assises à une table de grandes dimensions. Il se rendit compte que c'était sa propre famille, et son cœur bondit : son père et sa mère, ses frères et ses sœurs, ses innombrables cousins et parents par alliance, sans oublier Nonna, sa vieille grand-mère, tous partageaient un copieux repas, comme chaque dimanche. Ils n'étaient qu'à quelques mètres. Il lui aurait suffi de deux ou trois enjambées pour les rejoindre.

Il les regarda, bouche bée. À leur vue, il éprouva une curieuse sensation au creux de l'estomac. Il s'apprêtait à poser les mains dessus quand ses doigts effleurèrent un objet glissé dans la ceinture de son pantalon : le paquet destiné à Hélène.

Pendant un moment, il se demanda si la vision qu'il avait sous les yeux vacillerait et disparaîtrait, si lui-même se retrouverait de nouveau seul dans le noir. Elle demeura au contraire stable, plus réelle que jamais.

— Ce n'est pas un piège, Jake. Tu peux y aller si tu veux.

C'était la voix qu'il avait entendue dans son rêve qui lui parlait de l'intérieur de sa tête. Pourtant, il croyait sentir sa présence près de lui parmi les arbres.

— Et le paquet ?

— Tu n'as qu'à t'en débarrasser, de la même façon que tu l'as accepté.

— Mais…

— Tu n'as rien à te reprocher, dit doucement la voix. Personne ne t'a rien demandé : tu as choisi librement. Tu as déjà accompli plus que ce qu'il était raisonnable d'attendre.

La voix si aimable, au ton si peu accusateur, remplit Jake d'une profonde tristesse. Que ses efforts avaient été vains !

— Je n'ai rien fait, à part me perdre, évidemment !

— Tu as persévéré, malgré un naufrage, les embûches semées sur ta route par les autorités, la léthargie de tes semblables, un effroyable périple dans l'abysse…

— Oui, et ça ne m'a mené nulle part !

— Non, tes efforts t'ont conduit ici… Tu as survécu à un plongeon terrifiant dans le noir, à la cruelle traversée du champ de glace.

— Vous voudriez que j'abandonne ?

— N'en as-tu pas déjà assez fait ?

— Je n'ai rien fait, s'écria Jake, rien du tout.

Pendant qu'il prononçait ces mots, une autre voix, la sienne, lui demanda s'il avait perdu la tête : on lui proposait de se désintéresser de l'affaire, de rentrer dans sa famille, de s'extirper de ce gâchis, et voilà qu'il soulevait des objections ! Il avait toujours conscience de la présence à ses côtés, inoffensive, réconfortante, et il sut, sans l'ombre d'un doute, que l'offre était valable : il n'y aurait ni reproche ni condamnation. Pas d'attrape. S'il le voulait, il n'avait qu'à aller rejoindre sa famille de l'autre côté de la pelouse. Personne ne l'en empêcherait, personne ne lui en voudrait...

À part lui-même.

Si seulement on lui avait adressé le moindre reproche, si seulement on l'avait condamné, ne serait-ce qu'à mots couverts, il aurait pu se retourner et s'écrier :

— Regardez ce que j'ai réussi ! Est-ce que ce n'est pas encore assez ?

À la place, on lui avait affirmé qu'il en avait déjà fait plus qu'assez, plus que ce que quiconque était en droit d'exiger, et dès lors ses efforts lui avaient semblé insuffisants.

Il secoua la tête et, sans fléchir, observa longuement sa famille en train de partager un repas autour de la table. « Grave cette image dans ta mémoire, songea-t-il. Elle te donnera la force de continuer. » Puis il se rendit de nouveau dans la vaste pièce en pierres. En chemin, il eut l'impression de marcher dans un nuage empreint du parfum le plus exquis. Il se tourna vers la porte étroite. À l'intérieur, un escalier raide montait en colimaçon. « Si cet escalier mène à la surface, se dit-il, j'en ai pour une éternité. » Il repoussa cette pensée.

— Une marche à la fois, s'encouragea-t-il à haute voix. En avant, monte.

Jake entreprit l'ascension de la spirale, chassant de son esprit tout ce qui n'était pas la vision de sa famille attablée. Il croyait devoir grimper dans l'obscurité, aspect le plus redoutable pour lui. Il s'aperçut vite que de faibles lumières avaient été insérées dans le mur à intervalles réguliers. Il se mit à les compter, car c'était plus facile que de compter les marches, afin d'avoir une idée de ses progrès. Cependant, peu après la septième lumière, une vision l'arrêta net: devant lui, sur le mur incurvé, il y avait l'ombre projetée d'un homme.

On l'attendait au détour.

Puis l'ombre se mit en marche. Son propriétaire descendait à sa rencontre.

Jake eut l'impression que son cœur s'était coincé dans sa gorge. Il aurait voulu rebrousser chemin et s'enfuir, mais ses membres refusaient de lui obéir. Tel un enfant, il ferma les yeux pour se prémunir contre la peur.

— Ah! te voilà! Heureux de te revoir, Jake!

Il ouvrit les yeux. Devant lui se tenaient Dante et Thomas d'Aquin.

— Nous espérions que tu arriverais par ici, dit Thomas d'Aquin.

Éperdu de soulagement, Jake ne parvenait pas à trouver ses mots. Les deux compères l'entraînèrent un peu plus loin.

— Tiens, qu'est-ce que c'est? demanda Dante en glissant la main sur la paroi.

Jake ne voyait rien qui sortît de l'ordinaire.

— Essaie un peu plus bas, suggéra Thomas d'Aquin.

Dante poussa un grognement de satisfaction. Il y eut un petit déclic, puis un pan du mur s'ouvrit vers l'intérieur.

— C'est un raccourci, déclara Dante.

— Évidemment, il faut connaître l'architecte, ajouta Thomas d'Aquin en suivant son compagnon.

Jake leur emboîta le pas et aboutit dans une sorte d'armoire où ses compagnons et lui étaient plutôt à l'étroit.

— Ferme la porte, tu veux bien, Jake, dit Dante.

Jake, après force contorsions, tira sur la porte, qui se referma avec un petit déclic. Le noir se fit.

Il ne dura toutefois qu'un moment. Jake eut la sensation d'un curieux picotement autour de lui, suivi d'une sorte de brouillard bleuté et lumineux. Dante et Thomas d'Aquin s'éloignèrent de lui dans la lueur bleue et bientôt il les perdit de vue, même si leurs voix lui revinrent, au milieu d'un bizarre crépitement électrique.

— Par ici, Jake.

— Attention à la marche.

La traversée du brouillard bleu lui procura la plus extraordinaire des sensations : il sentit encore des picotements sur toute la peau, comme s'il était en train de se dissoudre ; un instant plus tard, il eut l'impression de redevenir solide. Il entra dans un vaste espace vide. En voyant où il se trouvait, il poussa un hoquet de surprise et de désarroi.

Il était à l'une des extrémités d'une longue pièce de forme ovale : il y avait une porte en face de lui et une de chaque côté. Il ne vit pas le moindre meuble et, sans parvenir à s'expliquer pourquoi, il songea à la salle d'attente d'une gare. Un objet posé sur le sol non loin de la porte du côté gauche attira son attention : une délicate colonne cannelée, qui avait peut-être servi de socle à une statue, mais qui, aujourd'hui, était cassée en travers, ce qui laissait une arête irrégulière, grossière. À sa vue, il sentit le désespoir monter en lui : après avoir parcouru tout ce chemin et subi toutes ces épreuves, il était de retour à la case départ.

— Vous voulez dire qu'il faut que je recommence ? demanda-t-il.

Il s'avança en direction de la porte de droite, puis il s'arrêta. C'était injuste : il avait peut-être eu tort d'écouter le garçon du canal, surtout que ce dernier avait déjà cherché à le tromper, sauf que…

— Par ici, Jake, fit Dante en se dirigeant vers la porte d'en face, où Thomas d'Aquin les attendait déjà.

— Mais, protesta Jake, Ulysse…

Thomas d'Aquin éclata de rire en hochant la tête à la manière d'un instituteur informé de la plus récente frasque d'un élève turbulent.

— Attention aux Grecs qui se mêlent de vous indiquer le chemin, dit-il.

Il ouvrit la porte. Derrière, il y avait un espace en forme de placard.

— On se dépêche. Montez, montez !

Dante obéit et Jake le suivit. Cette fois, c'est Dante qui ferma la porte. Jake éprouva le même picotement en traversant le brouillard bleu, la même impression que son corps se décomposait et se reconstituait aussitôt.

Il déboucha sur un lieu en hauteur, vaste plaine de verre qu'il mit un long moment à reconnaître : c'était un toit gigantesque. Par les carreaux, il vit en contrebas ce qu'il prit d'abord pour une gare ferroviaire. À la longue, il se rendit compte qu'il s'agissait plutôt de l'endroit où les canaux s'arrêtaient : il distinguait la forme allongée des barges allant et venant entre les quais, tels des jouets. Levant les yeux, il comprit que le terminus était bâti sur le flanc des remparts monumentaux qui se dressaient au-dessus du bidonville. Plus bas, la ville descendait de terrasse incurvée en terrasse incurvée, puis c'était le dédale des rues ; tout autour, on apercevait un grand mur au pied duquel s'étendaient, telles les vagues d'une mer grise et laide, un million de toits identiques : la banlieue tentaculaire s'étalait jusqu'au littoral, où elle rejoignait le véritable océan. Loin du côté gauche, Jake reconnut à peine la colline où devait se trouver le bidonville. Derrière lui, assez près, il vit la base de la haute tour au sommet de laquelle clignotait le feu rouge qu'il avait aperçu pour la première fois en remontant de la plage avec Virgile.

— Le bal du grand Pandémonium a lieu ce soir, au Palais de la liberté, déclara Dante.

— Sur la grand-place au pied de la colline, poursuivit Thomas d'Aquin. Tu ne peux pas le rater.

Ces directives avaient un côté tacite, implicite, qui n'échappa pas à Jake. Pendant qu'il y réfléchissait, il eut l'impression qu'une aube fraîche se levait très lentement.

— Vous ne m'accompagnez pas ?

Ils secouèrent la tête. Jake promena son regard de l'un à l'autre. C'était comme un appel à l'aide muet.

— Ce n'est pas à nous qu'il revient d'agir, dit doucement Thomas d'Aquin. Si nous intervenions à ta place, le geste n'aurait pas la même valeur.

— Est-ce que vous ne pourriez pas…

— Il y a des tas de choses que nous pourrions faire. Étrangement, aucune d'entre elles ne vaudrait ce que tu peux accomplir seul.

— Et que toi seul peux réussir, ajouta Dante.

— Mais… pourquoi moi ?

Ils sourirent tous deux.

— Pourquoi toi, en effet ? Nombreux sont ceux qui ont posé la question, à d'innombrables reprises. C'est à cause de la situation dans laquelle tu te trouves. Tout tourne autour de toi. Tes actions, tes choix revêtent désormais une importance primordiale.

— C'est donc tombé sur moi par hasard ?

— Pas entièrement… Tu es en partie responsable de la situation. Ce sont tes propres décisions qui t'ont conduit jusqu'ici. Si tu n'avais pas agi comme tu l'as fait à l'auberge, sur le bateau et à de nombreuses occasions par la suite, la chance qui s'offre à toi n'existerait même pas.

— Elle n'existe que pour toi, Jake. Ni pour moi, ni pour lui, ni pour personne d'autre. Toi seul es responsable ; toi seul peux aller jusqu'au bout.

Jake prit une profonde inspiration et regarda autour de lui.

— Dans ce cas, il vaut mieux que je me mette en route.

— Il y a une échelle de ce côté, signala Thomas d'Aquin. C'est le plus court chemin.

* * *

C'était descendre de la lumière vers les ténèbres. Au pied de l'échelle, il se retrouva dans une rue étroite bordée de hautes bâtisses semblables à des entrepôts, leurs murs de briques noircies percés de rangées de fenêtres grillagées aux carreaux enduits d'une couche de poussière opaque. La rue était couverte de pavés à l'ancienne qui, sous ses pieds mal chaussés, lui semblèrent froids et glissants. Après avoir marché pendant un certain temps, il jugea plus commode de se débarrasser des chaussures et des vêtements qu'il avait improvisés dans le champ de glace. Il hésita à se défaire du couteau, puis il se dit qu'il n'allait pas s'imposer à la manière de quelque héros guerrier : à ce jeu, il n'irait pas loin. Il entortilla le couteau dans la toile et déposa le paquet contre un mur. Conscient de son apparence dépenaillée, il songea qu'il aurait l'air à sa place dans ces rues délabrées et mal éclairées. Une ruelle étroite plongeant sur la gauche lui sembla être le moyen le plus rapide d'atteindre les immeubles illuminés qu'il avait aperçus depuis le toit du terminus. Quant à savoir ce qu'il ferait une fois en bas, c'était une tout autre question. Pour l'heure, il se contenta de dévaler prudemment la pente, où alternaient rampes recouvertes de pavés et volées de marches.

À cause des virages et des détours de la ruelle sinueuse, la vue, derrière lui, se limitait à quelques mètres, et Jake n'eut bientôt aucune idée d'où il était. Sa seule certitude, c'était qu'il descendait progressivement. Par endroits, les immeubles se joignaient au-dessus de sa tête, transformant le passage en tunnel voûté où des courants d'air occasionnels laissaient croire à l'existence d'ouvertures sur les côtés. Au sortir de ce tunnel, la ruelle s'élargit et devint plus droite : il n'y avait plus que des marches coupant des ruelles transversales à intervalles réguliers. Au passage, il y jetait un coup d'œil dans l'espoir d'apercevoir une issue, mais, d'un côté comme de l'autre, il n'y avait jamais que de l'ombre. À l'approche de la quatrième ou de la cinquième de ces ruelles transversales, il prit conscience de bruits de pas sur sa gauche. Au bout d'un moment, un garçon apparut et cria par-dessus son épaule.

Dans ce que Jake portait, on reconnaissait encore des vêtements; le garçon, lui, était emmailloté dans des guenilles, toutes si crasseuses qu'on aurait en vain tenté d'en deviner la couleur et la fonction initiales. Jake avait l'air crotté mais, en réalité, l'essentiel de sa personne était encore propre: seulement, par contraste, les cernes noirs ressortaient. Le garçon avait en revanche la peau incrustée de saleté et les cheveux en broussaille. Il était grand et mince, de l'âge de Jake environ, voire un peu plus vieux, quoique d'une maigreur telle qu'il devait peser deux fois moins.

— Allez, avance, 'spèce de ve' de te', cria-t-il d'une voix grinçante. On va êt' en r'tard !

Sur ces mots, il dévala la ruelle principale sans remarquer Jake. Quelques secondes plus tard, un deuxième personnage apparut, peut-être plus misérable et sale que le premier, même si ses vêtements étaient reconnaissables: c'étaient ceux d'une personne plus grande, qu'on avait coupés sans merci. Le garçon était minuscule, à peine plus grand qu'un enfant qui commence à marcher: son visage de rongeur, tout ratatiné, semblait toutefois nettement plus vieux. Il avait six ou sept ans.

— 'tends, cria-t-il d'une voix aiguë, j'suis pas capab' de suivre !

Il s'arrêta, pantelant, à l'embouchure du passage. Levant les yeux, il vit Jake.

— Qu'est-ce que tu r'gardes comme ça, ve' de te' ?

Devant son air féroce, Jake eut presque envie de rire. Il était si minuscule ! Ils se dévisageaient l'un l'autre depuis un moment quand la voix de l'autre garçon, déjà beaucoup plus bas, retentit :

— Allez, grouille-toi. On va êt' en r'tard !

— Allez, grouille-toi, 'spèce de ve' de te', répéta le garçon à Jake. On va êt' en r'tard !

Il détala, les jambes arquées. Jake le laissa prendre quelques mètres d'avance, puis il le rattrapa sans mal en marchant à longues foulées bondissantes. Il distinguait la silhouette de l'autre garçon, tapi dans l'ombre d'une porte cochère. Jake se dit que la ruelle croisait sans doute une grande artère à cet endroit.

— On va être en retard pour quoi ? demanda Jake.

— Pour eux, 'videmment, ve' de te' ! hurla le nain agressif. Du même souffle, il s'adressa à l'autre garçon :

— Dis donc, Jizzer, on va êt' en r'tard pour quoi ?

— Les clients d'qualité, nigaud ! Les poches pleines à ras bord !

— C'est ça ! fit le nain d'un air féroce. Les clients d'qualité, les poches pleines de rats borgnes !

Reprenant leur course, ils débouchèrent dans une large rue, où une assemblée de garçons déguenillés s'était déjà réunie, tandis que d'autres, sortant des ruelles, venaient se joindre à eux. Il y en avait probablement entre trente et quarante. Quand Jake et ses deux compagnons arrivèrent, la troupe s'ébranla, obéissant à un signal muet. Les jeunes s'élancèrent dans la rue au pas de course. On aurait dit une meute hurlante de chiens efflanqués.

Au tournant de la rue suivante, Jake vit un rassemblement. Il s'attendait presque à voir la masse compacte de garçons fendre la foule, mais, au dernier moment, ceux-ci s'éparpillèrent et se fondirent dans la multitude à la manière d'une pluie battante. Jake se retrouva ainsi parmi des gens endimanchés, en manteau et costume sombres. Pendant qu'il se frayait un chemin jusqu'au premier rang, il eut droit à sa part de taloches et de gros mots.

La rue qu'ils avaient empruntée était l'une des nombreuses voies de circulation qui convergeaient vers la grand-place. Là, il y avait un immeuble splendide dont l'escalier de marbre menait à une entrée flanquée de colonnes. La place était bondée, à l'exception d'une large allée qui, venant d'un côté, débouchait au pied des marches, que recouvrait un somptueux tapis rouge. À la porte, deux factionnaires en livrée, arborant un long manteau vert bouteille et un haut-de-forme généreusement orné de galons dorés, montaient la garde.

Enfin arrivé au premier rang, Jake dut convenir que le spectacle avait quelque chose de grandiose : un cortège de voitures tirées par des chevaux aux décorations brillantes faisait son entrée, conduites par des cochers aux uniformes magnifiques. Ornée d'or à profusion, chaque voiture était d'une couleur différente : la première écarlate, la deuxième bleu paon, la troisième noire, et la suivante verte. Les cochers portaient une livrée d'une couleur assortie. Une fois la voiture immobilisée, ces derniers descendaient aussitôt, le premier pour ouvrir la portière, le second pour déplier le marchepied. À l'ouverture de la portière, la foule s'extasiait : les passagers, en effet, avaient revêtu les plus sublimes costumes que Jake ait vus de sa vie. Fait de soieries, de fourrures et de velours, abondamment orné de bijoux, chacun représentait l'amalgame d'une bête et d'un humain. Ici, un homme loup escortait une femme lézard ; là, un homme trapu ayant la tête et le poitrail d'un sanglier aidait un magnifique oiseau de paradis à descendre. Une créature fantastique à la tête de cygne était jumelée à une chèvre. Tous les invités arboraient, outre leur costume, des demi-masques scintillants. Ils empestaient la richesse et la décadence.

Jake chercha dans sa poche l'invitation cornée, souillée. Il doutait qu'elle lui soit d'une grande utilité. «Puis-je vous demander en quoi vous êtes déguisé, monsieur ? En mendiant ? Excellent costume, en vérité. Je vois que vous avez une invitation ! Où l'as-tu volée, petit chenapan ?» Pas question. S'il entrait, ce serait par des moyens détournés.

À quatre pattes, il se faufila vers les marches au milieu de la forêt de jambes. Bien vite, il perdit le compte du nombre de coups de pied qu'il reçut et du nombre de fois où ses mains furent piétinées, mais il était résolu à se frayer un chemin. Il arriva enfin à l'endroit où la barrière prenait fin, tout juste au pied de l'escalier. Là, un géant en uniforme montait la garde. Jake vit qu'il y avait un sbire du même acabit à côté des colonnes et que, derrière lui, se trouvait une porte entrouverte extrêmement invitante. Si seulement il parvenait à ramper jusqu'à elle !

À cet instant, il sentit le dos de sa chemise pris comme dans un étau. La sentinelle en uniforme le souleva sans effort jusqu'à la hauteur de son visage. Les pieds de Jake ballaient dans le vide.

— Tiens, tiens, qu'est-ce que c'est que ça ? tonna l'homme. Un garçon ?

— Je vous en prie, fit Jake. Il faut que j'entre. J'ai quelqu'un à voir.

— Ah bon ? Vraiment ? Tu as quelqu'un à voir ?

— Oui, répondit Jake d'un air suppliant. Une fille.

— Une fille ! Et c'est pour cette raison qu'il faut que tu entres ?

Jake hocha la tête, un sourire mielleux accroché au visage.

— Dans ce cas, c'est différent, lança l'homme sur un ton doucereux. Dire que je t'avais pris pour un sale pickpocket !

Avant de partir en vol plané, Jake crut un instant à la sincérité de l'homme. Puis ce dernier, de son bras puissant pareil à un levier, jeta Jake avec aussi peu d'égards que s'il s'était agi d'un sac à ordures. Jake fendit l'air et, en bordure de la foule, atterrit lourdement sur la tête de deux badauds qui, perdant pied, s'écroulèrent, entraînant d'autres curieux dans leur chute. L'homme en uniforme feignit de s'intéresser à autre chose.

Aussi étourdi et essoufflé fût-il, Jake conclut que le moment était venu de tromper la vigilance de l'homme. Roulant de côté, il se leva et détala dans la direction des marches. Le premier factionnaire ne l'ayant pas remarqué, Jake se crut assez rapide pour contourner le second, aussi imposant que son confrère. En s'approchant, Jake fit mine de se diriger d'un côté de la colonne. Lorsque la sentinelle se plaça de ce côté, Jake pivota prestement et partit de l'autre. La porte était entrouverte devant lui, mais, à l'instant même où il allait entrer, il heurta quelqu'un qui sortait et rebondit dans les bras du géant furieux : ce dernier fut si saisi que Jake aurait encore eu le temps de fuir sans l'intervention de l'autre homme, qui retint Jake par le collet. Le géant en profita pour lui asséner une violente claque qui l'envoya valser au bas des marches, sans connaissance.

CHAPITRE 24

En route vers le Palais de la liberté

Hélène était déguisée en oiseau de paradis, comme dans les rêves : elle portait une robe de soie ajustée, décorée de panneaux de velours et, par-dessus, une cape de plumes brillantes qu'elle pouvait déployer telles des ailes ; une merveilleuse traîne de plumes ondulait derrière elle. Elle arborait en outre une spectaculaire coiffure tout en plumes et en bijoux, ainsi qu'un demi-masque aux yeux humains et au bec crochu d'oiseau. En voyant le résultat final dans le miroir en pied, elle n'avait pu réprimer une certaine satisfaction. Elle se dit qu'elle allait faire tourner bien des têtes. À l'approche du bal, l'excitation gommait la platitude de la journée.

On frappa à la porte. En se retournant, elle aperçut la silhouette du comte, déguisé en sanglier. Vision troublante et curieusement saisissante : il s'agissait moins d'un costume que de l'expression du caractère du comte, mélange de force, de brutalité et d'énergie viriles.

— Vous êtes ravissante, Hélène.

Pour une fois, il avait renoncé à son ton vaguement moqueur et condescendant : son admiration semblait sincère.

— Merci, monsieur le comte. Vous êtes vous-même magnifique.

« C'est la pure vérité », songea-t-elle. Pas beau, non, mais fort impressionnant, imposant et bizarrement attirant. Elle lui tendit le bras.

Dehors, au lieu de l'habituelle procession de limousines, un cortège de voitures de couleurs différentes, bleu, noir, rouge, vert, violet, jaune et blanc, les attendaient, toutes pourvues d'ornements dorés et tirées par des chevaux coiffés de plumes ondoyantes de couleurs assorties. Ajoutant au spectacle, les passagers en costume d'apparat devisaient sur les marches, dans l'attente, à l'évidence, de l'apparition du comte. En le voyant, ils formèrent une haie d'honneur et, au passage d'Hélène et de son protecteur, applaudirent. Lorsque le comte l'aida à grimper dans la voiture au somptueux intérieur capitonné de velours, elle se sentait déjà comme une reine.

Le trajet dans les rues de la ville ne fit rien pour dissiper cette impression : de part et d'autre de la rue, des foules de badauds retenus par des barrières poussaient des acclamations et agitaient follement les bras devant chaque voiture. En dépit de la présence de sentinelles postées çà et là, rien ne laissait supposer que les spectateurs soient animés de mauvais sentiments. Hélène parvint à se détendre et à profiter du moment, oubliant la crainte au sujet de son père, qui l'avait rongée jusque-là. Depuis leur brève rencontre à l'hôtel, avant la traversée, elle n'avait pas réussi à lui parler, bien que le comte lui eût donné l'assurance qu'il se trouvait sur le même bateau. Sans trop y croire, elle avait espéré le croiser pendant les essayages. Sans doute son trouble était-il apparent : le comte, en tout cas, l'avait remarqué. Mis au courant, il avait souri, plutôt gentiment, avait-elle pensé, et lui avait dit qu'elle verrait son père au bal, si tel était son désir.

— Mais comment le reconnaîtrai-je ? avait-elle demandé. J'ignore de quoi il aura l'air.

— Ne vous inquiétez pas, avait-il répondu. Je vous conduirai moi-même jusqu'à lui.

«Quelle gentillesse», avait-elle songé. C'était un aspect de sa personnalité qu'elle n'aurait pas soupçonné.

Gérald de Havilland était parmi les membres de la haie d'honneur devant laquelle Hélène était passée. Il l'avait reconnue parce qu'elle accompagnait le comte. La vue de la silhouette souple revêtue de son costume magnifique l'avait curieusement angoissé : en effet, il avait une conscience aiguë de la longue dague dissimulée sous son costume. À cet instant précis, il avait songé à en frapper le comte. L'idée, qui l'avait rendu malade quand Bragmardo l'avait formulée, ne lui semblait plus si mauvaise.

Voilà que Bragmardo et lui s'entassaient dans une voiture garée loin derrière celle du comte, en compagnie d'un ours gigantesque, d'un chat rachitique, d'un aigle et d'un cheval. «Ma seule consolation, pensa de Havilland en surprenant son reflet dans la vitre assombrie, c'est que j'ai l'impression d'être moins un âne que j'en ai l'air.» Son déguisement lui procurait un étrange sentiment de sécurité, dont l'origine remontait sans doute à son enfance. «Personne ne sait qui je suis, se dit-il. Je pourrais être n'importe qui. Je peux faire n'importe quoi, et personne ne saura que c'est moi. » La peur qu'il avait ressentie plus tôt se dissipait peu à peu, remplacée par une excitation presque puérile. Peut-être à cause des costumes. Peut-être aussi parce qu'il était difficile de ne pas voir dans tout ce qui arrivait une sorte de jeu à grande échelle. Dehors, les rues illuminées et la foule en liesse ajoutaient au sentiment d'irréalité.

La voiture du comte fut la troisième à s'arrêter devant les marches du Palais de la liberté, sur lesquelles était déroulé le tapis rouge, et le comte fut le troisième invité déguisé en sanglier que les curieux virent surgir coup sur coup, mais l'apparition d'Hélène annula la déception que certains ressentirent devant une telle uniformité. En sortant de la voiture, théâtrale, elle déploya sa cape, qui lui faisait des ailes aux plumes scintillantes. La populace exprima son approbation à grands cris. Elle s'avança au milieu d'un brouillard de bruits et de visages vociférants. Elle se sentait pourtant détachée, dans un cocon, comme sur un piédestal, tandis que des serviteurs s'affairaient autour d'elle. Le souvenir des troubles qu'elle avait observés sur les quais lui paraissait maintenant lointain. Ici, elle ne percevait aucune agitation, même si, avant son entrée dans la salle de bal, elle avait surpris une altercation entre une sentinelle et un garçon en guenilles.

En cours de route, la voiture de de Havilland, devancée par d'autres qui se joignaient au cortège, prit encore du retard par rapport à celle du comte, et elle fut l'une des dernières à arriver. Déjà, la foule se dispersait, mais des acclamations aimables et des rires nourris accueillirent la singulière ménagerie dont il faisait partie : l'aigle orgueilleux et l'ours balourd, le chat rachitique et le cheval solennel, et enfin le lièvre et l'âne, qui eurent droit aux hourras les plus sentis. Après le lent trajet dans la voiture bondée, de Havilland crevait de chaleur sous son lourd costume. Il avait espéré que la fraîcheur du soir le soulagerait. À cause de la foule et de l'intense éclat des projecteurs, l'air était tiède et immobile. En grimpant l'escalier, il sentit son cœur s'affoler. La lame du couteau faisait pression sur sa cuisse.

Si Bragmardo lui avait laissé le choix du moment où frapper, ils avaient convenu que le plus tôt serait le mieux. On avait déjà désigné un bouc émissaire : un homme déguisé en bœuf. Un complice de Bragmardo s'arrangerait pour que l'homme en question demeure sans cesse à proximité du comte. Le coup porté, de Havilland l'agripperait par le collet et jetterait le couteau par terre, comme s'il venait de désarmer le coupable. Les hommes de Bragmardo profiteraient de l'occasion pour le saisir et l'arrêter. Le plan était un peu trop compliqué au goût de de Havilland. Puisque Bragmardo avait réussi à se débarrasser de Scot et d'Albanus, il n'avait pas de raisons de douter. Ensuite… Il évita de penser à ce qui arriverait ensuite : sans la moindre hésitation, Bragmardo dénoncerait les radicaux et prendrait le contrôle de la situation en ordonnant à Scarmiglione de faire une rafle parmi les groupes suspects. Puis, s'imposant comme le leader de facto, il louerait le courage de l'homme qui, en maîtrisant à lui seul l'assassin du comte, s'était rendu digne de confiance et des plus grands honneurs…

Il gravit l'escalier et entra au palais. De l'autre côté d'un vaste espace désert au milieu du foyer, le comte le dévisageait. Le Grand Sceau de l'État pendait à son cou au bout d'un ruban écarlate, telle une assiette dorée. On lui présentait officiellement divers invités. Hélène, dans son costume d'oiseau de paradis, était assise d'un côté, un peu en retrait, et de Havilland fut heureux de constater que le voisinage immédiat du comte, où il s'attendait à trouver sa fille, était occupé par un homme déguisé en bœuf. Pourquoi ne pas agir tout de suite ? Soudain, un grand calme s'infiltra en lui. À chaque foulée, la distance entre le comte et lui s'amenuisait. Il ne se déciderait qu'au dernier instant, quand il serait tout près, mais il lui sembla que le moment idéal serait celui où, après avoir salué le comte, il passerait devant l'homme déguisé en bœuf. Attaqué sans raison, ce dernier se mettrait en colère, et de Havilland profiterait de la distraction pour poignarder le comte, occupé à accueillir l'invité suivant, tourné de côté, comme maintenant, son dos offrant une cible parfaite. Il suffirait ensuite de feindre de désarmer le bœuf. Il s'avança en comptant ses pas.

Hélène s'ennuyait un peu. L'entrée au palais l'avait enthousiasmée, mais, depuis, il y avait eu la fastidieuse ronde des présentations, et elle se sentait exclue. S'éloignant peu à peu du comte, elle se perdit, pour se distraire, dans la contemplation des costumes. À la vue de la troupe, elle s'esclaffa : un gros ours au pas traînant et un aigle à l'air plutôt vaniteux s'avançaient, flanqués d'un âne comique aux oreilles d'une longueur absurde et à la mine si dépitée et abattue qu'elle avait eu envie de lui flatter le nez. À leurs côtés trottinait un chat rachitique, tandis qu'un lièvre ridicule fermait la marche. Elle fut soulagée de constater qu'il s'agissait des derniers invités. Peut-être la fête allait-elle bientôt commencer. Délaissant les invités, elle admira l'architecture de la pièce au spectaculaire plafond voûté paré de sompteux ornements. «Richesse et pouvoir, pensa-t-elle. Richesse et pouvoir.» Elle fut brutalement ramenée à la réalité par une commotion autour du comte.

L'ours au dos large se pencha pour prêter l'oreille à ce que disait le comte : derrière, Gérald de Havilland fit glisser le manche du stylet par une ouverture dans son costume. Ainsi, il dégainerait à la vitesse de l'éclair. L'arme était fixée à sa jambe gauche. Pendant qu'il serrerait la main du comte, il n'aurait aucun mal à dissimuler la garde sous sa main gauche. Puis il s'éloignerait, feindrait de perdre pied, s'accrocherait de la main gauche à l'homme déguisé en bœuf et, de la droite, frapperait le comte par-derrière et de côté. L'ours avait terminé. Gérald de Havilland s'avança vers le comte, la main tendue.

Ce dernier la serra fermement. En même temps, de Havilland sentit une main se refermer sur son biceps ; en se retournant, il vit que c'était celle de l'ours ; une autre main, celle de l'aigle, lui empoigna l'autre bras. Le comte le lâcha et ses deux ravisseurs l'entraînèrent à l'écart. Le chat rachitique en profita pour venir se planter devant lui d'un pas dansant. D'un geste preste, le félin arracha la dague noire des mains de de Havilland et la brandit devant la foule. On entendit un hoquet collectif, suivi d'un concert de voix furieuses. Le chat approcha son visage de celui de Gérald de Havilland.

— Mon vieux, vous êtes sans contredit un âne, lança une voix dans laquelle de Havilland reconnut celle de Scot. On s'est joué de vous avec une telle aisance !

Derrière les trous du masque, les yeux étaient indubitablement ceux de Michael Scot.

Hélène vit l'âne se faire appréhender et le chat brandir la dague ; l'aigle et l'ours tinrent l'âne en respect jusqu'à ce que des gardes, venus de l'extérieur, le saisissent et l'emmènent. Le comte serrait la main du chat ; derrière, l'aigle retira la tête de son costume, et elle reconnut le visage maigre du colonel Scarmiglione. L'ours ôta la sienne à son tour. C'était Albanus, le géant blond.

La dernière chose qu'Hélène vit de l'âne, c'était son long visage mélancolique. Les gardes l'entraînaient à reculons dans les marches. Elle se demanda qui il était et ce qu'il allait advenir de lui.

CHAPITRE 25

Le sanglier au vin rouge

Jake reprit ses esprits, désorienté. Il avait un goût de sang dans la bouche. Il se toucha le visage et découvrit de nouvelles traces de blessure. Quelqu'un lui parlait.

— T'es un sacré cinglé, toi. C'est pas comme ça qu'on fait, nous autres.

Recouvrant l'usage de ses yeux, Jake reconnut le garçon maigre qu'il avait vu dans la ruelle transversale. Le nain qui l'accompagnait était à ses côtés. À voir les traits de rongeur qu'ils avaient en commun, Jake se dit qu'ils étaient frères.

— Mais oui, 'spèce de cinglé, répéta le nain à la manière d'un perroquet. C'est pas comme ça qu'on fait, nous autres.

Il s'interrompit, son front crasseux plissé par l'incompréhension.

— C'est comment qu'on fait, nous autres ?

— On passe pa' l'côté, 'videmment, ve' de te'.

— Ouais, ouais, ouais, pa' l'côté. C'est comme ça qu'on fait, nous autres.

Déjà, le plus vieux des deux s'éloignait. L'autre détala à sa suite. Tant bien que mal, Jake se remit sur pied. Il avait le vertige et mal à la tête. Il cracha du sang sur le trottoir, puis il se lança en titubant à la poursuite des frères déguenillés.

Il les trouva en train de converser avec un bonhomme à l'allure grossière, vêtu d'une livrée de serviteur : costume sombre et gilet à rayures d'or.

— Siouplaît, m'sieur, supplia le plus vieux d'une voix cajoleuse. Une soirée chic, vous avez b'soin d'aide, c'est sû'.

— Ouais, ouais, ouais, répéta l'autre. Siouplaît, m'sieur.

L'homme hésita, puis, en voyant Jake, il eut un geste brusque de la tête.

— Là, dit-il. Première porte à gauche.

Jake suivit les deux frères et pénétra dans une petite pièce entourée de bancs et de crochets à manteau. Du côté opposé, une ouverture donnait sur un couloir au sol couvert de carreaux blancs. L'homme qui les avait laissés entrer glissa la tête par la porte.

— Enlevez-moi ces guenilles, ordonna-t-il, et venez me retrouver de l'autre côté.

Les deux garçons enlevèrent leurs vêtements en lambeaux. Nus, ils étaient maigres à faire peur et horriblement sales. Jake se déshabilla à son tour et, le paquet à la main, les suivit dans le couloir. Un peu plus loin, un sifflement retentit. De toutes parts, ils furent attaqués par des jets d'eau bouillante. Hurlant, ils s'élancèrent dans l'espoir d'échapper aux torrents fumants ; à leur passage, de nouveaux jets entrèrent en action. Où qu'ils aillent, des jets puissants les attendaient. Au bout d'un certain temps, on mêla à l'eau un savon liquide très parfumé qui leur piquait les yeux ; aveugles, ils s'avançaient à tâtons en criant, au milieu d'un brouillard de vapeur d'eau, leur corps luisant de mousse meurtri par les jets à haute pression. Soudain, l'eau devint glacée et les débarrassa du mélange de crasse et de savon qui les recouvrait. Ils aboutirent dans une pièce identique à la première, où étaient accrochées des serviettes.

Les serviettes, rugueuses comme du papier d'émeri, râpèrent la peau de Jake. Après le passage à tabac de la douche, il se sentait hébété, abasourdi ; à cause de ses oreilles bouchées par l'eau, il avait du mal à entendre. Il comprit alors que ses deux compagnons déversaient un flot ininterrompu de propos orduriers auxquels l'homme qui les avait accueillis coupa court en revenant, les bras chargés d'une pile de vêtements.

— Tenez, mettez ça, montez l'escalier numéro trois et présentez-vous à M. Griven. Et surtout, tenez votre langue !

Les vêtements allaient mieux à Jake qu'aux deux autres : un pantalon noir, une chemise et un veston chics de couleur blanche ainsi qu'un nœud papillon noir déjà tout fait. Le pantalon n'avait pas de poches, et Jake glissa le paquet sous la ceinture. Il y avait des chaussures, mais pas de chaussettes. Jake réussit à s'approprier les plus grandes, qui le serraient quand même beaucoup. Il aperçut un miroir et, au mur, un peigne retenu par une chaîne. En s'y mirant, il fut surpris de se voir si amoché. Il ne saignait plus. En revanche, il avait un côté du visage tuméfié et une ecchymose sur la joue. Une longue coupure traversait ses sourcils. Il était blême.

— Dis don', t'en as pour longtemps à t'admirer dans l'miroir ? Passe-moi l'peigne !

— Ouais, ouais, ouais, passe-moi l'peigne, ve' de te', répéta le nain.

Jake résista sans mal à la tentative du garçon maigre de le repousser dans un coin d'un coup d'épaule. Il franchit la porte, abandonnant les deux frères à leur toilette. Derrière, il y avait une pièce de forme circulaire au mur troué d'ouvertures : certaines donnaient sur des couloirs, d'autres sur des escaliers numérotés qui montaient ou descendaient. Jake grimpa l'escalier numéro trois aussi vite que le lui permirent ses chaussures inconfortables.

M. Griven était un grand homme mélancolique aux épaules voûtées et aux joues pendantes, chauve comme un œuf. Il inspecta Jake d'un bref coup d'œil, redressa son nœud papillon et lui tendit un plateau.

— Tu t'occupes du rouge, lança-t-il du ton triste de l'homme ayant perdu tout intérêt pour ce qu'il dit.

Il désigna d'un geste de la tête une table où les verres de vin rouge et de vin blanc étaient alignés, tels des soldats en rang d'oignons.

— Une fois le plateau vide, reviens en reprenant au passage les verres que les invités ont terminés et fais le plein de rouge. Dépose les verres sales près du passe-plat.

Jake remplit son plateau de verres de vin rouge, tira les rideaux et entra dans la salle de bal.

Le spectacle qu'il découvrit le laissa pantois : il avait sous les yeux une pièce immense, débordant de personnages revêtus de costumes étranges. L'éclat des bijoux et des couleurs brillantes était omniprésent. D'un côté, un petit orchestre jouait sur une estrade. La pièce était si monumentale qu'un autre orchestre jouait sur une estrade éloignée, et encore un autre… Il comprit alors que les murs étaient couverts de miroirs et que la pièce, quoique vaste, n'avait rien de démesuré. En face de l'orchestre, il y avait quelques portes voûtées fermées par des rideaux.

Il s'avança dans la foule, le plateau devant lui, déjà accablé. Comment allait-il retrouver Hélène au milieu de cette multitude ? Il n'avait aucune idée du costume qu'elle portait. Ce serait à elle de le reconnaître. Il lui semblait absurde que, après avoir parcouru tant de chemin et surmonté tant de difficultés, il fût vaincu par un détail aussi anodin : pourquoi fallait-il que les invités arborent des masques ? Si seulement il pouvait réfléchir en paix un moment, il trouverait une solution, mais tout le monde parlait en même temps, et le bruit des conversations mêlé aux accords de l'orchestre plongeait la pièce dans une cacophonie inintelligible. On venait fréquemment prendre un verre sur son plateau, sur lequel il ne resta bientôt plus que deux verres. Il était à peine arrivé au milieu de la pièce. Il décida d'effectuer un grand détour afin de scruter les invités le mieux possible. Il se dirigea vers les entrées fermées par des rideaux : la foule y était plus clairsemée.

Son plateau s'allégea encore un peu. Quelqu'un venait de s'emparer de l'avant-dernier verre.

— Tiens, tiens, qui est-ce que je vois là ? demanda une voix terne, indifférente.

En se retournant, il se trouva face à face avec une créature extraordinaire, vêtue d'une robe ajustée et d'une cape en plumes brillantes. Devant Jake, bouche bée, elle ôta son masque. C'était Hélène.

Elle promena sur la pièce et les autres invités un air vaguement ennuyé en buvant une gorgée de ce que Jake estima être du champagne. Elle avait l'air d'une femme riche examinant d'un œil clinique des chevaux au paddock. Jake détecta autre chose : une sorte d'affectation de témérité, comme si elle risquait de dire ou de faire n'importe quoi par simple souci de provoquer.

— Il faut que nous partions, décréta Jake.

— Tu as donc volé à mon secours, noble Galaad ?

Jake posa une main sur son bras. Elle le repoussa d'un air colérique. Jake se rendit compte qu'ils attiraient l'attention.

— Et si je ne veux pas être secourue, moi ? demanda Hélène à voix haute.

— Il faut que je te parle, siffla Jake pour l'obliger à se taire.

— Et si je ne veux pas te parler, moi ? répondit-elle sur le même ton. D'abord, pourquoi est-ce que je voudrais te parler ? Si je voulais, je parie que je pourrais avoir tous les hommes réunis dans cette pièce !

Ces derniers mots, elle les avait proférés sur le ton d'une annonce officielle ; autour d'eux, Jake vit des têtes se tourner. Des conversations s'interrompirent. Jamais encore il ne s'était senti l'objet de tant d'attention ; il n'avait aucune idée de la conduite à adopter. Puis Hélène pivota sur ses talons et, avec une nonchalance étudiée, se dirigea lentement vers un groupe d'invités réunis devant une des entrées fermées par des rideaux. En s'avançant, elle montra un à un les hommes qui en faisaient partie, comme pour décider lequel choisir. Ces derniers, sans doute dans l'espoir d'améliorer leurs chances, retirèrent leur masque.

Les visages reflétaient l'anticipation. Hélène s'arrêta devant eux, une main sur le menton, l'air de débattre intérieurement. Entretemps, cependant, un homme de grande taille, toujours masqué et visiblement plus déterminé que les autres, la saisit fermement par le bras et l'entraîna en direction des rideaux. Hélène se laissa emmener.

Jake les vit disparaître, en proie à une douleur insondable. Il se sentait comme une coquille vide. À côté de lui tonna une voix aux accents colériques.

— Je répète que je le veux, ce verre de vin !

C'était un homme trapu déguisé en sanglier ; il avait ôté son masque, lui aussi, et Jake reconnut l'homme de l'auberge du Pont de la pesée. Il amorça un geste en direction du plateau, mais Jake, adroitement, le mit hors de sa portée.

— Vous y tenez, à ce verre de vin ?

Un moment, l'homme eut un air désemparé. Il n'avait manifestement pas l'habitude qu'on lui parle sur ce ton. Jake profita de l'occasion pour s'emparer du verre.

— Tenez, s'écria-t-il, à votre santé !

D'un mouvement brusque du poignet, il jeta le contenu du verre au visage de l'homme. Ce dernier resta planté là, médusé, le visage ruisselant de vin, son costume éclaboussé de taches rouges. Pendant un instant, tout le monde se contenta d'observer la scène, puis une demi-douzaine d'hommes de forte carrure convergèrent sur Jake en poussant des cris furieux.

Au bout de la pièce, l'homme de grande taille, à l'insu de tous, ouvrit les rideaux.

Hélène sortit sans regarder derrière elle.

De son poste d'observation, Michael Scot avait été témoin de la scène. Il avait vu le garçon s'approcher. C'était celui qu'ils avaient aperçu depuis la voiture, celui qui hésitait d'un air comique entre la droite et la gauche, celui que Grafficane avait qualifié de «parfaitement insignifiant». À l'époque, déjà, Scot s'était interrogé à son sujet. Qui était-il donc? Que venait-il faire ici? Par la suite, Hélène avait retiré son masque, et ils s'étaient disputés, elle froide et méprisante, lui ardent et sérieux. Avec une pointe d'angoisse, il sut comment l'histoire se terminerait; en esprit, il revit un autre garçon et une autre fille, il y avait longtemps, très longtemps. Sauf que leurs rôles étaient inversés: c'était elle qui suppliait, lui qui affichait une froideur méprisante, prêt à repartir à l'aventure et certain que rien de ce qu'elle avait à lui offrir ne le retiendrait. «Tu pars, Michael? Pour Paris?»

Elle s'était sentie trahie. Malgré les siècles, il le voyait dans les yeux de la fille.

Et s'il était resté? pensa-t-il, irrité. Un garçon brillant mais pauvre dans un pays de misère... Que serait-il devenu? Il aurait vécu et serait mort dans l'obscurité. «Qu'es-tu donc devenu de si formidable?» demanda une petite voix dans sa tête. Il regarda autour de lui. Les invités avaient beau être déguisés en animaux, ils n'en avaient pas la dignité. «Qu'es-tu donc devenu?»

Il sentit Grafficane venir se poster près de lui, le devant de son costume taché de vin. La cause du garçon était désespérée, ce qui ne l'empêchait pas d'avoir du tempérament, il fallait le reconnaître.

— Où est donc passée cette misérable fille ? voulut savoir Grafficane, maussade. L'heure du dernier acte a sonné ! Allez la chercher pendant que je me change.

Il s'éloigna en coup de vent. « Voilà ce que tu es devenu, Michael Scot, chuchota la petite voix dans sa tête. Te voilà réduit, au soir de ta vie, à exécuter des ordres comme un vulgaire valet. Le garçon a du tempérament ; toi, en revanche, tu n'en as plus. »

Mécontent, il partit à la recherche d'Hélène.

CHAPITRE 26

Le feu sur la plage

Hélène n'arrivait pas à comprendre pourquoi elle avait traité Jake aussi cavalièrement : peut-être lui en voulait-elle d'être assez fou pour garder espoir alors que tout était perdu. «Regarde autour de toi, Jake! Assez d'enfantillages! Réveille-toi!» Peut-être, au fond, ne souhaitait-elle pas qu'on lui rappelle qu'il était encore possible d'espérer alors qu'elle-même avait baissé les bras. «Laisse-moi t'expliquer la vie, avait-elle pensé en s'approchant de l'attroupement d'hommes le plus près. Je vais te faire une démonstration scientifique. La vie, c'est le pouvoir, la capacité de dominer des gens parce qu'on possède une chose qu'ils convoitent.» En voyant les hommes ôter leur masque, elle avait songé à une meute de chiens pantelants. Consciente de se donner en spectacle, elle avait feint de choisir alors qu'ils lui étaient tous parfaitement indifférents. Une partie d'elle-même lui disait : «Arrête»; une autre répliquait : «Il faut qu'il comprenne qu'il n'y a plus d'espoir.»

C'est à ce moment qu'on lui avait saisi le bras non pas violemment, mais fermement, avec autorité. «On me prend en main», avait-elle constaté, amusée. Elle adressa un sourire aux prétendants déçus, pris de court par plus audacieux qu'eux. « Meilleure chance la prochaine fois, mes jolis, pensa-t-elle. Au vainqueur d'emporter son butin ! Je reviendrai plus tard ! » Elle les avait salués. Elle avait sûrement un peu trop bu.

Puis elle était passée de l'autre côté des rideaux.

À quoi s'attendait-elle, au juste ? Pas à ce qui arriva, en tout cas.

L'air frais du soir lui caressa la peau. Des étoiles brillaient dans le ciel. Devant elle, une longue plage s'incurvait, et la mer scintillait. Plus loin, un feu brûlait sur la grève. Elle marcha vers lui.

Il ne s'agissait ni d'un rêve ni d'une hallucination. De cela, elle était certaine. La plage lui paraissait beaucoup plus réelle que la pièce dans laquelle elle se trouvait auparavant ; en même temps, il y avait quelque chose de singulier, moins à propos de la scène que de sa présence à elle. Elle avait la sensation d'être distanciée, détachée. Un peu comme si la scène était réelle alors qu'elle-même ne l'était pas. « C'est ainsi que doivent se sentir les fantômes », songea-t-elle.

La femme assise près du feu eut conscience de la silhouette qui s'approchait avant de la reconnaître : d'abord, il y eut une sorte de distorsion de l'air, comme celle que provoque la chaleur du feu ; ensuite, la chose en question sembla capter la lumière brillante des étoiles réfléchie par le sol, mais peut-être n'était-ce qu'un tourbillon de sable soulevé par le vent ; enfin, elle reconnut une silhouette humaine s'avançant vers elle.

Elle sut de qui il s'agissait avant de voir le visage. Elle éprouva moins de la peur que de l'appréhension : sans doute allait-elle apprendre une nouvelle terrible et définitive. La silhouette s'immobilisa de l'autre côté du feu chatoyant. Impossible pour la femme de déterminer la consistance de la visiteuse. Sans le savoir, elle avait retenu son souffle. Elle expira.

— Salut, Hélène.

— Salut, maman.

Elles se regardèrent longuement, chacune s'employant à deviner le degré de réalité de l'autre.

— Comment vas-tu ? demanda sa mère, ainsi que les mères en ont l'habitude.

— Je vais... bien, je crois.

— C'est juste que... te voir comme ça... me donne à penser que quelque chose ne va pas... que tu es peut-être... morte...

Des larmes glissaient sur les joues de sa mère. Hélène les discerna à la lueur du feu. Le dernier mot avait été à peine plus qu'un murmure.

— Ne pleure pas, maman. Je ne suis pas morte.

En était-elle si sûre ?

Sa mère la regarda soudain d'un air de détermination féroce.

— Dans ce cas, c'est forcément une prémonition, un avertissement... Je veux que tu saches, ma chérie, que je vais venir te trouver, quoi que tu fasses, où que tu sois... Je sais que je t'ai abandonnée, mais pas cette fois-ci. Où que tu sois, je viendrai. Je te le promets !

C'était au tour d'Hélène d'avoir les larmes aux yeux, et la scène se troubla, s'embrouilla. La voix de sa mère semblait lui parvenir de très loin. De l'autre côté du feu, cette dernière vit l'air chatoyer et se tortiller, puis s'éclaircir de nouveau. Après,

271

il n'y eut plus que les étoiles, la plage déserte et l'écho des mots suspendus dans l'air :

— Merci, maman. Je t'attendrai.

La mère d'Hélène se leva brusquement et courut jusqu'à la maison de la plage.

Hélène se retrouva fin seule, dans une alcôve sombre. De l'autre côté des rideaux, la pièce était vide : on avait tout débarrassé. Elle dégrafa sa cape et la laissa tomber. Il fallait qu'elle retrouve Jake. Où était la sortie ? Balayant les environs des yeux, elle vit la porte par où elle était entrée. Elle courut, le bruit de ses pas se répercutant dans la grande salle de bal déserte. Elle ouvrit la porte et descendit quatre à quatre les marches du large escalier du hall. Elle se perdait en conjectures. Où était donc passé Jake ? Par où fallait-il commencer à le chercher ?

Elle allait sortir quand une voix brisa son élan.

— Vous partez déjà, ma chère ? Nous n'avons pas encore fini, ici.

Se retournant, Hélène aperçut Grafficane entouré de quelques-uns de ses hommes. Débarrassés de leurs costumes, ils étaient tous en tenue de soirée.

— Vous n'avez peut-être pas terminé, répliqua-t-elle rageusement, mais moi, si.

— Je croyais que vous vouliez voir votre père. Ne vous ai-je pas promis de vous conduire jusqu'à lui ?

Suave, la voix n'en était pas moins porteuse d'une sourde menace. Elle interrompit la fuite d'Hélène aussi sûrement que l'aurait fait un verrou.

— Par ici.

Il tourna les talons et, sans attendre, se dirigea vers l'escalier par où on avait entraîné le pauvre bougre déguisé en âne. Prise d'un pressentiment, Hélène se hâta de le suivre.

* * *

Jake reprit conscience dans la rue. Il regretta que le coup qu'il avait reçu n'ait pas effacé le souvenir du traitement qu'Hélène lui avait réservé.

— Tu aurais dû rester à bord du bateau, marmonna-t-il en se mettant péniblement à quatre pattes.

Il entreprit ensuite la manœuvre complexe qui le conduirait à la station debout. Il avait le sentiment d'avoir été vidé de sa substance. Inutile d'en vouloir à Dante et à Thomas d'Aquin. N'avaient-ils pas affirmé que l'espoir était mince et que lui seul en était responsable? Il était donc injuste de jeter le blâme sur autrui. Même sur Hélène. Elle ne lui avait rien demandé, ainsi qu'elle aurait été la première à le lui rappeler. Elle ne voulait pas qu'on la sauve, un point c'est tout. En fin de compte, il était amusant de constater qu'on ne peut obliger les autres à se plier à ses volontés, peu importe l'importance qu'on y attache. «Bah! songea-t-il après s'être relevé, c'est ce qu'on appelle le libre arbitre, je suppose. À chacun de faire ses choix.»

Il fut lui-même surpris par son absence de réaction. Il s'imagina en compagnie d'un intervieweur:

— Vous avez renoncé à tout pour cette personne, n'est-ce pas?

— Oui, c'est exact.

— Et elle vous a rejeté ?

— Oui.

— Qu'est-ce que ça vous fait ?

— Je ne sais pas. C'est sans importance.

Pour le moment, la seule chose qu'il sentait, c'étaient les bleus laissés par la pluie de coups dont on l'avait gratifié au sortir de la salle de bal, mais c'était sans importance. En réalité, plus rien n'avait d'importance. Plus maintenant.

Il s'avança dans la rue en claudiquant. Où allait-il ? C'était sans importance aussi. Il se dit qu'il allait se mettre à la recherche de Virgile, devenir un ramasseur d'épaves. Voilà qui le tiendrait occupé. Il vit, devant lui, des ombres danser sur le mur, puis il entendit des voix. Sans doute les sbires qui l'avaient expulsé de la salle de bal venaient-ils l'achever. Il n'aurait pas pu courir, même s'il l'avait voulu. En boitant, il continua de marcher vers son destin. C'était vraiment sans importance.

* * *

Le cœur lourd, Hélène franchit les portes battantes à la suite du large dos de Grafficane. D'abord, elle se crut dans un théâtre : devant elle, des rangées de sièges descendaient en pente douce vers un espace vide qui aurait pu passer pour une scène. Elle se rendit alors compte qu'il s'agissait d'un tribunal. Là, vêtu d'une robe rouge et coiffé d'une perruque, un juge trônait. Dans le box des accusés, son père.

On le voyait également sur le mur, où son visage apparaissait en gros plan impitoyable. Ses lèvres bougeaient, et des haut-parleurs posés sur le sol reproduisaient ses mots, curieusement détachés.

— Le comte Grafficane m'a déjà proposé un marché. Êtes-vous disposé à surenchérir ?

— Vous êtes donc prêt à vendre votre fille au plus offrant ?

— C'est une façon de voir les choses, répondit de Havilland sans se départir de son sang-froid. Je me fiche de savoir avec qui je transige. Faites-moi une meilleure proposition et elle est à vous.

Devant sa propre stupidité, Gérald de Havilland ne put que sourire. Qu'avait dit Scot, déjà ? « On s'est joué de vous avec une telle aisance ! » Un sourire désabusé accroché au visage, il leva les yeux pour voir si Scot était présent. À la place, il aperçut Hélène. Soudain, il se vit ainsi qu'il devait lui paraître, un sourire idiot sur les lèvres, comme un petit garçon surpris en train de chiper de la confiture, tandis qu'il s'apprêtait à la trahir sans vergogne. Sa bouche s'ouvrit et ses mâchoires s'activèrent en quête d'explications, de mots d'excuses. Le visage de sa fille se durcit, et il ne put qu'enfouir son visage dans ses mains.

CHAPITRE 27

Quelles folles échappées ?

Le leader de la bande tourna le coin. Jake se blinda, appréhendant le combat. Puis il se retrouva face à face avec Ulysse. Il secoua la tête, incrédule, sans savoir s'il était heureux ou déçu de ne pas avoir à se servir de ses poings.

— Vous !

Voilà tout ce qu'il réussit à dire.

— Oui, moi ! proclama le Grec bien bâti en se frappant violemment la poitrine. Je suis heureux de tomber sur toi, car je tenais à te remercier personnellement.

« Peut-être faudrait-il que je te remercie, moi aussi, songea-t-il, de m'avoir fait faire ce périple long et parfaitement inutile. »

— Tu as trouvé ce que tu cherchais, mon garçon ?

— Pas vraiment, répondit Jake, mais c'est sans importance.

Ulysse le dévisagea un moment, surpris de le voir si démoralisé.

— Dans ce cas, que penserais-tu de nous accompagner ?

«Pourquoi pas ? se demanda Jake. Ça me fera au moins de la compagnie. »

— Je vous suis ! s'écria-t-il d'un air grandiloquent.

Ulysse parut sincèrement content. Il lui asséna une claque sur les épaules, puis il poursuivit sa route en se pavanant. Jake lui emboîta le pas en se demandant dans quelle folle aventure il se laissait embarquer. Ils grimpèrent peu à peu, jusqu'à un belvédère d'où ils dominaient la ville. Puis ils croisèrent une rue avant de s'engager dans une artère principale.

Au bout, il y avait un bâtiment extraordinaire, tel que Jake n'en avait encore vu qu'en photo : un hangar d'avion, long et sans fenêtres, avec un toit à double pente. De monumentales portes, peintes d'un rouge terne, en fermaient l'extrémité sur toute la largeur. C'est de ce côté qu'Ulysse dirigea ses hommes, non pas en meute désordonnée, mais furtivement, à la manière de soldats préparant une attaque-surprise. Ils longèrent la rue, dans l'ombre des immeubles. Jake ne voyait pas à quoi rimaient ces précautions. Les environs étaient déserts. L'entreprise n'en avait pas moins un air de résolution que, dans son cœur, il assimila à une forme complexe de théâtre.

Ils pénétrèrent dans le hangar par une petite porte taillée dans la grande, et les doutes de Jake s'accentuèrent. Le vaste intérieur, pareil à une cathédrale, n'était pas entièrement noir. « Il doit y avoir des bouches d'aération là-haut », se dit-il. Le gros de l'espace était occupé par un objet dont Jake ne discerna pas la nature. D'emblée, il fut cependant frappé par une anomalie, une incongruité, comme si un aspect de l'objet en question était en contradiction flagrante avec un autre. Le premier élément qu'il reconnut était une énorme roue à rayons, d'une taille deux fois supérieure à celle d'un homme. En le parcourant des yeux, il se rendit compte que l'objet était monté sur une rangée de roues similaires, régulièrement espacées. À l'évidence, il s'agissait d'une sorte de monstrueux véhicule routier, sauf que...

Plissant les yeux, il s'efforça de distinguer le reste de la chose qui se dressait au-dessus de lui et se perdait dans la pénombre. Oui, il y avait des roues, mais c'était à coup sûr un bateau.

Il avait vu des bâtiments de ce genre dans des musées et dans des livres sur les Grecs. Celui-ci avait une étrave en forme d'éperon au bout duquel trônait, menaçante, une tête de bélier en bronze. De là partait une proue effilée, surmontée d'un gaillard ouvert, sous lequel était peint un œil énorme. Sur les flancs du navire, Jake vit des rangées de rames, ramenées vers l'arrière, suspendues d'une manière qu'il n'arrivait pas à comprendre, un peu comme si le bâtiment voguait sur une mer invisible. Au milieu, il y avait un mât muni d'une vergue inclinée à laquelle une voile était ferlée; derrière, la poupe spectaculaire se dressait en se recourbant à la manière d'une queue de scorpion.

C'était un navire impressionnant, voire effrayant. Ou plutôt, il l'aurait été dans son élément. Ici, dans ce hangar, à des kilomètres de la mer, monté sur des roues énormes, il avait l'air absurde d'un jouet ou d'un accessoire de théâtre géant.

À côté de Jake, Ulysse examinait le bateau avec un ravissement qu'il comptait manifestement retrouver chez son compagnon.

— Ah! s'exclama-t-il en poussant un long soupir admiratif, n'est-ce pas la plus belle chose que tu aies vue de ta vie?

Jake, qui se méfiait de sa langue, hocha la tête dans l'espoir que son silence passerait pour une manifestation de terreur sacrée. En réalité, il ne savait pas s'il devait rire ou pleurer. Qu'on n'éclate pas de rire devant cet objet le dépassait. Pourtant, à voir les yeux brillants d'Ulysse et son sourire féroce dans la pénombre, il comprit que l'homme était sérieux au possible et subjugué. Qu'avait-il l'intention de faire ? Naviguer sur la terre ferme ?

* * *

Pendant ce temps, en ville, le procès de Gérald de Havilland, sous le regard dur d'Hélène, s'acheminait peu à peu vers une fin inéluctable. Tour à tour, les témoins, dont Bragmardo au premier chef, confirmèrent la preuve présentée par l'accusation : depuis son arrivée, le père d'Hélène avait tout mis en œuvre pour s'associer aux insurgés. À l'évidence, sa participation était motivée non pas par des idéaux politiques, mais, au contraire, par l'appât du gain. Il était prêt à livrer sa propre fille aux rebelles, pour peu qu'il y trouvât son compte. Il ne s'était nullement interrogé sur ce qu'on voulait à sa fille ni sur la sécurité de celle-ci. Ces questions ne l'intéressaient manifestement pas. Il avait comploté contre l'autorité légitime et projeté l'assassinat du comte Grafficane, allant jusqu'à se porter volontaire pour asséner lui-même le coup fatal.

De temps à autre, Grafficane, soucieux de bien montrer qu'il comprenait sa souffrance, contemplait Hélène d'un air de sympathie. «Il ne comprend rien, se disait-elle, puisque je ne souffre pas. Plus maintenant.» C'était la vérité. Elle avait dépassé ce stade, et l'homme assis dans le box des accusés lui était désormais indifférent. Il aurait tout aussi bien pu s'agir d'un criminel de droit commun qu'elle ne connaîtrait ni d'Ève ni d'Adam. Rien de plus vrai, au fond : il était un criminel de droit commun et, comme elle venait de s'en apercevoir, elle ne le connaissait pas. Certes, elle avait cru le contraire, mais elle s'était trompée sur toute la ligne. Son erreur avait été de penser que sous l'égoïsme de surface se cachait un être humain foncièrement honnête. Elle constatait maintenant qu'il n'y avait rien : la coquille était vide. Elle ne lui en voulait plus. Pour un peu, elle aurait eu pitié de lui. Il avait un talent si prodigieux pour miser sur le mauvais cheval.

Afin de porter le coup fatal, l'accusation convoqua Michael Scot à la barre des témoins. La silhouette légère et pimpante en tenue de soirée s'avança. Pendant un instant, Scot parcourut l'auditoire de ses yeux d'une pâleur extraordinaire. « C'est le moment, pensa-t-il. Les desseins de Grafficane vont enfin se réaliser. La grande victoire est à portée de main. » Pourquoi, dans ce cas, se sentait-il si abattu ?

— Vous êtes maître Michael Scot ?

— Oui.

— Pouvez-vous nous expliquer à quel titre vous avez été mêlé à la présente affaire ?

— J'étais chef du renseignement.

— En cette qualité, êtes-vous en mesure de donner un compte rendu exact des événements et, en particulier, du rôle joué par le prévenu ?

— J'oserais affirmer que je suis le mieux placé pour vous aider.

— Votre compte rendu fait donc autorité ?

— Absolument.

— Très bien. Quel a été, à votre avis, le rôle du prévenu dans l'affaire qui nous occupe ?

Avant de prendre la parole, Scot inclina la tête et ferma les yeux, comme s'il mettait de l'ordre dans ses idées. En esprit, il vit le garçon emporté, roué de coups par ses ravisseurs. Comment expliquer la pointe d'envie qu'il avait ressentie ? Aurait-il vraiment préféré être à la place du garçon plutôt qu'ici, à deux doigts du pouvoir absolu ? Il avait dit à de Havilland qu'on s'était joué de lui avec aisance. Son cas à lui était-il donc si différent ? Sa vie durant, il n'avait servi qu'un seul maître : lui-même. Pourtant, Grafficane l'avait soumis avec une facilité déconcertante : « Quiconque agit de la sorte le sert. » Peut-être était-ce vrai, au fond. Finalement, il n'avait été qu'un instrument, et son action n'avait eu pour but que de le conduire au moment présent, à ce simple témoignage.

— Maître Scot ? insista le juge. La cour attend votre bon plaisir.

Ses yeux s'ouvrirent en plein sur Hélène qui, même à cette distance, prit conscience de l'éclat et de la limpidité extraordinaires de son regard. Le juge, devant le silence du témoin, répéta sa question.

— Quel a été, à votre avis, le rôle du prévenu dans l'affaire qui nous occupe ?

Hélène soutint le regard de Scot sans sourciller. « Allez-y, le pressa-t-elle. Dites-moi la vérité. Je suis prête à l'entendre. »

— J'affirme avec certitude, tonna Scot d'une voix cristalline, résonnante, que, dans cette affaire, le prévenu n'a été qu'une dupe innocente.

Dans le silence qui s'ensuivit, on entendit les membres de l'assistance pousser un hoquet de surprise. Ils échangèrent des regards. Le témoin venait-il de déclarer ce qu'ils avaient cru entendre?

— En réalité, c'est un coup monté. On connaît les insurgés depuis longtemps. Il est probable qu'ils soient à la solde du gouvernement et jouent le rôle qu'on leur a assigné à seule fin d'occulter un plus sombre dessein.

Le procureur en chef, rouge comme une tomate et glougloutant comme une dinde, en avait perdu l'usage de la parole. Hélène vit le comte Grafficane adresser des signes désespérés à quelqu'un assis à l'arrière.

— En vérité, l'entreprise n'avait qu'un seul but, ajouta Scot, sans jamais perdre Hélène des yeux. Ce but, c'était de détruire la foi d'Hélène de Havilland en son père et, par voie de conséquence, en tout le reste.

Debout, maintenant, le comte vociférait. Il sembla à Hélène que le temps s'arrêtait, et elle en profita pour faire de l'ordre dans des pensées compliquées. Au plus profond de son cœur et de son être, elle sut que Michael Scot disait la vérité; elle sut aussi qu'il avait parlé pour elle, au mépris de sa personne, sans égard au danger qu'il courait. Du même souffle, elle comprit que c'était sans espoir, que jamais la cour ne trancherait en faveur de son père, quelle que fût la preuve soumise. Ce procès n'était qu'une vaste mascarade. Scot s'était sacrifié pour rien.

Mais pas entièrement. Il avait restauré la foi qu'elle avait en son père. C'est pour elle qu'il avait témoigné, et non pour le tribunal. Au milieu de cette agitation, il avait jugé que le plus important était qu'elle ne se méprenne pas sur le caractère de son père et qu'elle sache la vérité, coûte que coûte. Elle sentit monter en elle une vague d'émotion, comme si une source profondément enfouie sous la surface venait soudain irriguer une terre aride. Entourée d'ennemis, exposée à des dangers extrêmes et sans échappatoire possible, elle se laissa submerger par l'indicible joie d'être, pour l'instant, vivante.

Elle enjamba la balustrade en bois qui la séparait du parquet du tribunal, consciente des mains qui, en vain, cherchaient à la saisir. Droit devant, elle vit le juge tenter de se jeter sur Michael Scot par-derrière. Ce dernier, qui avait pressenti la manœuvre, agrippa le bras du juge et, avec vigueur, profita de l'élan du magistrat pour le catapulter au milieu de la salle, cul par-dessus tête, la robe retroussée. Par chance, il atterrit sous les talons d'Hélène qui, après l'avoir piétiné au passage, courut vers son père. Celui-ci, sorti du box des accusés, était allé rejoindre Michael Scot sur l'estrade.

Après qu'Hélène eut embrassé son père et lancé à Scot un regard empreint d'une grande gratitude, ils firent ensemble face à la cour.

Il y avait plus de deux cents personnes liguées contre eux, et les gardiens avaient déjà bouclé la seule issue, loin derrière l'endroit où Hélène avait pris place. Elle eut beau regarder partout autour d'elle, elle ne vit pas d'autre sortie. Entre eux et le reste de la cour, le juge demeurait absurdement affalé, empêtré dans les plis de sa robe. Personne ne lui venait en aide. Pendant un moment, la tension fut intolérable, comme si une décharge électrique d'une forte intensité était imminente. Puis le comte Grafficane, après avoir dressé le même inventaire des lieux qu'Hélène et en être arrivé à la même conclusion qu'elle, éclata de rire et commença à battre des mains. Il secoua la tête et, sans cesser ses applaudissements ironiques, s'avança vers le trio assiégé.

— Michael, Michael! Vous! Quelle folie! Qu'espériez-vous? Un miracle?

Il se tourna vers les spectateurs pour les prendre à témoin de la plaisanterie. À l'instant, Hélène eut conscience d'un certain nombre de phénomènes distincts. Au mot « miracle », son cœur s'éleva, lui rappelant la sensation qu'elle avait quand le héros du conte de fées qu'elle lisait, enfant, se tirait d'un fâcheux pas. En même temps, elle sentit sur son épaule la main de Michael Scot, et une vive émotion la traversa. Des yeux, enfin, elle suivit le regard de son père, posé sur le mur de droite... Quel était donc ce bruit de tonnerre grandissant?

Alors que son esprit cherchait la réponse à cette question, un autre détail étrange s'imposa à elle: le mur de la cour se rapprochait. Pendant la fraction de seconde que ses yeux mirent à enregistrer la scène, ses oreilles, son corps entier prirent conscience d'un impact colossal. Soudain, des briques volèrent dans tous les sens, tels d'énormes flocons de neige, et le mur s'ouvrit à la manière d'une fermeture éclair, laissant apparaître, au milieu d'un nuage de poussière, la tête de bronze d'un bélier surmontant l'invraisemblable proue d'un navire gigantesque.

CHAPITRE 28

Après moi, le déluge*

Le navire se faufila entre l'estrade et la salle, érigeant un mur entre Hélène et ses compagnons et le reste de l'assistance. Entre-temps, le travail de démolition se poursuivait : le plafond céda, révélant le ciel, et les murs s'effondrèrent dans une pluie de gravats. Entendant des cris au-dessus de sa tête, Hélène leva les yeux et vit Jake qui, penché sur le pavois, gesticulait ; à ses côtés se tenait un homme puissant à la forte carrure et au visage rusé. Cet homme et les occupants du navire, qui étaient nombreux, leur faisaient signe d'embarquer. Ce n'est qu'après avoir décidé d'obéir qu'Hélène constata que le navire était monté sur d'énormes roues. En grimpant aux rayons de l'une d'elles, elle se demanda comment il était possible que le navire, après avoir frappé le mur de plein fouet, semble maintenant immobilisé.

Jake avait consenti au plan d'Ulysse dans une sorte de stupeur engourdie. Il l'avait suivi dans la coque de l'absurde

* N.D.T. En français dans le texte.

bâtiment, mais il avait remarqué que le gros des forces de son compagnon demeurait à terre. Tandis que ceux qui étaient à bord abaissaient la vergue, démâtaient et déposaient le gréement le long de la coque, les autres poussèrent la grande porte de fer qui s'ouvrit en grinçant, inondant de lumière le vaste hangar. Ulysse guida Jake jusqu'au gaillard d'avant ; de leur poste d'observation, ils virent les hommes fixer une sorte d'attelage au train de roulement, et il lui apparut clairement qu'ils avaient l'intention de remorquer le navire à la force de leurs bras. Dans les entrailles du navire, quelqu'un se mit à battre la mesure sur une paire de timbales, et la longue colonne d'hommes assemblés de part et d'autre de l'attelage commença à tirer.

Lentement, très lentement, le navire s'ébranla, les muscles des hommes tendus à se rompre. Il pointa le nez hors du hangar et Jake fut surpris de constater que le jour était beaucoup plus clair qu'auparavant. Les énormes roues tonnèrent sur les pavés ; peu à peu, le navire prit de la vitesse. Il avançait maintenant à bonne vitesse. Un ordre retentit et un matelot détacha une fixation. Pendant un moment, on vit les haleurs, soudain délestés de leur fardeau, courir devant en n'emportant que l'attelage. Un autre cri fendit l'air et ils reprirent position le long du navire en marche. Avec une agilité acrobatique stupéfiante, quelques-uns embarquèrent en s'appuyant sur le bord des roues géantes et, sans perdre un instant, descendirent les rames presque à la hauteur de la rue, puis ils déplièrent d'énormes filets auxquels d'autres s'employèrent à grimper.

Le navire avait trouvé sa vitesse de croisière : la rue, à vrai dire, était légèrement inclinée. Avec appréhension, Jake nota qu'un virage approchait. Comment allaient-ils le négocier ? À l'instant même où il se posait la question, il vit Ulysse et deux des colosses de son équipage descendre du gaillard, armés d'une énorme perche. Pendant ce temps, à tribord, on ramait à l'abri des immeubles. Au beau milieu de la courbe, Ulysse et ses hommes plantèrent leur perche fermement contre un mur, faisant habilement obliquer la proue. Jake n'eut guère le loisir d'exprimer son admiration, car, au sortir du virage, il aperçut une longue côte à pic au bas de laquelle se dressait un imposant édifice.

« Comment vont-ils s'y prendre pour éviter cet obstacle-là ? » se demanda-t-il, mais les mots s'effacèrent de son esprit à l'instant où le navire, basculant au sommet de la côte, s'élança dans un bruit de tonnerre, toutes rames remontées, les pavés éclaboussés d'étincelles. La descente était terriblement excitante ; Jake, lorsqu'il se rendit compte qu'Ulysse n'avait pas l'intention de contourner l'édifice, se montra plus curieux qu'apeuré. Il constata que les autres membres d'équipage et lui poussaient des hurlements sauvages, mais personne n'y porta attention. Le mur fonçait à leur rencontre, il y eut un choc qui ébranla le navire de part en part, et ils furent à l'intérieur.

Maintenant qu'ils étaient au milieu des ruines du tribunal sur lesquelles la poussière retombait, Jake fut repris par le fatalisme. « Bah ! songea-t-il, nous aurons au moins fait un dernier baroud d'honneur. Et c'était une sacrée entrée en scène. » Puis, sentant la présence d'Hélène à ses côtés, il éprouva un bonheur immense, en dépit de la situation impossible dans laquelle ils se trouvaient. Depuis les hauteurs du bateau, il parcourut du regard les personnes présentes, se surprenant à en estimer posément le nombre. « Elles ne sont pas plus nombreuses que nous, raisonna-t-il, et sans doute en état de choc. Il y a probablement quelques blessés. Nous devrions être en mesure de les tenir en respect. Même si des renforts arrivent, le bateau est une véritable forteresse, et il devrait être facile de repousser une attaque frontale. Quoique, réfléchit-il, les hommes de Grafficane n'aient pas besoin d'attaquer. Le bateau est effectivement une forteresse que, comme les autres, il suffit d'assiéger. » Il se consola en se disant que le spectacle avait été enlevant jusque-là. Ce qu'il espérait, c'était que l'ennemi assaillirait le bateau. Ainsi, ils disparaîtraient en se couvrant de gloire au lieu de se laisser encercler et d'attendre sagement le moment de se rendre.

Déjà, on accourait dans la rue. Rien à voir avec le comportement désordonné d'une foule de badauds. Au contraire, on avait affaire à des gens d'une discipline toute militaire, et Jake crut discerner l'éclat de l'acier. Dans le tribunal, l'ordre se rétablissait peu à peu : en baissant les yeux, Jake vit qu'un personnage couvert d'une robe avait été broyé par les roues avant. Sinon, les autres paraissaient indemnes, et ils se déployaient de part et d'autre du navire avec une détermination menaçante. « Nous allons devoir engager le combat », songea Jake, désespéré. D'ailleurs, rester ici à attendre était la pire solution. Il se tourna vers Ulysse. À sa stupéfaction, le grand commandant demeurait là, distrait, un air de concentration intense peint sur le visage. Il n'accordait aucune attention à la foule rassemblée en contrebas. Au contraire, il semblait tendre l'oreille. Peu à peu, l'équipage l'imita. Jake aussi, même s'il n'avait pas la moindre idée de ce qu'il était censé entendre.

Puis trois coups sourds et distincts résonnèrent, comme si quelqu'un tapait sur un gigantesque tambour. Ce qui suivit était moins un son qu'une vibration profonde répercutée par le sol. Après, il y eut un bruit de roulement grandissant qui rappelait le tonnerre. Bien qu'étouffés, ces bruits laissaient croire à quelque énorme force libérée dans le lointain ou dans les profondeurs de la terre. Jake vit Ulysse hocher la tête, esquisser un lent sourire de satisfaction, celui du général dont le plan se déroule à la perfection. Se tournant vers Jake, il lui toucha légèrement le bras en indiquant le sommet de la côte. Jake suivit son doigt, mais il eut d'abord du mal à comprendre ce qui se passait. En haut, on aurait dit que quelqu'un avait, à la hauteur des fenêtres du premier et même du deuxième étage des maisons, érigé un mur de soie gris-vert moucheté de blanc.

Sous leurs yeux, le mur impétueux et couronné d'écume s'avança. C'est alors que Jake comprit : on avait ouvert une brèche dans les voies d'eau, et le réseau se déversait sur la ville par le goulot d'une seule rue.

Le premier afflux souleva la poupe, et le navire s'inclina vers l'avant, puis l'inondation le stabilisa et il se mit à flotter librement dès que les eaux tourbillonnantes déferlèrent dans la salle en ruine et envahirent les rues, renversant les soldats comme des quilles.

La croisée des chemins

L'étroitesse des rues concentra la force de l'inondation et, dès les premières minutes, le navire fut emporté sans le secours des rames : il suffisait de tenir le gouvernail. Puis, une fois arrivées dans la plaine fluviale, les eaux se répandirent et leur débit diminua. Ulysse donna l'ordre de mâter et de hisser la vergue. La voile se gonfla sous la brise, et le bateau s'élança sur l'eau étale. Derrière, Jake constata la destruction presque complète de la ville. Des immeubles entiers avaient été emportés par la force du courant, même si, çà et là, des tours et des dômes intacts affleuraient à la surface de l'eau. On voyait aussi des segments de murs, pareils à des dents ébréchées. Plus loin, la grande montagne noire vomissait encore des torrents par une échancrure dans son flanc. Le cerveau de l'opération avait fait preuve de génie.

— Nous accompagnes-tu toujours ? demanda Ulysse à Jake.

Jake examina le navire et son équipage extraordinaire : la tentation était grande de voguer par-delà le soleil et la lune vers il ne savait quelles aventures.

— L'expérience nous enseigne que nous risquons de revenir ici, quoi que nous décidions. Entre-temps, je peux te promettre une fameuse odyssée.

— Tant qu'il y a de la vie, il y a de l'espoir, déclara Michael Scot en s'approchant.

Il avait conversé avec Virgile, en aparté.

— Avons-nous le choix? voulut savoir Jake.

Scot désigna Virgile d'un geste de la tête.

— Le conseiller m'apprend qu'il y a, du côté éloigné du fleuve, un lieu voisin de la frontière. Autrefois, avec mille précautions, il était possible d'y passer.

— Quelle frontière?

— Celle du Territoire litigieux, ainsi qu'on l'appelle ici.

Jake posa la main sur sa tempe, comme pour faire le ménage dans les idées qui s'y bousculaient.

— N'est-ce pas… tout n'est-il pas terminé?

— Selon le conseiller, le temps, ici, fonctionne différemment. Il est même possible que des actions ultérieures effacent des événements antérieurs.

— Nous pouvons revenir en arrière? demanda Jake, dubitatif, en jetant un coup d'œil à Hélène et à son père.

À la proue, ils étaient en grande conversation.

— On n'en sait trop rien, admit Scot. C'est le genre de chose que seule l'expérience permet de vérifier. On tentera certainement de vous barrer la route, mais le conseiller est d'avis que l'aventure vaut d'être tentée.

Jake observa Virgile, qui leva la main, en signe, aurait-on dit, de bénédiction. Droit et fier, il avait retrouvé sa dignité.

Lors de leur rencontre sur la plage, se souvint Jake, il était voûté et démoralisé. «C'est l'action qui l'a sauvé», songea-t-il. Peut-être y avait-il là une leçon de vie : ne jamais abandonner, garder l'espoir.

— Si le conseiller est d'accord, je pense que le jeu en vaut la chandelle, trancha-t-il enfin. Nous accompagnerez-vous ?

Scot sourit.

— À quoi bon ? J'ai déjà trop vécu. Voilà des siècles que ça dure. Je vais plutôt miser sur cet homme.

Il posa la main sur l'épaule d'Ulysse, qui l'entoura d'un bras musculeux en souriant, l'air féroce.

— Ce sera comme dans le bon vieux temps ! s'exclama-t-il. Un bon navire, un bon équipage et rien pour nous arrêter ! Tu es sûr de ne pas vouloir venir ?

Jake regarda du côté d'Hélène et de son père.

— Pas cette fois. J'ai d'autres défis à relever.

— Puisque c'est ainsi, nous allons te conduire à la ville dont parle le conseiller et t'y débarquer.

Sur ces mots, Ulysse se retourna et cria des ordres aux membres de l'équipage. Virant de bord, le navire mit le cap sur l'estuaire inondé.

Au bout d'un certain temps, Virgile s'avança vers Jake.

— Une fois à terre, lui recommanda-t-il, reste sur tes gardes. Tu n'es pas encore sorti du bois, si j'ose dire. Il y a une éternité que je n'ai pas mis les pieds là-bas. Si rien n'a changé, la ville, à un certain endroit, est traversée par la frontière, que marque une haute muraille qui serpente entre des rues et des immeubles. Il y a des patrouilles et des tours de guet. À condition de choisir le bon moment, vous réussirez à passer sans qu'on vous remarque. Ne vous fiez à personne et gardez l'œil sur les forces de sécurité.

Il eut un geste en direction de la cité inondée.

— Les événements récents n'auront échappé à personne. Leur centre nerveux a beau être sens dessus dessous, vous seriez surpris de voir avec quelle rapidité on se ressaisit là-bas. Je vous conseille d'agir prudemment, mais avec célérité. Profitez de la première occasion. Ne vous attardez pas.

Jake écouta attentivement, conscient d'un changement définitif en lui : la perspective du danger et de l'action ne l'accablait plus. En dépit de l'incertitude des résultats, l'idée de tenter l'impossible dans les circonstances et d'attendre l'issue lui suffisait. « Bah, songea-t-il, je ne peux que faire de mon mieux. Personne n'est en droit d'exiger davantage. » Il se sentait curieusement mûri, investi de la mission de protéger Hélène et son père. C'était, à sa grande surprise, ses efforts à lui qui les avaient conduits jusque-là. Non pas qu'il ait accompli quoi que ce soit d'héroïque ou de grandiose dont il puisse s'enorgueillir. Sa persistance et son refus de s'avouer vaincu avaient toutefois triomphé des obstacles. D'autres s'étaient chargés des exploits, mais c'est lui qui avait fourni l'étincelle. Sans lui, rien n'aurait été possible. Il sourit, car il s'étonnait lui-même.

Ils songèrent à faire escale au port. À la fin, ils y renoncèrent : leur arrivée attirerait l'attention, et on repérerait forcément quiconque débarquerait du bateau. À la place, ils se rapprochèrent de la ville, et Virgile indiqua la muraille frontalière, structure grossière qui coupait les rues et les maisons sans le moindre égard. La ville était bâtie sur une colline qui, à partir du port, s'élevait en pente raide. Virgile désigna l'endroit près du sommet où il croyait le passage possible.

— Vous ne réussirez pas à vous approcher de la muraille à cause des maisons et de l'exposition des lieux, mais il y a une petite rue où des entrepôts de bois et d'autres établissements du même genre sont adossés à la muraille. Introduisez-vous en douce dans une cour, et vous réussirez probablement à passer par-dessus la muraille : en général, il y a des échelles qui traînent par là.

— Et vous ? demanda Jake.

Il espérait sans y croire que Virgile les accompagnerait, au moins jusqu'au pied de la muraille.

— Je pense que je vais courir ma chance et rester sur le bateau. C'est peut-être le désespoir qui nous a gardés prisonniers ici. Qui sait ce qui peut se produire si nous nous montrons capables d'audace ? Peut-être plaira-t-il à « un Autre » de nous laisser traverser. De toute façon, comme le dit notre capitaine, le voyage promet d'être passionnant.

Ils accostèrent au-delà d'un promontoire. On ne pouvait pas les voir du port. Après de brefs adieux, ils virent le bateau s'éloigner sous l'action des rameurs jusqu'au milieu du courant, où le vent l'emporta. Une fois ses voiles gonflées, le bâtiment s'élança vers l'horizon à une vitesse surprenante. Jake, Hélène et son père entreprirent l'ascension du sentier à pic qui partait de la plage. Il faisait chaud, la végétation était dense et les mouches ne leur donnaient aucun répit. Ils débouchèrent enfin sur une voie en bon état et se mirent lentement en route vers la ville. Jake leur répéta les paroles de Virgile à propos de la possibilité d'un passage en douce et de la nécessité d'agir prudemment.

— Ce serait bête d'échouer après avoir parcouru tout ce chemin, conclut-il.

— Entièrement d'accord, concéda le père d'Hélène.

Dans les faubourgs, ils ne ressentirent aucune impression de danger ni même de vigilance. La ville semblait vivre à l'heure de l'apathie. Les rares passants qu'ils croisaient ne leur manifestèrent aucun intérêt. Bientôt, ils avaient rallié le quartier évoqué par Virgile. Quittant la rue principale poussiéreuse, ils aboutirent au pied de la muraille et trouvèrent sans mal la petite rue que Virgile avait décrite: d'un côté, il y avait un mur de pierres percé de portes, en bois ou grillagées. La plupart étaient fermées, mais d'autres étaient entrouvertes sur des cours effectivement adossées à la muraille. Il y avait là des remises et des dépendances placées de telle manière que l'ascension serait facile.

Les cours ouvertes, cependant, grouillaient de monde, et ce n'est qu'au bout de la rue qu'ils jouèrent de chance. Enfin, juste à l'endroit où la rue croisait une voie principale, ils trouvèrent une cour dont les hautes portes de bois étaient hermétiquement fermées. Sous leurs yeux, un vieillard au pas traînant et à la tête de veilleur de nuit apparut, armé d'un gros trousseau de clés dont il se servit pour déverrouiller l'un des battants de la porte. Il entra et laissa ce côté entrebâillé, sans toutefois ouvrir le second battant.

— Ça me semble prometteur, risqua Jake. Au moins, nous savons qu'il n'y a qu'un seul homme, là-dedans.

— Peut-être l'un de nous pourrait-il le distraire, proposa Hélène.

— Je vais aller jeter un coup d'œil au bout de la rue, dit Jake. Il ne faut surtout pas qu'on nous voie entrer.

Il s'exécuta. À gauche, la muraille bloquait le passage. Là, elle était beaucoup plus haute que dans la cour. En face, les maisons avaient l'air délabrées, les portes et les fenêtres inférieures barricadées, les carreaux des autres fracassés. À droite, le chemin descendait en pente raide. Jake vit un camion s'arrêter tout en bas. Des hommes en uniforme sombre en descendirent. Le camion repartit, et les hommes entreprirent l'ascension de la côte, résolus et disciplinés. « Ils viennent forcément par ici, pensa Jake. Le camion déposera probablement d'autres hommes au prochain carrefour. Mieux vaut agir. »

Il regagna sans perdre un instant l'endroit où Hélène et son père l'attendaient.

— Personne n'est entré, constata Hélène.

— Je crois qu'il faut tenter notre chance, répondit Jake. Je vais distraire le gardien. Pendant ce temps, filez vers la dépendance au toit plat.

Coupant court à la discussion, il pénétra dans la cour. Dans un coin, le vieil homme s'occupait à des bagatelles. Jake s'avança vers lui.

— Excusez-moi, monsieur. Vous avez des toilettes ? demanda-t-il. Ça urge !

Le vieillard l'examina d'un air soupçonneux. Jake mima un besoin pressant. Peu à peu, la lumière se fit dans l'esprit de l'homme qui, se retournant, guida Jake vers un petit appentis tassé dans un coin. Du coin de l'œil, Jake vit Hélène et son père traverser furtivement la cour en direction de la dépendance. Heureusement, le vieil homme avançait très lentement et il mit une éternité à trouver la bonne clé. Jake trépigna et gémit un peu pour donner plus de crédibilité à sa supercherie. Le vieil homme finit par introduire la clé dans la serrure, qui laissa entendre une plainte métallique. Jake se précipita dans le réduit et, en jetant un coup d'œil par-dessus son épaule, bredouilla des remerciements. Hélène et son père n'étaient nulle part.

La fin

Bras dessus, bras dessous, ils descendirent le sentier entre des massifs de fleurs impeccables aux couleurs scintillantes. Les branches des bouleaux, entre lesquelles filtraient les rayons du soleil, luisaient telles des pièces d'or. L'air avait une fraîcheur automnale.

— Quelle belle journée ! s'exclama Hélène. J'adore ce temps de l'année.

— En fin de compte, ça n'aura été qu'une partie de plaisir, dit son père. Beaucoup de bruit pour rien.

— N'est-ce pas ? confirma Hélène.

Elle se souvenait vaguement de difficultés qui, surmontées depuis longtemps, n'avaient plus guère d'importance.

— Regarde, la porte est là-bas.

Elle s'ouvrait dans une haie de hêtres qui, au-dessus d'eux, se dressait à la manière d'un mur cuivré. C'était une jolie porte en fer forgé vert au sommet voûté. Une toile d'araignée brillante décorait le coin supérieur. On l'avait laissée entrouverte.

— Nous y voici enfin !

Son père posa la main sur la poignée, boucle de métal façonnée comme un rouleau de corde. Hélène se retourna pour admirer le jardin qui miroitait sous le soleil, le sentier qui zigzaguait sur le versant à pic, du côté opposé. Elle sentit alors quelque chose dans sa poche. C'était un petit paquet qu'elle s'empressa de déballer. Dedans, il y avait une photo dans un cadre en métal : une fillette de sept ou huit ans fixait l'objectif sans sourire, une expression de concentration féroce peinte sur le visage.

— C'est toi, dit son père. J'ai toujours aimé cette photo. Ta mère prétendait que l'essence même de ton âme y était résumée. Où l'as-tu dénichée ?

— C'est Jake qui me l'a offerte…

Sa voix s'effilocha. Soudain, l'incertitude embuait son esprit. Elle se tourna vers son père qui, bien que souriant, trépignait d'impatience, la main sur la poignée. Pourquoi n'étaient-ils que deux ? Quelque chose clochait ! Où était Jake ?

— Viens, Hélène !

— Je ne peux pas. C'est trop tôt. Il me reste un détail à régler.

Le voyant disposé à l'attendre, elle ajouta :

— Vas-y, toi. Je te rejoindrai.

Elle pivota sur ses talons et, sans un regard derrière, s'élança dans le sentier. Bientôt, on la vit gravir péniblement le versant du côté éloigné.

* * *

Jake décida d'attendre que le vieillard l'appelle. Depuis un moment déjà, ce dernier farfouillait à gauche et à droite en soliloquant, et Jake avait évalué mentalement le temps qu'Hélène et son père mettraient à franchir la muraille. Une minute, à tout casser. Il leur en donna deux, puis, pour faire bonne mesure, en ajouta deux autres, les imaginant redescendre d'un pas allègre. Bien entendu, la précaution était inutile : si le vieil homme ne les avait pas vus pénétrer dans la cour et si, à plus forte raison, il ne les avait pas vus escalader la muraille, il n'avait aucune raison de soupçonner quoi que ce soit. Pendant ce temps, Jake l'entendait vaquer à ses occupations. C'est là qu'il avait décidé d'attendre. Une mouche entra dans le réduit en vrombissant et se posa par terre. Jake la vit remonter lentement, avec circonspection. Le temps s'étira.

* * *

Jake n'avait aucune idée du temps qui s'était écoulé depuis que, dehors, le silence était absolu. L'aurait-on oublié ? Il ouvrit la porte. Il n'y avait personne. Il sortit dans la cour, vide elle aussi. De hauts murs l'encerclaient sur trois côtés. Pas moyen de fuir. Sans doute les avait-on mal informés. Il fallait prévenir les autres. La porte coulissante ouvrant sur la cour résista, comme si on ne l'avait pas utilisée depuis belle lurette. Il eut du mal à dégager un espace suffisant pour s'y glisser. La rue poussiéreuse était déserte. Jake ressentit une sorte de déception empreinte de résignation. Il aurait souhaité qu'ils l'attendent, mais il comprenait. «Bon, songea-t-il en tapant du pied dans un caillou, c'est comme ça.» Il s'avança lentement dans la rue déserte.

Il marcha, le cœur lourd : il savait maintenant qu'ils étaient partis et qu'il ne les reverrait pas, du moins pas avant très longtemps. Il regrettait de ne pas avoir pu leur dire adieu. Pourquoi donc s'était-il éternisé dans ce réduit ? À la réflexion, il ne se souvenait plus vraiment de ce qu'il y fabriquait. Il avait seulement la certitude qu'Hélène et son père étaient partis et que, pour une raison qui lui échappait, il avait raté l'occasion de les accompagner. Il ne les reverrait donc jamais. Cette pensée l'attristait.

Las, il parcourut les rues vides et mortes jusqu'aux limites de la ville. Les maisons laissèrent place à quelques hangars branlants bâtis au milieu de cours fermées par des clôtures faites de grillages de basse-cour et de feuilles de tôle ondulée mangées par la rouille. La végétation rongeait le trottoir lézardé ; bientôt, il n'y eut plus de trottoir du tout, et Jake se retrouva dans un étroit chemin serpentant entre des champs mal entretenus ponctués de touffes d'herbe. Çà et là, il voyait un fossé charriant des eaux rouges oxydées ou parcourues de taches huileuses qui jetaient des éclats. La surface de la route était cahoteuse. On aurait plutôt dit un chemin de ferme inégal, parcouru d'ornières. Sa surface blanche et poussiéreuse fut bientôt parsemée de grosses gouttelettes sombres. Puis le ciel s'ouvrit et ce fut le déluge.

Jake poursuivit sa route, trempé jusqu'aux os. Il n'entendait que l'incessant sifflement de la pluie. Un homme le dépassa, les mains fourrées dans les poches de son blouson, le col remonté, le bord de son chapeau laissant fuir une rigole. Jake cria, mais le grondement de la pluie étouffa sa voix. Quand il ouvrit la bouche, les muscles de ses joues lui semblèrent raides et engourdis. Un peu plus loin, l'homme s'était arrêté. Jake distinguait sa silhouette sombre au milieu des cataractes. L'homme hésita un moment, l'air d'examiner quelque chose, puis, quittant la route, obliqua à gauche. Arrivé à cette hauteur, Jake vit un panneau posé au pied d'un poteau, celui-là même qui, à une certaine époque, l'avait peut-être soutenu. Le mot, sur la surface détrempée, était à peine lisible : «Traversier». Une flèche indiquait un sentier étroit et sinueux.

Au sortir d'un champ d'herbes sauvages, le sentier s'enfonça soudain dans les bois. Ils étaient sombres et dégoulinants, et on n'y voyait rien. Jake y était au moins à l'abri de la pluie. Plus il avançait, et plus la végétation devenait luxuriante ; il fut vite contraint de se frayer un chemin au milieu d'une masse saturée d'eau. «Pas possible que ce soit par là», pensa-t-il. Cependant, l'idée de rebrousser chemin lui paraissait absurde. Autant continuer. Les efforts qu'il déployait tenaient en respect la tristesse qui grandissait en lui, un peu comme si la pluie, après avoir percé sa cuirasse, l'envahissait peu à peu.

Au bout d'un certain temps, il eut le sentiment que sa vie se résumait à cette lutte incessante contre la forêt, qu'il n'avait jamais éprouvé que cette tristesse. Son esprit était pareil à une plaine inondée, une vaste étendue d'eau triste sous laquelle le reste de sa vie était enseveli en profondeur, noyé. S'il avait eu un nom, il l'avait oublié. Il n'était plus qu'un garçon aux prises avec des branches cinglantes, des feuilles mouillées.

Puis il perdit pied et glissa tête première le long d'un talus recouvert de terre glaise pour se retrouver assis au milieu d'une large avenue dallée de pierres. «Je savais bien, songea-t-il, qu'il y avait un moyen plus facile d'arriver jusqu'ici.» Mais où, exactement? Le lieu lui semblait familier. Il avait l'impression de l'avoir visité longtemps auparavant, peut-être en rêve. De part et d'autre, des marais s'étendaient jusqu'à l'horizon plat, parcourus de touffes de linaigrette et d'étangs moroses. Loin devant, la voie s'incurvait. Il aperçut une colonne de marcheurs s'avancer lentement, à la queue leu leu. Il ne se donna pas la peine de regarder derrière. Il savait maintenant où il allait.

La pluie avait cessé. Hormis la trace dégoulinante qu'il laissait, le dallage était sec. Au début, il courut, soudain pressé de rattraper les autres, mais au bout d'un certain temps il se remit à marcher, ayant à peine réduit l'écart. À quoi bon se hâter? Il finirait par les rejoindre. De cela, il était certain.

* * *

Inébranlable, Hélène gravit le versant ensoleillé, mue par un sentiment d'urgence qu'elle ne prit pas le temps d'analyser: la seule chose qu'elle savait, c'était qu'elle devait revenir sur ses pas, se dépêcher. Serpentant sur le flanc escarpé de la colline, le sentier paraissait toutefois s'étirer à l'infini.

Ce qu'elle découvrit au sommet la figea sur place: devant elle s'étendait une plaine herbeuse dépourvue du moindre chemin. Hormis une sorte de pli à sa droite, il n'y avait aucun relief, aussi loin que son regard se portât. Néanmoins, elle avait l'impression d'être en altitude, sur un haut plateau. Une brise régulière soufflait, aplatissant l'herbe comme des cheveux.

Faute d'indications, elle alla droit devant elle. La brise n'avait rien de désagréable; l'herbe lui chatouillait les chevilles. Elle avait l'esprit vide, et le sentiment d'urgence s'était évanoui, au même titre que le versant. Elle poursuivit sa route sur le terrain spongieux.

Tout à coup, elle tomba sur une route croisant ses pas à angle droit. L'instant d'avant, Hélène n'aurait jamais deviné l'existence de ce chemin, enfoui entre deux talus bas. Les talus et le chemin étaient tapissés d'herbes rases, tondues, aurait-on dit, ou alors broutées par des moutons. Hélène comprit que c'était la plus ancienne route du monde. Elle était sûre que cette route menait quelque part, qu'elle avait un sens. Impossible de trancher au hasard. Il y avait la bonne direction et la mauvaise. Le sentiment d'urgence la reprit de plus belle. Elle devait se mettre en marche. Vers où aller?

En jetant un coup d'œil sur sa droite, elle comprit que le pli du terrain qui l'avait déjà frappée marquait la première d'une succession de collines de plus en plus hautes. Elle distinguait la ligne tracée par la route, sillon vert qui grimpait progressivement en direction d'une série de fractures géologiques. Au-delà de la première, elle vit la route dépasser une crête et s'enfoncer dans une dépression un peu plus distante. En regardant de ce côté, elle eut l'impression fugitive d'apercevoir du mouvement sur un sommet éloigné. Elle fixa le sommet suivant et, peu de temps après, vit la chose en question réapparaître et descendre le versant. C'était encore très loin; dès la dépression suivante, elle eut la certitude qu'il s'agissait d'une colonne de marcheurs venant vers elle.

Tout de suite, elle sut qu'ils se rendaient au même endroit qu'elle. Tournant les talons, elle commença à courir d'un pas régulier, sans se presser, sans perdre de vue le bout de route rectiligne qui s'étirait entre elle et l'horizon. Elle s'imaginait trouver là la limite du plateau, d'où elle distinguerait clairement sa destination. Entre-temps, elle ne pouvait que courir. Le sol était meuble, spongieux. Respirant avec aise, elle courait à longues foulées bondissantes. Sa volonté effaçait toute trace de fatigue. De temps à autre, elle s'observait, surprise du fonctionnement rythmique et naturel de son corps. Elle ne ressentait ni douleurs ni raideurs dans les jambes. Sa respiration était détendue, égale.

* * *

Il avait rattrapé la queue de la colonne. Au fur et à mesure qu'il se rapprochait, le désir de nouer le contact s'était estompé. À chaque pas, les marcheurs semblaient plus las, chacun perdu dans ses pensées. Ils portaient des vêtements aux teintes de gris et de brun, et un air terne les enveloppait. Fixant le sol devant eux, ils poussaient parfois un bref soupir. Jake aurait facilement pu les dépasser. À quoi bon ? Il se rangea plutôt derrière le dernier de ses congénères, dont il adopta le pas traînant. L'écart entre les marcheurs s'amenuisait. À l'avant, la colonne avait sans doute ralenti. Peut-être s'était-elle carrément arrêtée. Sur sa droite, il aperçut des marécages. Il avait décrit un ample arc de cercle. De là où il était, il distinguait sans mal le chemin qu'il avait parcouru plus tôt. La futilité du trajet suscita en lui un sourd ressentiment : pourquoi ne pas aller en ligne droite ?

Il voyait d'autres marcheurs venir sur cette portion de la route. L'envie qu'il eut de les prévenir s'éteignit aussitôt. À quoi bon ? Ils finiraient bien par arriver.

Où donc ? La colonne s'était immobilisée. Même en se penchant, il ne voyait rien de plus qu'une morne enfilade de personnages uniformes. Au bout d'un temps indéterminé, la colonne se remit en marche. Bientôt, la routine fut établie : de longues périodes où ils restaient plantés debout alternaient avec des périodes où ils avançaient en se traînant les pieds. On aurait dit que Jake n'avait fait que cela toute sa vie.

C'est à cet instant que le groupe de marcheurs auquel il appartenait se porta en tête de la colonne et... surprise ! Un bateau venait vers eux, une sorte de petite embarcation très large et basse sur l'eau. À l'arrière, un homme maniait un aviron. Le bateau se rangea près du quai et les marcheurs embarquèrent. Jake trouva une place derrière, près du plat-bord, d'où il contempla la gigantesque étendue d'eau. Où allaient-ils ? Après un geste du timonier, le bateau s'éloigna. Au même moment, les têtes des passagers assis d'un côté se tournèrent vers le quai ; peu après, tous les regards étaient braqués de ce côté.

Quelqu'un courait, non pas le long du quai de pierres, mais en plein dans le marécage qui le séparait du rivage. Dans sa course, la créature faisait jaillir des éclaboussures claires. Peut-être criait-elle, mais ses paroles étaient emportées par le vent. Les passagers et lui l'observèrent, tandis que le courant les emportait. La créature était maintenant sur le quai. Sans la moindre hésitation, elle se jeta à l'eau et commença à nager frénétiquement dans le sillage de l'embarcation. Chaque fois qu'elle émergeait pour respirer, elle criait :

— Jake ! Jake !

Le garçon tressaillit. Jake : c'était son nom. Il voulut se lever.

— Assis ! cria le timonier sur un ton agressif.

À la hauteur du bateau, maintenant, la créature s'agrippa au plat-bord. Mal à l'aise, les autres passagers se tassèrent, incertains de la conduite à tenir. Le timonier, menaçant, brandit son aviron.

— Jake ! Jake ! cria la fille aux cheveux sombres qui, accrochée au bateau, s'efforçait de grimper à bord.

— Hélène !

Le timonier s'avança vers elle, son gros aviron par-dessus l'épaule, prêt à fracasser le crâne de l'intruse. Tant bien que mal, Jake se mit sur pied, faisant tanguer l'embarcation d'inquiétante façon. Hélène allait se hisser sur le pont lorsque l'aviron s'abattit en sifflant.

— Non ! hurla Jake en s'élançant.

Il tendit les bras pour parer le coup, mais la lame de l'aviron heurta avec fracas le côté de sa tête et, culbutant par-dessus Hélène, il sombra. Hélène poussa un cri et, en se retournant, le suivit : dans les profondeurs d'un vert surnaturel, elle le vit s'enfoncer lentement, tête première, à la manière d'un plongeur, les membres écartés, sans nager. Elle fendit l'eau jusqu'à lui, le retourna sur le dos et, se glissant sous lui, le tira par les aisselles, les poumons en feu.

Elle émergea, avala l'air goulûment ; puis, elle remorqua Jake en lui soutenant le menton, jusqu'à ce que ses pieds raclent le fond en pente douce. Là, elle se mit debout et le traîna jusqu'au milieu des étangs où, sur une parcelle de terre ferme, elle le déposa. Elle tenta l'impossible pour le ranimer. Il demeurait inerte. Plus elle s'affairait, et plus ses membres lui semblaient lourds. Au bout d'un moment, ses muscles refusèrent d'obéir et, en sanglots, elle s'écroula sur la poitrine inanimée de Jake.

— Pourquoi pleures-tu ? demanda une voix au-dessus d'elle.

Hélène, cependant, continuait de pleurer.

— Il est parti, parti, je l'ai perdu.

— Tu le reverras.

Agenouillée, elle se retourna. Des mèches humides l'empêchaient de voir. Elle sentait la présence d'un homme debout près d'elle, mais elle ne leva pas les yeux.

— Ce n'est pas ce que je veux, dit-elle en s'adressant aux genoux du personnage. Je le veux ici et maintenant, vivant.

— Regarde-moi, mon enfant.

Hélène refusait obstinément d'obéir.

— Regarde-moi.

Le visage était difficile à reconnaître : il lui paraissait à la fois familier et étrange, à l'image de ceux qui, dans les rêves, appartiennent à plusieurs personnes. Elle comprit enfin.

— Maître Dante Alighieri ?

La sévère figure aux joues creuses se fendit d'un sourire magnifique, d'un éclat insoutenable. Elle enfouit son visage dans sa robe et lui agrippa les genoux en sanglotant à la manière d'une enfant.

— Ce n'est pas ce que je veux, répéta-t-elle. Je le veux maintenant, là, sans attendre. Inutile de me dire que je le reverrai. Ça ne sert à rien. La résurrection, c'est trop loin.

— Hélène, Hélène, regarde-moi.

Elle leva la tête, aveuglée par ses larmes et ses cheveux. Des mains se posèrent sur son front, écartant ses mèches.

— Regarde-moi. Suis-je trop loin?

Hélène s'essuya les yeux. Le visage qui lui souriait était celui de Dante et en même temps différent, comme si un autre se superposait à lui. Pourtant, ce n'était pas un masque. Cet autre visage avait les traits de Dante; d'une certaine façon, il les transformait. Hélène sentit un grand calme s'installer en elle.

— N'aie pas peur. Tu ne l'as pas perdu. Regarde…

Par terre, Jake s'agita. Il toussa, ouvrit les yeux et s'assit.

— C'est vous? demanda-t-il en jetant un coup d'œil par-dessus l'épaule d'Hélène.

Il rit en secouant la tête.

— Salut, Hélène. J'ai cru que vous étiez partis sans moi, ton père et toi.

— Jake!

Elle se lança dans ses bras et ils restèrent enlacés sur le rivage boueux, trempés jusqu'aux os, vivants.

Levant les yeux, ils constatèrent qu'ils étaient seuls. Les marais s'étiraient jusqu'au fleuve sombre, dont la rive opposée se perdait dans les ténèbres.

— Dépêche-toi. Papa va se demander où je suis passée.

* * *

— Elle est de retour, constata une voix.

— Un moment, j'ai pensé que nous l'avions perdue. Et le garçon?

— Lui ? Il va bien, répondit une autre voix, comme si la réponse n'avait jamais fait aucun doute.

— Regardez, elle sourit…

Hélène ouvrit les yeux et la pièce au plafond haut se précisa peu à peu. Des visages l'encerclaient. Pendant une fraction de seconde, elle eut l'impression qu'ils étaient semblables à celui qu'elle avait vu sur le rivage. Pas celui de Dante, mais l'autre, qui semblait occuper tous ces visages de la même manière. Puis ils s'embrouillèrent. Ensuite, elle y vit plus clair : c'étaient des visages ordinaires, différents. Il y avait notamment une femme blême, aux yeux bleu délavé et aux cheveux blanchis par le soleil.

— Salut, maman.

Des larmes ruisselaient sur les joues de la femme, mais elle souriait, elle aussi, heureuse.

— J'étais si inquiète, ma chérie. J'ai rêvé de toi, tu sais, c'était un rêve tellement étrange.

— Je sais, répondit Hélène. J'ai fait le même.

Table des matières

Achevé d'imprimer en avril 2006
sur les presses de l'imprimerie Gauvin,
Gatineau, Québec